之臻 / 著

青凤诀

上海社会科学院出版社

目 录

1 / 楔子

第一卷　身为青苏

3 / 第一章　脱胎换骨
7 / 第二章　魂灯入梦
12 / 第三章　毕方掠火
15 / 第四章　险境遇救
19 / 第五章　云霄阁高
23 / 第六章　天帝认女

第二卷　重回神身

29 / 第七章　重回神身
33 / 第八章　两神相会
40 / 第九章　狭路相逢
44 / 第十章　上天之惩
48 / 第十一章　神绝峰隐
52 / 第十二章　父神之境

第十三章　餍足之兽 / 56

第十四章　一纸聘书 / 60

第十五章　故旧之人 / 65

第十六章　认其为子 / 69

第十七章　客自妖界 / 73

第十八章　迷雾渐揭 / 77

第十九章　隔阂又起 / 81

第二十章　疑窦丛生 / 85

第二十一章　一念之间 / 89

第二十二章　火焰异兽 / 93

第二十三章　唐突试探 / 97

第二十四章　轻薄妄状 / 102

第二十五章　汝将殆矣 / 106

第二十六章　破釜沉舟 / 110

第二十七章　千夫所指 / 115

第二十八章　天帝不容 / 119

第二十九章　还卿魂魄 / 123

第三十章　反入绝境 / 128

第三卷　神魔两立

第三十一章　万妖之魔 / 135

第三十二章　再逐绮歌 / 140

第三十三章　似是而非 / 144

第三十四章　姬陶之诡 / 148

第三十五章　尘埃未定 / 152

第三十六章　再度生变 / 156

第三十七章　杀了我吧 / 160

第三十八章　四面楚歌 / 164

第三十九章　万物同悲 / 168

第四卷　灯在魂予

177 / 第四十章　青魂何去
181 / 第四十一章　恼从中来
185 / 第四十二章　灯人两隔
189 / 第四十三章　魂灯有异
193 / 第四十四章　以爱为名
198 / 第四十五章　嫉妒成狂
203 / 第四十六章　养她如父
207 / 第四十七章　父神归来
212 / 第四十八章　此君何在
216 / 第四十九章　九重天上
220 / 第五十章　归兮谅兮(结局)

楔　子

九天之上，云横雾绕，巍峨山岛隐隐浮于云中。一道青色的影子自云间劈过，停驻在微光浮现的五色屏障前，屏障两旁被浓稠的云遮住，只余三丈的宽度，高度未知，似乎顶着天。

"青苏，不要！"声嘶力竭的声音生生地将青影的步伐止住，子桑拦在青影的前面，眼巴巴地望着她，又柔声道，"青苏，不要。"

青苏深深埋下头，忍住眼眶呼之欲出的眼泪，再抬头时，却是扯开事不关己冷淡的笑："子桑，何必管我。他都不管我了，你又何必管我。"

子桑被这样的笑扯得浑身都疼。

那通往神界必经的九重障非上神而不得入，否则元神触及九重障便会大损，有碎骨之痛。青苏仅是修为尚浅的一个上仙，她今时已不同于往日，入了……便是两条命啊！

"青苏，就算整个世界都不要你了，还有小山茶要你啊。"

青苏不住地摇头，神情动摇，最终却冷然道："子桑，你拦不住我的。不论是神，是人，抑或是仙，活着都要有一个目的，否则便是行尸走肉了。"

子桑闻言，更是坚决地守在九重障前面，"青苏，你是我世界上最亲的人。我不愿意再亲眼看到我最亲的人丧命于我眼前了，也千万不要让我看见。他已经不管你了，就算你为了他丧命，他还是会欢欢喜喜地迎娶他的神后的。"

青苏道："我宁愿相信眼见为实。"

眼看着青苏的心意不被改变，眼泪顺着子桑的两颊流了下来，他轻声道："你为他，连你的孩子也不顾了吗？"

青苏听到"孩子"两个字,骤然沉寂了,好半晌,她才低声道:"我要我的孩子有个父亲。"

子桑最终无力地将拦住青苏的手放下,泪水已经弄花了他胖乎乎的小脸,他失魂落魄地站在原地,只能看着青苏的背影撞入九重屏障。

青苏原以为会有撕心裂骨之痛,却没想到只是觉得身体一空,就来到了神界的地盘。

她之所以可以安然无恙地闯入神界,应是那个人顾念旧情,猜到了她会来找他的吧……青苏心中早已经缥缈的希望慢慢升腾。

自决心要来神界寻他,她满满胸腔都装着迫不及待宣泄的欲望。这种欲望有生以来从不曾如此浓烈而躁动,像是要把她的一颗心都跳出来才甘心。随着那巍峨壮丽宫殿的逼近,她反而平静了下来,脚下的步伐也逐渐放慢,她踏着漫天流淌的云霞,走向那掩映在云中的宫殿。

神界虽说复立不久,但是守卫从来不曾松懈。她还未至宫殿前,便被魂灵包围,其中一个身形较其他的大了两倍的魂灵飘上前来,木然问道:"可有神主的邀请函?"

青苏微微眯起眼,一只手已经搭上幻出的长剑。她本是神界的不速之客,又怎会有邀请函?

如今飞升为上神虽不如上古时候具有十足的含金量,但是这世界的上神毕竟是少数。此界既然名为神界,便不许其余各仙各妖的混淆。于是神主便以无上神力,创下各种魂灵,以供驱使。这些魂灵不通人性,做事情只会一板一眼,见青苏没有邀请函,便绕着她围成了一个圈,做成了防守欲攻的姿势,全身上下变得愈发透明了。

曾几何时那人因她图个新鲜为她捏出一个魂灵,魂灵的模样,还是她描摹出来的,那时她还可以使唤魂灵,而如今,他们却要将她作为神界的入侵者驱除。真是好时众星拱月,坏时翻脸无情。这样的情景,倒也有颠覆的意味。

她冷笑,即便魂灵与主人气息相通,如今的她却无法再让那高高在上的神主为她腾出一点日理万机的时间,号令魂灵收手。这场恶战绝不可少。

长剑出鞘,发出铿然的兵器声。所到之处,魂灵身上燃起了红焰。这是一把绝世好剑,她曾经将它覆入熊熊火焰,涅槃重生,鸣响而起,自此将这宝剑炼得。她修为浅,依托着这把软剑,才有与魂灵相峙的资本。

没花上多久的时间,那些魂灵便被青苏打退了一大步,他们再度围成一个圈,全身上下变成灰色,显然被激怒,而他们的形貌,也渐渐幻化成青苏的模样。当初她还说,以此迷惑敌人,让对方因为敌人是自己而不敢下重手。

青苏丝毫不敢大意，正想着如何冲脱这无懈可击的魂灵之圈的时候，其中的一个角落便出现了缺口，而这个缺口上，站着恰恰是一个红衣如血的女子。

那些魂灵竟慢慢地往后退开了一大步，身上的颜色恢复正常，形似恭敬地往着红衣女子旁边靠拢，环成一个小圈。

红衣女子笑得妖娆，挥了挥手，那些魂灵便往四处散去了。

像证明青苏的猜测似的，红衣女子看着青苏，笑容叵测，端的是一副女主人姿态万千的模样，道："有失远迎。"

青苏视若无睹。在红衣女子出现的同时，她便瞧到了红衣女子身后的人。从她成为上仙以来，只要有那个人在的时候，她的目光总是立马被他吸引去。如今，她还是一如既往能看到他隐去的身形。

青苏脑海里想了千言万语，真当她看到他的时候，凝到嘴边的却不是她打过数遍的腹稿："从前，我以为你一直不肯见我，是因为我和天帝的牵连。如今，我与天帝断绝了一切，你还是不肯见我。原来却是……自你创神界，我未曾见到你已经有九十六天又五个时辰了。我知道我们早已回不到过去，但是，请你，能不能最后听我一句话？"

他一言不发，一直看着青苏手中的那把蓄势欲发的浴火剑。

红衣女子顺着青苏的目光，看到那人站在她身后一丈开外，气势顿时弱了些："众所皆知，我帝创神界以来就有界令，非上神不得进神界。如今你出现在这儿，便是你和天帝还藕断丝连的证据，你还想再妖言惑众？"

青苏看着他，诧异道："难道你不曾放我进来？"

他笑起来。她很久没有见过他笑了，如今这样的笑，异常灼伤她的眼，他的目光自始至终不曾从浴火剑上移开，以至于他的态度显得有些漫不经心："青苏，从你见我的第一面起，你便喜欢将一些事情赖我身上。如今看来，你这个习惯还是没有改。我曾经让你离开天帝，和我一同离去，你拒绝了。现在你这般与天帝断绝关系，又一人孤闯神界，为了什么？"

"我……"青苏看了一眼红衣女子，欲言又止，"我想单独同你说。"

"青苏，我不相信你这次没目的。"他冷然道，"所以，好走不送。"

他向来待人冷漠，仿佛不化之寒冰，但现在这样的冷，却让人畏缩。

青苏曾想，她要将自那次后，她就怀有身孕的事情告诉他，但如今看来，她并不想让她孩子的存在被恶意地揣测，也不想让未出世的孩子作为自己的一个筹码。

她如今觉得累了，累得让她不想将他捂热。

他冷,她要比他更冷。他不愿让红衣女子离去,那她也不愿将自己要说的说出。

青苏说:"听说你大喜之日将近。恭喜。"

他微微皱了皱眉,"你要说的,便是这话吗?"

青苏道:"便是这话。"

"既然你千里迢迢来到神界,只是为了这句话,那么我且问你……"他稍顿,"这次,是因为神界的创立让他迫不及待了?"

此处的他,毋庸置疑指的是天帝。

青苏抬起头,他现在站在需要她仰望的高度,他的背后是层层叠叠的云朵围绕的富丽堂皇的宫殿,她一字一顿地强调,"天帝如何,与我无关。"

天帝和他的恩怨她不想管,当明白天帝利用了她,她便决定不再拿天帝当父亲了,天帝的存在,简直就是侮辱了她所认知的"父亲"这两个字。

"现在知道撇清关系了?"红衣女子在一旁"嗤"了一声,像是听到了极为好笑的事情。

但他和她都没有说话。她慢慢地将浴火剑收起来。浴火剑慢慢软得如同一道红色的光线,环在她的腰间,像是情人一样摩挲着她的平坦的腹部,最后变成和她衣服一样的色泽,服服帖帖的。

"若我说,我来,是想要留下呢?"她最后把浴火剑收起来,话音刚落,他陡然看了一眼她,随即目光便透过她看着她身后变化莫测的云彩。

她已经没有退路了。她断不可能再回天界,她始终记得对她从来和蔼可亲的天帝,终于撕开他伪善的面孔,道:"呵,就凭你。其实你也不过是他通往神帝之位的垫脚石罢了,还以为自己有多么不可或缺。"

那人冷冷地回复她:"神界的规矩不可破。"

青苏一声笑,"这便是说,如果是成为上神,便可以留在神界?"

"真到那一天再说吧。"他显然是看不起她的。

莫说他不信,原本的她也是不信的,她为上仙也才千把年,天劫如何能再度降下?但她偏偏有这个能力。青苏又低下了头。其实如今,她早已经是心如死灰了。若是能死在他面前,让他心痛一下,也是好的吧。好歹,也算是能成为第一个因天劫葬身在神界的仙家。

如此一想,神界万里无云的上空竟开始聚起了团团的黑雾,俨然有天劫欲来乌云满楼的趋势。在这漫天的摧城黑云之下,青苏的身躯越发显得渺小。

雷电狰狞地聚拢,在云层上嚣张地盘旋,她不由得瑟缩了一下,她用尽量平静的口吻问:"倘若我以死为赎,可会换得你一谅?"

说完这话,她也觉得答案昭然若揭,便略带自嘲地说:"怕也是不能的吧。"

她太平静,平静得仿佛头顶上盘旋的黑云与她无关,要接受天劫的人也并非她一般。唯有虚搭在腹部的右手,泄露了她此刻的害怕。

"你想引来天劫自谴?可惜……"他似乎在端详着天上的云,却只是袖手旁观,"我已不同从前那个我。你的苦肉计于我无用。须知,所谓你的生,早在凤凰台上,于我已如尘芥。"

他的声音同他的人一样清冷如冰,从遥远的地方飘来,带着回音,像是睥睨一切的王者,漠然地巡视脚下臣服的民众,他说的每一个字,就好像是钝剑一样一刀一刀地在青苏的身上不停地割着,带来绵延不断的揪痛。

红衣女子自从乌云一开始聚拢,便安分下来。此时见天上的云层越来越可怕,一个人更是瑟缩成一团,似乎只要时机一到,她便立刻拔腿,躲入殿中。

他看了一眼红衣女子,便印证他的话似的,执过红衣女子的手,竟要携着她一同离去。

一股寒气自青苏的心肺处涌出,是彻骨的寒,寒到让她觉得自己像是被封在冰雪之下的万年冷玉,再也不会温暖起来。

青苏脸上的表情愈来愈让人不忍。这样的时刻,狰狞的天雷像是饿惨了的凶兽,猛然张开血盆大口朝着青苏扑去,天雷过处,每一根骨头都像是被人狠狠地碾碎一般疼痛。

她看着他毫无滞留的背影,突然很不想让他知道她的狼狈。她竟忍着身上的剧痛,放声大笑起来,好似天雷并非落在她的身上。

等到她再也看不到他和红衣女子执手离去的背影的时候,她再也笑不出来。身体上的疼痛,与理智不停地对抗着,当那一股倔强被抽取,她立马败下阵来。

如今支撑着她,让她不至于满地打滚的,怕就是肚里的孩子吧。

她真是一个不称职、又自私的母亲啊。孩子还没有出生,便要被她拖入死地。

此时此景,让她已有些后悔,竟带着孩子一同经历那天雷。若她侥幸存活,她定要好好待孩儿一生,休管那神帝神后,那解不开的心结了。

她从头到尾都是挺直着腰背,直到她再也站不起来。天雷争先恐后地落下,到最后,她满脑海里只剩下了疼与忍。

在心里对着孩子说:看,你母亲至少在最后一秒还是有尊严的。

当痛到极致的时候,她的意识开始涣散,眼前所见变成大块大块深浅不一的灰色。她脑海里竟慢慢地浮现着往昔美好如初的回忆，伴随着灵魂底下的抽痛。

直到她仿佛被人抱住的时候，她才稍微清醒了点。好似看到了那人，她带着报复的快感对着他说完平生的最后一句话："你不是不相信我没有目的吗？我的目的，便是死在你面前。"

像是生命之灯终于枯竭了，她的感知骤然间全被剥离。她犹如置身于一个黑不见底的空间，过了许久，她的魂魄慢慢脱离躯体，眼前随之豁然洞开。

当她还待在这个躯体的最后一刻的时候，她骤然听见耳畔若隐若现好似在空谷回响的声音。

青苏，青苏。

我信你，我宁愿一直信你。

太迟了。

如果可以，她真想笑着说：这世界本不存青苏，也再不存青苏。

第一卷

身为青苏

第一章

脱胎换骨

千年前。人间与天界交壤处。

一道光自茫茫九天之上落入昏倒在萋萋芳草间的青衣女子上,原本神色痛苦,看上去毫无生机的青衣女子表情突然变得慵懒而自在,破旧褴褛的衣裳也变得完好如初,整个人像是脱胎换骨般焕然一新。

隔了好一会儿,她缓慢地睁开眼,因光线太刺眼,便以衣袖遮眼,缓慢地站起身来。等到双眼适应了光线,她茫然地打量着四周,微微地恍惚过后,这才想起来自己所处何时何境。

她原本以为自己是必死无疑的。她修为不济,又被逐出师门,在平生最狼狈的时候天劫降临,没想到被人搭了一下手,饶幸捡了一条性命,得以飞升为上仙。

她信手摘了一根草,放在嘴里咀嚼,她将前尘万事记了个大概,却独独忘了自己的名字。不过不记得自己的名字就罢了,反正以前那个名字所代表的便是"作恶多端,品行不良。"

也不知是因为飞升了上仙,还是因为自己在生死面前看破了红尘,总之不论是修为还是精神境界都有了质的提升,她竟然无法接受原先的自己。

她茫然地游走在一片混沌的白中。仿佛身处睡梦中。随着一片空白的脑海里恢复的些许的意识,茫茫的白雾渐渐散去,隐隐约约地见到了一席玄色的袍裾掠过云层,往着不可及的深处遁去。

再之前的呢?她使劲地想,再之前的事情,就好像被蒙上了一层纸。好似做了一场大梦,梦里的情节隐隐约约地模糊,只记得以前自己作恶多端,品行不良,那云霄师尊曾指着她,花白的胡子抖得像是筛糠,一道光圈便将她弹出了云霄阁,从此她无门无派。行到郊外的时候，天劫降下，没有把她这个恶人击得形神兼灭，反而脱胎换骨，倒落了个上仙当当。

也许是因为飞升了上仙，以至于整个人的精神境界都有所提升。过往所横亘在心头的事情，此刻她都觉得实乃鸡毛蒜皮之事，她甚至想不通，自己当初怎么就会做了那些残害师门的事？

她在原地坐了一会儿，就起身将身上的灰尘抖了抖，衣袖裙摆上的褶皱理了理，开始极目远眺，看看自己这番可以去哪儿逛逛。

以往不谏，来者可追。被逐出师门反而可以因祸得福，居然就得了从前想也不敢想的名分。如今她看得开了，也不纠缠细枝末节，就当作是净身出户，重新做仙。反正度过天劫，脱胎洗髓。她以往都是在云霄阁中生活，想了半天自己也没有什么有着血海深仇的仇人，倒也放了心。

但凡是在天上居得久了，总是向往着人间走上一遭，云霄阁虽然说并非位于仙境，但好歹也算是世外之地，沾满了仙人味道。她远眺着半天，最终决定去人间绕一圈，瞧瞧这充满诱惑力的人界到底是怎样的情景。

她所在的地方离着人间并不远，凭借着遥远的记忆，朝着仙气稀薄的地方走着，她很快就到了人间。

人间总是比清修之地热闹很多，感觉阳光也比天境的温和，每个人脸上的表情真实而生动，神仙们常常都是将自己的感情隐藏在无欲无望的脸上，古板得很。她在大街上最先注意的，就是人间一张张晃动过去的脸。这让她觉得比冰糖葫芦、各种面人新奇多了。

再接着，是各种各样的叫卖，还有吆喝声。她愣在大街上的时候有个小孩子从她旁边跑过去，紧接着一个妇人迅速地也从她旁边掠过，妇人的手中拿着一个鸡毛掸子，口中喊着："二狗子，你往哪儿跑！"

关于人间的各种话本她看过很多，即便她对以前的事情印象模糊，但是对那些话本的印象却是清晰。在人间，貌美的女子走在大街上容易被登徒子调戏。她的样子虽然说在云霄阁称不上顶好，但是无论如何，她在人间算得上是绝色，故而当她的手腕被一个陌生男子给抓住的时候，她一个巴掌拍过去了，生生地将"登徒子"的脸上打出了一个耀眼的红印子。

那登徒子也不怒，倒是低声笑道："宝菡，连你师父也不认得了？"

这登徒子倒长着一副好样貌，风姿俱傥，犹如朗月春风，在这喧嚣尘世，就好像在下里巴人的曲目中奏出了一曲阳春白雪。那红印子挂在他的脸上,就好像是白雪中被马车辙子碾碎的梅花,格外地不和谐。

她震了一惊。在这震惊的空隙,登徒子将搭在她手腕上的手收回,原本紧张的神情一下子松懈下来。

她实话实说,"我确实不认得你。"

"登徒子"轻笑道:"徒儿可是生为师的气了?只叹那时为师不在师门,迟回了一步,保不得你。"

她摇头,"我真不记得。"她认真地端详着"登徒子"的脸。她好像是有一个师父的。

她认真的神情以及先前的动作反倒是让"登徒子"收起了笑。他这次将手搭她的额头上,她原想条件反射地再往他的左脸扇一巴掌对称一下,但好歹也是忍住了。

这次登徒子沉默了。就在他将手搭在她的额头上的时候,有些记忆渐渐复苏了。她的眼眶突然变得难受,仿佛有热泪涌上,但是她的神智却是分外清醒,脑海里面闪现的画面让她觉得像是在看着别人的故事。

他确实是她的师父,云霄阁阁主云霄的得意弟子,斐扬。有一次她不知道染上了什么恶疾,全阁的人都避开她,唯有她的师父,用温暖的掌心覆上她的额头,轻声地说,"宝菡,没事的。"

她想了想,道:"师父,你走吧。我被逐出云霄阁,且云霄阁再不容已是既定的事实。我虽然忘了很多事情,但这件事情我还是记得一清二楚的。"

她望了望自己的衣袖,那是一汪青绿色,她说,"我如今不叫宝菡。我叫青苏。"

青苏取的是青衣苏醒之意,改弦易辙,意为焕然新生。

她打心眼里抗拒宝菡这个名字。她生来无父无母,打有记忆开始,就居住在云霄阁,就这样浑浑噩噩地度过了万把年,到现在才豁然开朗。她的名字是云霄阁所赐,从了云霄阁这代弟子的辈分,如今被云霄阁赶出来,这名字反而成为一个耻辱,哪能再要?

斐扬却不理会她这番的言辞,他沉缓开口:"近来妖界越发地乱了,竟将触爪伸向了天界。不过想不清以前了倒也好。"

"这么说,我记不太清楚以前,是因为天劫的时候被妖气所扰?"

"目前的情势来说,是。"师徒俩一时沉默无语。在喧闹的凡间显得格外遗世独立。隔了半天,斐扬才迟疑道:"如果我说,如果云霄阁还愿意给你敞开门,你会回去吗?"

"师父,你向云霄求情了吗?"青苏再度摇头,"我如今已不稀罕了。"

"不!"斐扬道,"是师尊叫我来寻回你。既然你已去意已决,我也不勉强。那是非之地……"

他不再说了。他从怀里掏出了一条七彩手链,郑重地放在青苏的手心里,好生叮嘱:"如今你天劫已过,我也放心良多。但是不要因此就肆无忌惮了。在人间应当要隐去仙气,妖界虽然无主久矣,但是不可掉以轻心。这串手链虽不是什么仙品,但也算是一件宝物,必要的时候可以护你一二。"

那七彩手链原本散发着光芒,在套上青苏手腕的时候光芒慢慢隐去,变成了通透的青色。

斐扬的眉头皱起,对青苏很是不放心。还要叮嘱些什么,却被青苏给打断:"师父,够了。"

青苏说:"师父,你从前对我,并没有这么好。一下子好太多了,让我觉得很受宠若惊。"其实斐扬对她展现温柔仅仅那一次,然而那时的宝菡,从此就满心满意地将斐扬藏在自己的心里,斐扬稍稍对她好一点,她就欣喜若狂,仿佛师父已经待她如稀世珍宝。

"你我总归算师徒一场。"

斐扬的事情向来比较多,说完这句话,见青苏没有半分随他离开的意思,便走了。

青苏在街上走着,突然觉得索然无味。便慢慢地绕出了繁华的都城,往着外城郭走去。

城外远不如城内喧嚣,甚至可以说是冷僻得可怕,荒无人烟,仅有几棵干枯的老树孤零零地立在那儿。青苏刚想折回城里去的时候,看到一个穿着淡粉色衣服的小仙子对着极南的地方双手合掌,眼睛闭着,神神叨叨地不知道在念些什么,总之神情是极为虔诚。

很多人会选择在城外的小土地庙里敬拜土地,却不知连小仙子也要敬拜土地?虽然这儿并没有土地庙,甚至连临时搭盖的也没有。青苏好奇,便凑过去听,隐隐约约可以听到求司劫之神保佑小仙,能安然度过下次天劫。

原来不是在拜土地。青苏的好奇心立马飞到九霄云外去了。

她准备离开的时候,那小仙子反而感知到了突然而来的人影。她睁开眼,吓得往后退开一步,脸上的表情如同揉碎的春光,像是快哭了一般:"你你你!你赔我!"

第二章

魂灯入梦

青苏被她的动作吓了一跳,她一看到小仙子要哭出来的样子,便想双脚抹油,一溜烟地跑掉,但还是止住了步伐,因为那小仙子已经提早一步抓住了她的袖子。

那小仙子干嚎着:"我为了敬拜司劫之神,祈求让我下次天劫得以成功度过,可是焚香了接连七七四十九天,还特地寻了一个没有人烟的地方,祈祷了整整十二个时辰,就被你给打断了,你打断了我,上神肯定以为我心不够诚,哇呜……总之你赔我,你赔我。"

司劫之神司天下神妖之劫,故而仙妖常常在要度天劫之前诚心地膜拜一下司劫之神,希望自己的运气好点,不要被天雷炸得魂飞魄散。这司劫之神本是善寐,一旦睡过去了,魂魄就不知道飘到哪儿去了,在这期间,三界不论发生多大的事情,总是不见她的影子,近万年来,这上神越发是深居简出,一切事物,都交由身边的两大侍女处理,说到底只是顶着一个名号而已,哪里管得了芸芸众生的旦夕祸福。但是好歹有点冀望总是比没有的好。如果她没有遇到被逐出师门这件事,也会和她的同门师兄妹一起,从精神上向司劫上神寻求庇佑。

她道:"其实没么严重的……"

回应她的是一片呜呜的声音,还有越拽越紧的手。

她揉了揉发疼的太阳穴,斟酌用词:"求人不如求己,几个小时前,我刚刚度过天劫,但我之前从未祈求过上神保佑。再说,只要你有一颗向着上神的心,何必在乎形式?"

"我不管我不管!你赔我你赔我。"这小仙,固执起来真要人命。她好说歹说,将自己度劫说得十分简单,将那司劫之神说得越发不济,但是这小仙还是死命地干嚎,恨不得将天地给哭崩了一般,即便半天她从未看到小仙子掉下半滴眼泪。这小仙虽然胡搅蛮缠了,但干哭了这么久没有功劳也有苦劳,何况同一个小仙子在道上牵扯,也失了上仙的颜面。她也就放弃了给小仙说理。说到底,她也不敢发誓自己能过度劫完全凭借的是自己的能力。

最后,青苏将自己手腕上的七彩手链摘了下来,套在小仙子的手腕上。手链像是不甘心换主人,动弹了下,但却又安心下来。青苏说:"这就当赔给你的吧。这串手链虽不是什么仙品,但也算是一件宝物,送给我的人说必要的时候可以护我一二,想必可以保护你过天劫吧。"

小仙子愣了,道:"我……我,我不是这个意思。我只是想跟着你。"

青苏无所谓地说:"送我的人原意是想帮我度劫,我劫难已过,对我来说也没有太大的功用了,不如给你。"

小仙子犹豫了半刻,反复地看了看青苏的神情,最后还是抵不住诱惑,将链子从手腕上褪下来,小心翼翼地收入怀中。

"你不会哄我吧?"

青苏摇头。小仙子像是吃了定心丸。

最后青苏的身边还是多了一个小跟班。理由是上仙初来人间,不识人间之趣,上仙给了她那么贵重的东西,她自然要还回一点儿来。

青苏道:"我有一点想不明白,我明明隐藏了仙气,你怎么就知道我是上仙呢?"

"你原来真是上仙啊。我姥姥说我身无长处,就是看人的品阶看得比较准。"小仙子美滋滋地说。

"我还有一点不明白,照理说城外也应该会有些人的,怎么这儿老半天都没有人。"青苏"得寸进尺"地问。

小仙子得意地说,"因为城东这块地方闹鬼啊。"她眨巴眨巴双眼,俨然这就是她的杰作。

小仙子得了那链子,又被青苏许可跟随她的时候,原先皱成一团的脸就舒展开来,露出了一张很是清秀的脸,白白净净的,她脸上时常洋溢着笑容,像是一株山茶花一样。小仙子名字叫子桑,青苏和她要一同住入客栈,小仙子特地强调要两间客房,并对青苏说"男女授受不亲"的时候,闹了半天,青苏才晓得,这厮居然不是个小仙女,而是个小仙童。后来青苏知道,子桑原来是一株刚刚化为人形没多久的山茶花,怪不得长得这么漂亮,让她以为他是个女孩。

"姥姥说,我还小,不能和任何姑娘待在一个房间,要不然非常容易破坏修为。"

第二章 魂灯入梦

"姥姥说,等我再大一点,我就可以体会双修的乐趣。"

"姥姥说,这世界很大,而我们都太小。"

子桑那时候最常用的句式便是"我姥姥说",有一次青苏终于忍不住发问:"你姥姥呢?"

子桑的小脸再次皱了起来,这次是真像要哭了,但一点儿声音也没有,他只是沉默了好久,他说:"上次天劫降下,她经不住。去了。"

所以他对天劫有不可消弭的恐惧。他修为方才100多年,见过的最有修为的是他的姥姥,999岁。他最崇拜的人,也是他的姥姥,他曾经认为他的姥姥是无所不能的,但是他的姥姥,却连一个小小的天劫都度不过。所以他面前的这个上仙,本事定然是顶顶大的,待在她的旁边,或多或少总是能够沾点福气。

子桑眼巴巴地望着青苏,小声地说,"青苏,我赖着你是因为你是上仙,你会不会生我气,认为我不是好孩子,不是好仙?"

"不会。"青苏道:"如果你这样就不算是好仙,那被逐出师门的我,该有多么罪大恶极。"

子桑见青苏没有愠怒的表情,放心下来。更加竭心竭力地为青苏介绍人间的风景。子桑那一宗脉俱是仙骨,运气好的,稍微修炼个上百年就可以成仙。近万年来妖界开始骚动不安,故而成仙的门槛也放低了些,故而是以子桑百来岁便是小仙,而非小妖。但是自从五年前他的姥姥魂飞魄散后,他便颠沛到了人间,所以对人间很是熟悉。

人间的风景走走停停,青苏也看了不少。这人间烟火,是她最喜欢的味道。原本子桑想带着她去京城或者往南方转转,但是元宵灯会将至,这座小城的灯笼挺有特色的,便多待了几日。

元宵灯会那日遍地是灯,将古老的城镇晕染在一片柔和的橙色之下。花灯里面描绘着水墨丹青,飘逸秀致的书法,映得人眼花缭乱。青苏此刻扮成一个青衫风流的书生,手执着一把从路边买来的花样简陋的纸扇,挥扇间,说不出的英姿俊俏。过往的闺阁千金掩着扇子,羞涩地朝着青苏笑。当青苏回她们一笑的时候,她们反倒是低头不语。千金小姐算是矜持的了,其余的女子则是朝着身旁的姑娘议论,无非是些"啊——他朝我看了"之类的话。

青苏觉得这众星拱月的感觉甚好,怪不得仙人们总喜欢来凡间,凡人的喜欢表现很明显,很容易让人的虚荣感蹭蹭地上升。青苏冲着那些女子笑的时候想,她下次还要再扮作男子。

青苏边走边赏,不知不觉中已经绕了大半的城,穿越小城的河里面被放上了许多的花灯,随着她一路漂来,河面被花灯的光照得波光潋滟,甚是好看,像是一弯流动的光芒。这时她看到了一个卖花灯的摊子,摊子格外冷清,没有一个人驻足观看。摊子上摆的灯不多,也没有弄些灯谜来博人气。即便是在人声鼎沸,热闹非常的节日里,依旧孤零零地仿佛这儿是穷乡僻壤,冷街空巷,显得格外地荒凉。

看着摊子的是一个白发苍苍的老人,他见到青苏来了,也没有过来招待,只是坐在一方小凳子上,存在感极弱,双眼木然地好似看不见任何东西。

卖灯人在这边卖了无数年的灯,但是却没有被任何一个人买走。

他扎了无数的灯,却统统在灯上不描一物。对人也不冷不淡,那些灯的价格开得奇高,他宁可将这些灯拿到墓地去烧,也不愿低价卖给别人。开头还会有些人好奇,将灯买回去,却发现这些灯只是用平常的白纸与树枝糊在一起,分文不值,故而明白的人都知道这是一个怪癖的老头,连在灯会这样的时候也不去买他的灯。

但是青苏所看到的灯不同,灯上描绘着风格各异的图,画得极其精致,展现了三界各种迥绝的景象,简直让人拍案叫绝。这些凡人所不能也不曾经历过的世界,自然不可能展现在凡人的面前。

青苏用饱含惊叹的目光扫着那些灯,最后所有的目光,包括心神,俱被一盏灯给吸引。灯里面的烛火摇曳,灯上的画面是云涌万象的磅礴之景。她在灯里面见到了一个男子,玄衣黑发,身姿挺拔,孑然而立。他睥睨着万物,仿佛整个世界执掌在他手中,气度凛然得让人不自觉地想臣服于他。

她看不清他的面容,但是只要她的目光一触及他,她的全身开始叫嚣,漫溢开了一种不知名的伤痛,那种痛仿佛是深刻灵魂里、隔了千万年的时光也不曾消退的印记,但是她移不开目光。

他腰佩一块通体莹润的青玉,灵气逼人,好似会流动。青苏的目光移往了这块玉,骤然间产生了一种她便在画中的感觉。

灯里头的烛火突然熄灭了。灯上的画也埋没于阴暗中。

青苏恍惚间,怔然良久。

"这盏灯名为魂灯,它呈现的是你心中最想见到的人。"老人的声音突然从她的身侧传来,带了股说不出的神秘,一双眼睛从刚才的木然变得炯然有神。

"最想看到的人?"青苏喃喃念叨。

老人很是诡谲地一笑,然后又如同古松一般站在那儿,表情木讷,好似他不曾说过话。

青苏又看向魂灯的时候,魂灯上面已经空无一物,只是一片空白。像是寻常得不能再寻常的还没画上东西的灯。

　　再转过头来,所有的灯都暗了,老人已经以迅雷不及掩耳的速度,将就近的灯一捞,他提着无数的灯,说道:"到时候了,到时候了,该去守墓了。"

第三章

毕方[①]燎火

青苏在原地待了好半天才想起来,她自从灯会开始没多久,就没有看到子桑了。虽然子桑对于她来说是可有可无的存在,但是好歹是她跟班,她总有一点儿的义务让他不跟丢。

说来也奇怪,自从看了那些谢千灯所扎的花灯之后,其余的灯皆入不了她的眼,管它是哪个知名才子,哪届状元所题的字,所作的画。

却说青苏正在穿过一个生意非常红火的猜灯谜的摊子的时候,有一把折扇轻佻地抵在青苏的脖子上。青苏因为考虑到前段时间误打了斐扬一个巴掌的事情,倒也没有还手,却发现这次是真真正正的登徒子。

那男人长相一般,身上却偏偏穿着水墨样的松竹的衫子,故作风雅惹人反感。他轻薄地说:"美人,可愿同小生一同游灯会?"

青苏打量了一下这男人,思考着要通过什么方法将这个男人好好惩治一顿。

男人见青苏没有太大的反抗,更加得寸进尺,他拿着扇子的手刚想抬起,要触一触美人的芳泽的时候,美人突然粲然一笑,整张脸变得青白越发趋近于她衣服的颜色,用着拖拉而尖细的声音说:"愿……意……你……愿……意……同……我……回……枯……林……吗?"

那男人一下子面无血色,将扇子随意地一抛,惊恐地要叫起来。青苏岂容他泄漏自己非人的身份,她迅速地接过扇子,往着那男人的嘴里一扔,正好堵住了男人的嘴。男人似是不觉,狼狈不堪地往后退,紧接着像逃命一样奔走了。

[①] 毕方:木精,如鸟,青色,赤脚,一足(有说两翼一足),不食五谷。

"哈哈哈哈哈……"子桑在这个时候突然出现了,看着那男人屁滚尿流地逃走,显然很是开心。

青苏看了他一眼,"你仿佛和他有仇?"

子桑不如往常那样一下子就把青苏的话头接了过去,反而拉着青苏的袖子,将她往人少的地方带,刚刚那男人的动静那么大,已经惊动了周围的一些人,虽然旁边的人没有看到青苏幻形,只会觉得那男人精神失常,但多一事不如少一事。

停下来后,子桑方才道:"我上次在那儿曾经碰到他一次,他居然摸我的脸。这简直太让人觉得匪夷所思了。明明从来只有女的摸我的脸,从来就没有男的摸过我的脸,而且他长得那样丑,不如我的绿茶姐姐半分。"

青苏拊掌笑道:"刚刚我以为他叫我美人是因为发现了我是女儿身。现在看来,原来是有断袖之癖。子桑,原来你是传说中男女通吃。"

子桑一下子羞红了脸:"才没有。我姥姥说我还小,男女私情要到我参透了双修的年龄再谈。"

青苏迅速地捕捉到他姥姥说的话的漏洞:"你姥姥说的是男女私情,并没有说男男私情。话说我看过的一些话本里也掺杂了些断袖龙阳之事,男男女女的我见多了,从来没有见过男男私情。子桑,你说你要带我去体味一下人间,不如身体力行示范一二?"

子桑被青苏这些歪理弄蒙了,但直觉青苏说的话是错误的:"我姥姥说……"

"行了。这龙阳想必也和平常男女一样,无聊乏味得很。也不用你来了。"

先是魂灯里面震慑之景,再是遇到一个有龙阳之癖的男人,看灯会的心情都被破坏殆尽。

青苏兜兜转转。忽然又看到了那个卖灯的奇怪老人。她鬼使神差一般问道:"你那魂灯卖吗?"

"卖了你也没用。"老人说,"魂灯一万年只为一个人而亮,熄灭后又要一万年。姑娘买了也是放在那边没有多大用处。"

青苏正想着说辞说服老人的时候,外面人声突然间就鼎沸起来,原本幽暗的铺子被从纸窗透进来的火光照亮了。青苏推门,遥远的天边火光冲天,浓浓的火焰如同一条火龙扶摇直上。青苏毫不迟疑地往着火光的方向追去,速度如同疾风,仿佛前方有什么冥冥之中的力量指引她一样。

子桑感叹,这凡间之火,同你有什么关系。但他犹豫了片刻,最终也追了上去。

火焰冲天似乎只是一瞬,之后慢慢地开始熄灭,升上去的烟也愈来愈小。青苏循着火焰渐渐熄灭的地方走去,她到了她初次碰到子桑的城外,原来孤零零的枯树已经被烧得只有根,光秃秃的十分难看。这儿并不是起火点,她停在原地,朝着四边张望,最后确定了一个方向,朝着那个方向走去。

然后,她就看到了玄衣黑发的人手势收起,他的前方有着一段打滚纠结的火焰,火焰所滚的地方,万木皆成灰。他的手又是一起一落,那火焰嘶吼着渐渐熄灭,变成一团圆溜溜的球,朝着天上掠去,然后消散不见。

玄衣黑发的人冷淡地看了她一眼,便转身要离去。

那一眼虽然短暂,于她来说,便仿佛是千年万年。

魂灯里面的人……

青苏一时脑热,不管不顾地冲上前,挡在他的前方,道:"我在魂灯里头看到了你。魂灯你知道吗?就是你可以在魂灯里看到你最想见到的人。你同我最想见到的人很像。所以,我要跟着你。"

她应该要拦住那人的,但是她却将语言说的混乱不堪,并且拖拉,毫无重点。那人虽然听完了她说的话,却是一言不发。

他用冷冰冰的眼神看着她,她以为他好歹会说上一句话的,却没想到他衣袖掠过,便绕过她离去。

青苏见他的背影渐渐地远了,便立马施展开法术,蓄势待发地要冲上去。紧随其后赶到的子桑只来得及扯了下她的袍角,追不上她的人。

无奈前方的地形越发地复杂,对方轻轻松松地就可以施开了极其复杂、难走的障眼法,青苏修为比不得他,很快发现自己越绕越晕,最后面对着空旷而黑暗的前方,惨然地得到一个结论:她迷路了。

第四章

险境遇救

她所处的位置前不着村后不着店,但应该是离原先所在的那个城镇不是很远。她脚步极快,虽然他的法术学得不好,唯独轻功这一项是同门中的佼佼者,但是到后半段的路,她都在绕来绕去,走不出一个圈子。

青苏此刻只想着快点找到一个地方好好休息一番,方才用尽全力奔跑,如今有些疲累,流了一身的汗,先是黏腻,而后,夜风一刮,冷飕飕的,像是全身被泼了凉水。

青苏的眼力不错,虽然所处的地方僻静,但是还是可以看到灯火兴起的地方。她便沿着有灯火的地方走去。

城镇的附近总是会分布着一些小村落,青苏路过一个村落的时候,便想尝试一下村民们的生活,于是便往着一户人家的门上敲。

开门的是一个村姑,头发披散下来,想必是被半夜来人吵醒的。但是村姑并非脾气暴躁见到敲门的人就乱骂一通的泼妇,反而皱起眉,疑惑地问:"你是?"

"呃……我迷路了,想往您家投宿一宿。"

村姑的眉头展开,说:"进来吧。我家小,如果你不嫌和我挤一挤的话。"

村姑并没有想太多。虽然对方的装束看上去是落魄的书生,但是村姑毕竟见识得多,立马就看出了青苏的性别。今天是元宵夜,有些小姐扮成男性游玩走失了也是情有可原。

村姑的房子很小,她是孀居的妇人,家里只有一个女儿和她两个人。她家里只有一张床,不过那床还是挺大的,青苏进房间的时候就看到一个五六岁的孩子睡相不佳地躺在那边,睡得正香。村姑稍微把床给收拾了一下,然后嫣然一笑。

青苏表示不介意。

那村姑念叨道,"一个姑娘家,晚上只有一个人走路,遇到坏男人可怎么办。"

被这样念叨的感觉很陌生,但青苏觉得挺喜欢的。

青苏虽然表示说不介意,但是床毕竟太挤了,小孩子的睡相又不好。小小的房子里弥漫着潮湿的味道,青苏在床上翻来覆去总是睡不着。

在床上躺了很久,有一股烧焦味道扑鼻而来,与此同时,青苏闭上的眼睛可以感受到外界的光线骤然亮了起来。

着火了。

青苏起身,往外头跑了去,眼见得那村姑的房子已经烧了起来,离房子近的树木已经完全烧了起来。青苏暗叹自己的后知后觉,连忙捏了一个诀,想抑制住火势。

却没有想到这火用水浇不去,反而越来越大,青苏再退回屋里的时候村姑和她女儿已经醒了,青苏连忙将她们两个带到安全空旷的地方,顺着那火源找去。

远远地,青苏就听见"噼啪噼啪"的声音,走得近了,便可以看到一团火焰中包裹了一只青色外形长得像丹顶鹤、身上有红色斑点的木精,随着木精的移动,它的周旁燃烧起了熊熊大火。

青苏想起之前在城外看到的纠结成一团的火焰,隐隐约约里头也藏了一只小木精,只是没有眼前的这只妖邪,这种神兽在人间不多,能遇上一头就算是难得的了,故而眼前这只和之前看到的那只,可能就是同一只。

木精见到青苏,白色的喙大张,作势就朝着青苏扑了过来,青苏事先警惕,朝着旁边退开。

那木精一点儿也不死心,翅膀扑哧扑哧地朝着青苏扇去,这时候青苏看到木精的眼睛,已是紫红色,俨然是妖化后的模样。青苏暗叫不好,她虽说品阶挺高,但是修为却远不如品阶那样高,何况刚刚度劫没多久,元气还没有恢复,妖化后的木精比平时本领强了几倍,青苏甚是吃不消。木精凭着一身的蛮力硬是将青苏逼得退无可退。

眼看那熊熊的火焰就要将青苏包围的时候,青苏骤感清凉,附近一条小溪的水,以及草木上凝结的露珠形成了一张网,将那些火焰紧紧包围住。一道蓝光从红色的夜里划开,直击木精,木精突然一声惨叫,它的一条腿直接被砍断,创口干净利索。木精顿时萎靡在一边。

紧随着火焰的变小,木精的身形也变小了,火焰一熄灭,木精发出一声极小的噼啪声,便只看到地上一团灰烬了。

青苏松了一口气。

她老早就看到那玄衣黑发的人，一如初见时的神情冷漠，故而当要被火焰吞噬的时候格外心安，因为她料定了他不会见死不救。

她度劫后，脑海恢复一点意识时，曾见到了一席玄色的袍裾掠过云层，往着不可及的深处遁去，她原先以为那只是幻觉，但是在这样的时候，她脑海里就清晰地浮现了那时的情景，那玄色袍裾就好像汇聚了世界所有的光与生命。

凭她的能力，又如何能够安然无恙地度过天劫呢？

青苏敛裾，"多谢再次救命之恩，青苏无以为报。"

"不必感谢。"青苏这才听到他的声音，冷漠得如同他的人，"我不算在救你。也不曾救过你，何来再次。"

"前段时间你帮我度劫，恩人想必是忘了。"

"我并未帮你度劫。"对方否认。

想必恩人总是做好事总是不留名的，青苏也不纠缠于他是否承认他帮助她度劫。但现在的情况他总是逃不掉的。

"那我便要报此刻的搭救之恩，供你鞍前马后。"

鞍前马后？噬。

"我说了不算是救你。"他将地面上木精化成的灰烬收了，"我一时疏失，给你添了麻烦倒是真。"

他收尽灰烬，便转身，青苏吸取上次的教训，鼓足干劲，决心定不跟丢。跟了一小段路，青苏只怕他又会像上次那样布下迷阵，故而当他稍微止步的时候，便说："恩人，我是怕又遇到危险。虽然说这只鸟儿已经化成了灰烬，但是难保他不会有儿子，有孙子，会来找我报仇，即便这鸟儿不是我所杀……再遇到危险的话，没有人保护我，你这次救了我也算是白救。"

"不要叫我恩人。"他皱着眉说。

青苏腆着脸跟在他的后头，不近不远的距离。

"那叫什么？"

他的脚步又加快了，青苏原以为他不会回答的时候，远远地飘来他的声音，"我叫苍诀。"

青苏一怔，心里默念这个名字，竟不由自主地叹息。

眼看着落下了不少路程，她连忙收敛心神，追了上去。想必对方也默认了她的话，这回倒也没有特地布阵，青苏虽然说修为不怎样，但是她腾云驾雾的底子却不是一般两般的好，故而勉强可以跟得上苍诀的步伐。

苍诀的行路很没有章法，似乎总是挑偏僻，察觉不到什么仙气妖气的地方。

青苏每每问苍诀要去什么地方的时候，他总是没回答，常常都是当她不存在。久而久之，青苏倒是习惯了，反而有一天清晨，青苏寻觅苍诀不见，良久见他携一身晨露而来，还带了果子给她的时候，她反而觉得很是别扭。

这么些天，青苏虽然不知道苍诀具体要去哪儿，但是总觉得和他收起的灰烬有些牵扯。那鸟儿是有主子的，但不知道因何而落凡尘，犯下火烧人间的罪行，苍诀想必是要卖鸟儿的主人一个面子，故而开头并未赶尽杀绝，却没想到那鸟儿受到人间妖气的侵扰，一瞬间妖化，又跑出来危害人间，险些将青苏害了。

苍诀的话极少，很长的时候都是青苏一个人在讲。她本来也不算是一个善于搭讪的人，但是对比苍诀，她算上话匣子了。

青苏原本以为这样不冷不淡的跟随可以持续很长的时间，没想到云霄阁的人那么快又找上门来。这次来的人并不是斐扬，而是二师姑，斐彩。

青苏这些日子行踪不定，如今怕是云霄阁派出了很多人来找她。不知道她何德何能，自从升了上仙之后，竟可以得到云霄的青睐？

想必是之前路过小镇的时候被斐彩看到，一路尾随过来的。

斐彩的目的和斐扬一样，不过她比较平铺直叙，直接说，"师尊要你回云霄阁。"

青苏和她装傻充愣："啊，什么师尊？我没有师尊。"

青苏生怕被斐彩这样一折腾，苍诀眨眼就走，她再也找不到他了。她看向苍诀，只见他神情冷淡地站在那边，倒是没有急着离开的意思，于是她略有放心。

"师尊肯再让你回云霄阁，你应该感到三生有幸。"斐彩轻蔑地说，"你心思那么歹毒，就算有人护着，怕迟早有一天，也是遭报应的。"

第五章

云霄阁高

"我不是一个心思歹毒的人。"青苏原先是不想去辩解这些的,但是苍诀在旁边,她生怕苍诀以为她居心叵测,从而和她斩断一切牵扯。虽然说她和他也没有什么关系,但是魂灯……魂灯里面的那个人,所给她带来的悸动和伤痛却是她一定要了解的。即便她明白,苍诀同灯里面那个人像,却不是他。

"如今还装作一脸无辜的样子,给谁看?"斐彩嗤笑,强硬道,"跟我回云霄阁吧。虽然我很不想你回去,但这至少是我的任务。"

"你怎么一直朝那个方向看?"斐彩微微眯起眼睛,显然是对青苏的无视而感到愠怒。

这时,青苏发现斐彩似乎从始至终,都当作苍诀是不存在的。而被无视的那个人,神情没有丝毫波动,这显然有些反常。

有些神仙喜欢在天地间隐匿自己的气息、身形,若说斐彩看不到苍诀,倒是情有可原,但是她为什么能看到他?单单对待木精,她狼狈还需要被人救,而他不费吹灰之力,修为深浅显然是天差地别,斐彩虽说没有飞升上仙,但是她的修为显然比青苏高。

青苏来不及琢磨这些原因,斐彩就大步走向前,粗鲁地掀开青苏的袖子,抓住她的手腕,说:"你看!就算你被逐出云霄阁,但你生是云霄阁的人,死是云霄阁的事,这是你一辈子逃不掉的印记。否则,我哪里会这么容易找到你?"

斐彩细看青苏的手臂的时候,却是脸色大变。那云霄阁弟子的印记何时变得无影无踪?

"你要我看什么?"青苏无所谓地笑笑。

斐彩有些气急败坏,使命地往青苏的手臂上施开术法,一边喃喃:"怎么会,云霄阁弟子的印记……那是一辈子也不会消褪的。"

"说不准。我成为上仙的时候,全身脱胎换骨了一番。也许那时候上天就知道我不是云霄阁弟子了,就将此洗去了。"青苏看着她的样子,觉得可笑。但她偏偏不笑出来,反而用很平淡的语气说这些话。

"你,你居然是上仙了?"斐彩很是讶异,嫉妒、愤恨开始烧灼着她。

青苏不介意多打击她一点:"睡上那么一觉,就莫名其妙地变成上仙了。这上仙也没有以前师父说的那样难。"

斐彩牙咬得咯咯响。成为上仙,是她多年来的梦,但是她的修为一直上不去,这个梦也就一直是一个梦。

青苏见斐彩这副模样,风轻云淡地说:"看你这样子,我突然想回云霄阁看看了。你说,我以上仙的名分回云霄阁,算不算是荣归故里呢?"

到目前为止,她身上实在有太多的谜。她似乎有必要重回云霄阁看看,即便回云霄阁,受到的冷嘲热讽会多过祝福很多很多。在斐彩找上她的时候,她便有回云霄阁的心思了。

只是此刻,她有牵挂。

"那便赶快收拾行李出发吧。"斐彩在心里念了个静心咒,告诉自己要耐得下心,完成师父的任务要紧……

青苏很慢条斯理走到苍诀的旁边,对着苍诀说:"我要回云霄阁了。虽然我很不想回去,但是有些事情我必须要理清。我很快就会回来。"

青苏非常隆重地和苍诀道别,弄得斐彩很是奇怪,却偏偏又要按捺住性子等着她,好生焦躁。

"你会等我的吗?"青苏认真地说。

等了很久,苍诀才微微颔首。

青苏一下子放心,然后跟着斐彩走了,只是回头的时候苍诀已经消失了。

回云霄阁的途中遇到了斐扬,斐扬站在通往云霄阁的天桥上。

斐彩一看到斐扬,就耀武扬威地说:"我竟比她师父更快找到她。而且斐扬,似乎你曾经见过青苏,却没把她带回来,到底是不遵师命,还是什么?"

斐彩在师门的人缘并不好,由此可见一斑。

斐扬对她的冷嘲热讽视若无睹,他看着青苏,眉目间有青苏看不懂的情绪,他说:

"你还是回来了。既然这是你自己选择的,也罢。"

斐扬望了一眼青苏空荡荡的手腕,目光停了一秒,便扬长而去。

刚刚进了云霄阁,被她模糊的很多回忆骤然间都回到她的脑海之中。仿佛这一刻,她又变成了宝菡,却又不完全是宝菡。这种关系就像是她怎么也搞不懂,自己当初怎么会因为斐扬对一个得罪她的师妹笑了一下,便趁机以斐扬的名义将这师妹约了出来,然后趁她不注意,将她推入崖底,身陨崖底。那个师妹,按照她目前的角度来说,为人的品性算是比斐彩好了非常多。

云霄阁如同以前一般的仙境,到处云雾缭绕。雕梁画栋,经过长年累月的积累,建筑物以及各种装饰越发铺张而奢侈,非常细致,像是要渐渐步入腐朽之前的华丽。

青苏前脚刚刚踏入云霄阁,就有人说师尊召见。如此的特殊待遇让同门眼红不已。

云霄师尊并没有如以前那样从来都是端坐在上首,反而端出一副和蔼可亲的样子,纡尊降贵地步下台阶,走到青苏面前,说:"当时只是一些误会,为师不察,一时将你逐出师门。如今你回了云霄阁,还是云霄阁的弟子。还是我阁的好徒弟。"

青苏对云霄倒也没反感,作为一个掌阁之人,他的做法无疑是对的。她作为宝菡的时候有错在先,云霄依法惩处也是应当的。若是没有惩处,那就是包庇了。

只是这个误会,也来得忒蹊跷了。

师尊说了这些安抚人心的话便让青苏退下了,随即就对全阁宣布,小师妹并非宝菡所害,而是宝菡受奸人所蛊,以至于动了嫉妒之心。基于其敢于改正,一心修仙,既往不咎。

青苏的回来,在云霄阁里头掀起了轩然大波,尤其是她还顶着上仙的名分回来。云霄阁虽说实力不凡,然而能称得上上仙的也就那几个,她在别人的眼里,从来就是一个游手好闲的人。

所以她刚刚出了云霄殿的门,同门中很多人便凑到青苏的旁边,问候的有之,讽刺的有之,试探的有之,巴结的有之,忐忑的有之,平辈对她的态度大多都是不友善,辈分高一点的自矜身份,还能够稍微掩饰一下。

总之,她的回归,本就不是个让人祝福的存在。

青苏也懒得和这些人应付,稍微敷衍两句便往着偏僻的地方走去了。冷言冷语对她的影响不大,但是她觉得很烦。

说来也奇怪,她走着走着便走到了无底崖附近。无底崖深不可见底,凡是掉落,不论仙神,俱丧身,故而取名为无底崖。当年她就是在这里,亲手将那个小师妹给推下去的。如今旧地重游,唏嘘感叹不已。

小师妹怕早已经是尸骨无存,无底崖的可怕传言,让云霄阁的弟子也不敢下去将小师妹的尸体找回来。

青苏看向崖底,黑乎乎的,如同旋涡,要把人吸入。她脑海里忍不住地回想起当时将小师妹推下去的情景,那样真实的触感,只要轻轻一用力,她就立马翻下去了,带着惊惧不可信的表情。

她看得稍微久了点,只见崖底隐隐约约地浮现出了一个妖娆女子的影子,她记得小师妹那天的穿着打扮也分外妖娆,刺眼得很,像是一只招蜂的花蝴蝶,她急忙离崖边远了点,生怕小师妹突然跑上来向她索魂了。

她觉得自己定然是看错了,又往崖边挪了点,那妖娆的影子清晰且放大了一点,虽然还是看不清楚她的样子,但觉得她的嘴角定然是弯的。

"你果然不负我望。居然回来了。"女子的声音从崖底传来,带着回音,有种很诡秘的色彩。

听声音,就知道绝对不是小师妹。

无底崖被传言是危险之地,但却从没听说过下面封印着妖或仙。

但是青苏却很肯定,自己绝对见过她,但是那块的记忆仍然是模糊的。

"你是谁?"任谁都要追问一句。

对方只是保持着嘴角的弧度。

"你到底是谁?"

那妖娆女子的身影慢慢透明,最后消失不见,让青苏几乎以为那便是她的幻觉。

之后几天青苏待在云霄阁无事,总是会到无底崖之上,但是无底崖下的那个人影再也没有出现过。

几天后,云霄师尊再度召见青苏,且只召见了她一人。

那几天,据说云霄阁来了贵人。

青苏这回一进云霄阁就觉得气氛与以前大不相同,感觉无形之间带了一股的威压。

云霄师尊面上的表情比之前的还要和蔼可亲,面上挂着淡淡地笑,他居然问了青苏这几日在云霄阁中待得可是习惯。

青苏顶着云霄师尊一口一句宝蔻带来的不适,答道很习惯。

云霄师尊叹了叹,说:"孩子,以后这些人可以不用理他们。"

"此番让你前来,我是想叫你见一个人。"云霄抚动长须,笑道,然后侧过身,引着青苏往前看。

第六章

天帝认女

只见前头走来了一个宝相庄严的男人,衣着华贵器宇轩昂,浑身散发着迫人的气势,即便他脸上带着笑,也无法将这股迫人的气势给削减。

天帝先是将青苏端详了一番,而后长叹一声道,"吾女长大了。"

青苏显然是震了一惊。她无父无母的日子是习惯了的,如今突然出现了一个父亲,而且这父亲还是这般金光闪闪的一尊神。也怪不得云霄突然改变主意将她迎回了。

青苏默然。这乍然而至的父亲让她无所适从。野生野长的她,身上居然留着天帝的血脉,也勉强可以和神女扯上一点关系?

云霄在旁边提醒青苏,"快叫一声父亲。"

不论云霄如何鼓励,那"父亲"两个字,青苏却是怎么也叫不出口。

天帝倒也不介意青苏迟迟未曾叫出来的父亲,他面有愧色:"虽说我为天帝,掌四海八荒,然则,毕竟你生母是凡人,就算是如今,你已成上仙,但我仍不能将你认回。难为你了。"

青苏对突然出现一个父亲接受得倒也挺快的,青苏说:"云霄师尊对我非常照顾。如果没有师尊,我恐怕已经命绝云霄阁了。"

青苏说得诚恳,但此话让人听出了几个意思。明面上的意思是云霄照顾她,没有让她对小师妹以命偿命;而另一层意思……若是她待在云霄阁,那天劫恐怕不能度过。

总之在青苏天劫期间,云霄将其逐出云霄阁总归是不道义的。云霄面有愧色,天帝看了他一眼,云霄要巴结天帝,也不能扇自己之前的话一个耳光,于是说:"好歹算是无事。"

"可曾有人助你度过天雷?"

"我刚刚度劫转醒的时候有见到一个背影,应当是有人救了我,便走了。"青苏的实力如何云霄也是清楚,天帝识人的本领也好,一看便知晓以青苏的修为根本不抵天雷。顶个父亲身份的天帝始终比常年板着脸、高居在殿阁,除了他得意弟子之外对其他事俱不过问的云霄亲近许多。故而他问这个问题的时候,青苏倒是如实回答了。

"可否描述一下他具体的样子?朕定要好好感谢他。"

"玄衣黑发。"青苏果断地用这四个字来形容。脑海里关于那个人的背影,已经完完全全地和苍诀重合在了一起。

普天之下能助人度过飞升上仙天劫的也不过那么寥寥几位。如此形容的不是那位还能是谁。

天帝慈眉善目,他微微点头,道:"如此,算是再生之恩了。你可想报恩?"

"想。"青苏道,"但我之后碰到过恩人。他总是冷冰冰的,叫我无从下手。"

"你的恩人在天地间也算是一个人物。"天帝说,"你若要报恩,不妨与之有七世情。事毕,取其精魄,焚于凤凰台上,是可浴火而重塑生,此乃利他利汝之事。不仅他的修为可上一个层次,破此刻修为之瓶颈,也算你立了大功。吾可名正言顺地认你为天界的公主,可谓一举两得。"

天帝这番话说得太动人,且身处于这样身份地位的上位者说话都自带一种令人信服的力量。也许是血缘的羁绊让青苏的心放下防卸,总之,青苏不作二想,便同意可以与苍诀一同历七世。

得闻青苏同意的时候,天帝和云霄相视一笑。

天帝这次来是为了将青苏接回天界的,顺便等待历七世的时日到来。

青苏本想回凡间和子桑知会一声,但又想,子桑说是自愿待在她旁边,而心里想的又说不准是哪番了,故而当她碰到斐扬的时候,便叫斐扬顺便帮自己这个忙,如果看到子桑,请告诉他,目前不要找她。

青苏补充了一句,"哦,不好意思,上次你给我的手链我给他了。你应该可以从中寻找到他的气息。"

斐扬表情变得古怪。

青苏很平淡地无视他的表情,然后说:"麻烦你了。"

至于苍诀,她之后会有很多很多的时间可以见到他的吧,也不急于此一时。

要离开云霄阁的时候青苏又去了无底崖看了一次,这回出于她的意料之外,她看到了妖娆女子。妖娆女子的面容比起之前又是清晰了。

"你要回天界？和你的父亲？"妖娆女子摇头，语气鄙夷，"云霄那老头千年万年了，还是那样。真是道貌岸然。"

"你到底是谁？"

"原来你都忘了。"妖娆女子扫兴之余又带了一丝侥幸，她慵懒地说，"来，告诉我，你那父亲，找了你要做什么？"

青苏对妖娆女子从骨子里没有好感。总觉得她那张艳丽的脸下藏着一颗发黑流脓的心，她说："抱歉，我和你不熟。"

"说出来，我有方法让斐扬喜欢你。"妖娆女子循循善诱。

"其实我以为你应该是很神通广大的。"青苏微讽，"但是你看不出来，我已经不喜欢斐扬了吗？"

青苏暂时并非作为天帝的女儿回天界，但大家大抵都心照不宣了。故而天帝将她带回天界的时候也算是声势浩大，有点身份地位的神仙都出来迎接。

天后见到她的表情绝对不算是友善。青苏的存在便是提醒着天帝年少时的风流，但是她还是笑得仪态万方，将她当作贵客远迎。

青苏自从回了云霄阁，就被人围观了一番。如今只是到了更大的地方，接受了更为声势浩大的围观。天帝与凡人所生的孩子，即便是上仙又如何，血统不正，根基不稳，如今竟也敢回天界？大多数的仙人都持不看好的目光。

青苏也懒得和这些人应付，私生女的日子总归是不好过的。她从小到大受到别人的白眼不少，已经习惯了。

青苏并不是安静不好动的女子，既然到了天界，不到处走走就太对不起自己的天界一行了。值得一提的是，在天界的某个云涌万象的地方，她看到了一尊巨大的雕像，雕像里面的人似曾相识，相貌无可挑剔，神情微悯，有股冷眼观世的出尘味道。

青苏盯了那雕像很久。即便雕刻得栩栩如生，然而对比她在魂灯里头看到的，始终缺了恰到的神韵。那腰间佩戴的玉，也不如魂灯里头看到的那青玉灵气逼人。

"那是父神之像。"她脑海里不知何时蹿出了这样的一句，仿佛多少年前她还年幼，云霄阁里头教她三界的夫子用一种沉痛惋惜的语调说，父神创了这个世界，耗尽了元气，最后在神魔大战中，将妖界重创，不久便寂灭了。

过了父神之像，越往深处走，云朵就越是黑暗。走了很长的一段路后，青苏竟又回到了原点，这时她看到父神像有所变化，腰间的青玉变得如镜子一般平滑。旁边的云彩拱成了一个小门，青苏从小门进去。

门内别有洞天,风景秀绝。

她的前面摆放了一块大镜子,镜面光滑,镜子旁边缠绕着黑色花枝,镜子中倒映出她的模样,青衣黑发,容貌秀雅。这副容貌在天上算不得出色。

她绕到镜子的后面,再转过去看镜子的时候,镜子里已经没有了她的人影。只有极高的一座峰,峰边飘着无数的白云。

镜子里面的情景瞬息万变,青苏稍微调转开了视线,便只见镜子里面是一片血红,血红色漫溢开,滑入一块清润莹洁的青玉中,那玉骤然间变成血玉,散发着等同日月的光芒,光芒过后,血玉化成了绝世倾城的女子,青衣青发,血色瞳孔,表情迷茫而伤痛,镜中人望着满目的血色,将身体缩成了一团,仿佛被这个世界遗弃。

青苏觉得晕眩,身体不由自主地也如同镜中女子一般蜷缩成一团。

那血色渐渐散尽,镜中人的瞳孔也变成正常的瞳色,映衬着流云朵朵。

"父神……"

青苏听见镜中人低喃,碎在风里。

镜中人眼里流下的分明就是一滴血泪。

青苏浑身上下像是被掏空了一样难受。整个人仿佛要崩溃。

她好不容易才站起身来,想要碰触那面镜子,却没想到她的手刚刚碰到镜子,就听到碎裂的声音,镜中人连同背后的风景都化为细碎的块,然后瞬间在原地碎成了一堆。

镜子毫无生机。

眼前的画面开始摇晃,仿佛天崩地裂般,她的意识开始涣散,记忆的碎片不断地涌入她的脑海,她仿佛身处的不是真实世界,而只是一场幻梦。

原来,她本就是镜中女子。

第二卷

重回神身

第七章

重回神身

两千年后,青洞府,九凤上神居。

自当年神魔大战后,父神寂灭,妖帝受重创不知所踪,各界排得上名的人物也不过那么几个,撇开此刻在神界的众神,便有执掌四海八荒的天帝,暂理妖界的沐习,还有便是司劫上神九凤。

这九凤上神,即便她千百年来都隐于青洞府,甚少参与各界的事,但是从来不妨碍她举足轻重的地位,一旦有人提到父神,总会将目光转向九凤。父神神力无边,乃是创世之神,故称父神。他凭着一己之力创下三界,这九凤,便是父神腰间那一块玉所化。当年跟在父神身边的时候,那是日日吸取天地精华,单这一份,就是天底下别人无法比拟的了,何提父神去时,她得了父神大半精血,塑了神身。就凭这些,就算没有哪个仙神见识过她真正的实力,也足以让人将她在排行榜上摆得高高的,连现在掌天庭的天帝都是她的后辈,也要敬她三分,不敢招惹,还给了她一个帝君之位,人人都称她一声君上,就连她的一双子女也让人以殿下相称。

如今这尊神,大梦方醒,正怏怏地坐在那万年寒冰所制的床上,冰床的边缘雕着各种式样的莲花,衬得这尊神的容颜越发苍白,全身的肌骨越发地如冰玉般剔透,仿若透明。

一千年的岁月,青苏的那一世所经历的总是反复、清晰地呈现在她的梦中,让她仿若身置梦里,如临其境。以往的梦,总是连续而冗长,醒来后胸腔总有闷闷的感觉堵在那里,令她隔了很久,才从青苏的心灰意冷中恢复过来。而这回她又陷入这场梦的时候,只是在轮念镜中见到自己的影子的时候便慢慢醒来,即便如此,醒来时的感觉依旧如故。

"君上。"九凤上神的侍女绮歌手执着冒着琉璃光彩的瓶子,正小心地将瓶子中的泉水倾倒在冰桌上的杯子里。君上最近万把年来百无聊赖,久而久之,便喜欢离了魂去体验世间百态,以此增益修为。但君上向来去时总会将青洞府的事情交代完毕,至少也会同她与另一侍女乐旋知会一声,然而上次离魂,却是无声无息,回来的时候,却是从没有见过的失魂落魄,苍白痛苦,魂魄仿佛已经千疮百孔,支离破碎。绮歌自从九凤将她信手救下,已有几万年。这些年,她见到君上都是一副漫不经心的模样,往次回魂时,皆是神色无常,就仿佛只是去喝一杯茶水,哪见过那样的情境?绮歌当即就吓得不知所措了。

绮歌将那冰泉水递到九凤面前,容她润了润唇,才道:"神帝以前送了拜帖过来,我回绝了。最近两年,他频繁派人来,向君上借青璇玉,我自作主张地拒绝了。"

"神帝?"九凤的神情微动。

绮歌失察,立马说明:"神帝是父神遗留下的嫡裔,千年前从九重天上另辟了一重天,开创了神界,领了一群的上神长居神界,被众神尊为帝。"

神帝血统高贵纯正,生而为上神,算是父神去后,许久没有的事了。虽说如今的上神不像早先时候凋零,综合实力远不如远古时代强悍,但能号令众神,开辟神界,那神力定然被那些老祖宗尊崇。连绮歌提及他的时候,眼里也是向往之意。

"父神并未娶妻。"九凤道。

这等久远的事情凭借着绮歌的资历是无法擅加议论的,她只能沉默。

九凤也知道自己并不会得到回应,便勉力站起身,从那冰床上下来,青丝逶迤一地,柔若绸缎。绮歌稍稍扶了扶九凤,就被她挥开,九凤道:"我没你想象得那么荏弱。"

君上脸上很少有表情,绮歌刚刚跟在九凤身边时,以为大人物总是喜怒不形于色,后来她发现,君上根本就没有什么情绪,漫不经心惯了。跟着君上的时间长了,她原本一惊一乍的性子也被慢慢磨平,渐渐变得四平八稳。但是现在,当君上看到那两个小孩子的时候,表情显然是生动了好些,仿佛不再是那冷冰冰的玉,绮歌由衷地觉得这青洞府变得有生气了。

那神帝惦记着的青璇玉此刻正在其中一个孩子的手上把玩。这是一个玲珑剔透的小女娃,她的眼睛是浅浅的黑色,眼睛里带着笑意,亮晶晶的,非常有光彩。另一个男娃在原地张牙舞爪,试图将护住他们的结界扯破。但这结界岂是那么容易破得了,玩得久了,他就将结界肆意地捏成各种形状,自个儿玩着乐。

九凤给这一双儿女取了名字,女孩叫诛谧,男孩叫洛和。也恰是这对孩儿,让她修养了千年还是这样气色不佳。但九凤并不怪他们,她疼他们到心坎里了。眼见着他们还是一副屠弱样,她就恨不得自己多受一点的罪。

诛谧和洛和见到九凤来了,便纷纷地停下手中的"活计",两双眼睛骨碌碌地转动着,瞧着九凤,都咧开小嘴,笑了。他们朝着九凤挥着手。小孩子虽然说先天不足,但好歹后天金贵地养着,就稍微养胖了点,短手短脚很是可爱,尤其是当小诛谧脚下踩不稳,滚在了软软的结界上,摔了个狗吃屎,露出懊恼的神情,然后可怜巴巴地看着九凤。

但此刻,九凤还不敢抱他们。生怕一个不小心,坏了结界,又让这些天的努力白费。真叫人心痒痒。只能站在结界旁,含笑地听着他们讲些他们觉得很好玩的事情。

说到这对孩儿,这就不由得再提提九凤所经历的一段孽缘。九凤上次刚刚回魂不久,嗅到了久违的父神气息,便抛下所有事物,灵魂立马脱离神身,恰好寻到因天劫而死的宝菡的身体,复生为青苏。

之后的事情,便如她梦中所见,之后经历七世情,再然后她和神帝爱了一场,也恨了一场,遂有了青苏心灰意冷,引了九九天雷,从此魂飞魄散。她虽历了青苏那世,但毕竟是有着上神的魂魄,天雷不侵的能力,不会消弭于世间,故而当她以为自己将拥无尽黑暗,死无定所的时候,眼前骤然天光大开,俯瞰万千世界。熟悉的感觉找回来了。她原来是高高在上的司劫之神,不是那小小的无人可怜的青苏上仙,故而通过那无色屏障,归根到底是因为她的魂魄本就是一个上神。

青苏不过是她经历的寻常一世,只是对象稍微有来头了一点。她从来可以游刃有余地抛弃她经历的每一世,但这次,或许是母性的本能,她无法全身而退。一股执念让她强行将肚中孩子的魂魄从青苏的肚子里剥离。孩子在母胎中孕育没多久,形态还未成,她便以自己的精魄将孩子的魂魄补足。两个孩子没有躯体,她将自己的手腕割破,以血喂养,养了好些年,才将他们的身体形态孕育出来,如今依靠着上古神物青璇玉,以及各种仙丹妙药的呵护,方能够安然活下来。

青璇玉的重要性于九凤来说不言而喻,所以饶是神界那边三番两次想要借玉,九凤总是拒绝了去。

如今的九凤并非当初那个傻傻地连孩子也不顾的青苏。那人说要借青璇玉去,谈何容易?他们的林林总总,早就在天雷将她击得魂魄将离的时候一刀两断了。虽然神帝让她遭受了九九天雷裂骨之痛,但当年青苏误信天帝,让神帝遭受凤凰台涅槃之火焚烧之灼,也算是扯平,互不相欠。

只是偿不回一命,九凤心里有个从来未有过的疙瘩在。不久后她竟得闻神帝亲临，她以身体不济的理由打发了去，连门也不让他进，将青洞府的地位摆得老高老高的。反正地位当不了饭吃，不妨就这样用用。青洞府凌驾各界这么久，自然有它孤标傲世的资本，神界创立到近今，虽然说从者如云，但毕竟根基不稳，也不敢贸然挑起青洞府的怒火，各界对神界吃的闭门羹都在隔岸观火，许多人都认为九凤是想借着这次机会，表明青洞府在四界的地位。

九凤的侍女绮歌同乐旋皆不知她这次历过什么，但总觉得九凤与以前有很大的不同。原先的她只要面对与父神扯上一点儿关系的事，便不那么倦怠，如今面对突然冒出来的父神的嫡裔，竟闭门不见，也是邪乎。故而两人都往着那千年里发生的事情联想了起来，想得越深，竟越是心惊，便不约而同地缄默。

九凤这次睡醒，就不想再睡过去了。她不想再梦到那些事，更主要的是她的两个孩子已经千岁，她不能让她的孩子整天都不离灵丹妙药，还要天天用结界护着。何况她的孩子虽是用魂魄与血诞下的，但千岁的孩子，还不至于这么小。

如今她身体也恢复差不多了，便不能一味倦怠在青洞府，青洞府虽说地位超然，但毕竟不能太傲慢，于是就向乐旋要了近来宴请她的邀请函。

九凤稍微翻了一遍，无非是哪家的孩子又娶亲，哪家的媳妇又生了孩子，谁又多少的寿诞这些鸡毛蒜皮的事。赴宴还是有些考量的，比如说南海龙王三太子的婚宴你去了，北海龙王的大太子孩子的满月酒就不能不去。九凤虽然在情这一事上比较迟钝，但并非不通人情世故的。而且，她两千年后首次出来，这意义，更是重大。

思来想去，九凤最后决定去赴天后请众神共赏的百花宴。

第八章

两神相会

其实天后长什么模样九夙已经忘得差不多。约莫是个雍容华贵,整天板着脸的女人,每次见到她的时候,总觉得是阵仗非凡,仙女一排排开,花团锦簇。此宴虽为百花宴,但在妖界势力膨胀的时候,众神聚在一起,总会商讨些妖界事宜。九夙对妖界的兴趣不大,她向来是中立派,到场不过是凑个人数罢了。

九夙只带了乐旋去赴了百花宴,刚刚踏入天界,就得人倒屣相迎,天后让跟在她身边的仙女一路将她引到设宴处。

近年来神界和天界之间的关系不再势如水火,妖的本性不良,时而残忍暴虐,妖界势力膨胀,两界就算有着血海深仇,在对待妖界的问题上还能够同仇敌忾,十分亲密称不上,相敬如宾总是有的。故而在那百花宴上,九夙也碰到几个已经去了神界的老相识。

天界对九夙是十分敬重,百花宴给她排的位子也是靠前。这百花宴说来也是新奇,人还没到齐的时候,花骨朵都是含苞欲放的模样,等到仙家来得差不多了,那百花同时盛放,绚烂非凡,含羞娇艳,美不胜收。九夙百花宴虽然参加过很多次,但这样的情景看一次,就震撼一次。短短的数十秒的时间,眼前景象就翻覆了一遍,真让人啧啧称奇。也不知那一干花神在百花宴前演练了多少遍。

已经盛开到极致,起伏摇曳的百花显然对九夙的吸引力不大,她很快就有些昏昏欲睡,只是强打着精神,神思已经飞到九天之外了,再加上接下去仙女们排练的舞蹈,虽婀娜多姿,体态翩然,舞技一次比一次纯熟,但在九夙的眼里,不过是几只花蝴蝶在舞动,没什么好看的。

等到话题转移到妖界的时候,九夙才稍微缓过神来,这一缓神不打紧,九夙竟发现相隔较远的地方坐了个人,在争妍斗艳的百花映衬中,显得格外冷冽傲岸,这世间无二的气度,不是神帝苍诀还是谁?这百花宴,来的大牌倒也挺多。

其实他来也不算意外,毕竟他是父神嫡裔,父神当年辞世的缘故就与妖帝有莫大的关联。妖帝杳无音信,妖界毕竟是一条线索。不论是真是假,这种场面他都要表现得热络一点。

仿佛感受到九凤若有若无的目光,他也看了一眼九凤,表情冷淡更甚之前。九凤这下才彻底回神,原来是有仙家问她对妖界的看法。

"妖帝未死,何来再生?"九凤惯来慵懒,妖界各种势力冲突日益严重,如今暂理妖界的沐习将原先如散沙般的妖界整得有些样子,充其量是顶着妖帝再生的名号,才令大部分的妖魔听从他命。若是没有这层因故,妖界此刻恐怕仍然在内斗。

如今在天界,有这么多人洗耳恭听她说的每一句话,这种变化,倒让人有些陌生。对着苍诀看过来的目光,九凤觉得这种感觉很是微妙。

我就站在你面前,你却不知道我是谁。

以前的我是低声下气,千人不屑。现在的我是一身骄傲,万人敬重。

"妖帝未死,你如何得知?"苍诀声音清冷,清晰而有穿透力。做了千年的神帝,他越发地有样子,一看便是帝王姿态,一声号令就有万人随从。

九凤并不吃他这一套。她挑衅地看他,一如既往地慵懒:"我自是知道。那沐习非但不是妖帝再生,看上去还是与妖帝无甚关联的人。"

"我需要的是证据,而不是凭着主观的臆测。"苍诀一下子驳了九凤的话,"那些妖魔,相信的,也不过是证据。"

若能提供妖帝未死的证据,倒戈沐习的妖魔势必重新考虑阵营,沐习的其余对手,也会借此让他威信大损,各立为王。

证据?九凤嗤的一声笑。若妖帝已死,那红衣女子便不可能在你面前晃悠,而是一并消散人间了。只是她不想说这些,那红衣女子,她也是时候新仇旧恨一并报了。

"你说你是父神嫡裔也能拿得出证据?"她万把年来从未说过这样激烈的言辞,这根本就是质疑苍诀的血统了,以至于司劫之神同神帝不和的传言渐渐被坐实。原本对妖界忧心忡忡的众神开始揣测这神界和青洞府到底结下了什么恩怨。

九凤一拒神帝在先,如今又公然交锋。却不知若两人撕开了脸,神力孰高孰低。两人皆含父神的纯正的血脉,一人年龄长而历练少,无人见过她出手,看上去像是摆设的花瓶,另一人生来便是上神,天赋异禀,统摄众神。比较闲的仙家百花宴回去后,悄然在赌坊开了一局,押神帝的占了七成,押九凤的占了三成。连绮歌和乐旋,犹豫了半天，最后都为九凤投了一票。

九凤和苍诀从某种意义上的第一次见面就是针锋相对，并不愉快。即使九凤很清楚苍诀便是和她同出一脉，众神也很清楚地感受到苍诀身上父神的气息，但她心里就是有些不吐不快的事。

果然见苍诀冷笑，"这些事，你不是最清楚的吗？"

许久不见，苍诀的气势越发迫人，但始终没有当年那么伤人。如今的她，不会像青苏那样软弱，为了一个男人，就甘心放弃那么多条生命，或者接受别人的恶意中伤。

九凤道："清楚的人自然清楚，不明白的人，也当作是明白了。"

九凤这话说得含糊莫测，虽有让步的意义，但听着还是让人不那么愉快。这时候紫微大帝来打了一个圆场，他哈哈笑道："神帝的血统恰如上神一般，皆是天下公认。父神的血脉，没有人敢混淆。"

也意识到自己太过尖锐，不符合自己的作风，也恐怕他看出异样，便道："也只是打个比方。"

九凤再度慵懒地靠在座位上，默不吭声了。九凤此举便是此地的让步了，两个主角偃旗息鼓，其他人又怎敢谈论这个话题，便揭过了这一页，开始谈论起如何对妖界逐一攻破的话题。

不过讨论的声音都是天界原班人马。神界的人大多数都是实力非凡，且上了年纪，妖界动乱再大，也惹不到他们。只有到非出手不可的情况下，他们才会搭一把手。这次天帝千辛万苦将他们请来，不过是为了震慑妖界，表示神界和天界友好罢了。

就好比九凤在此，俨然魂游太虚的模样。

天界最后议定了让有"小战神"之称的三殿下作为先锋队去妖界一探。九凤冒了一眼，那不是青苏的师父斐扬吗？何时摇身一变成为天后的爱子，天界新锐"小战神"？

但不论如何，前尘旧事已经过去了。他是青苏的师父，却非九凤的。九凤还是眼观鼻鼻观心，冷淡地瞧过去，将要收回目光的时候却发现天帝的余光一直停留在她身上。

天帝的目光永远是那样慈和而带有一丝怜悯，仿佛自己恩泽了万民。从前的她对天帝的印象不好不坏，但是换了一个身份，换了一个视觉角度，发现那些表情不过是戴在脸上不曾更换的面具，面具底下的脸，却不知如何肮脏龌龊。连自己的亲生女儿也能够设计利用的父亲，还能够高尚到哪儿去。

九凤不会因为发生在青苏身上的事情迁怒到天帝的身上，但她因此看到了天帝的本质,他的形象,无论如何,在九凤的眼里,只会低到尘埃里。

如今天帝看向九凤的眼神,总让她觉得他有所求。

天后的百花宴设了好几天,在攻伐妖界问题上,如何行军布阵也谈论了很多天。九凤本挂念着府中一对孩儿,待了一两天便要离去,也正在这个时候,天帝突然在她临时的住所门口等他。

天帝起初卖了一大堆的关子,讲的无非就是如今神界地位超然,连青洞府都不放在眼里。又委婉地提议,他很是想与上神共享江山,若是神界与青洞府结为姻亲,便是双剑合璧。

天帝对青洞府的窥探之心不是一天两天的事情了。现在见她对神帝挑衅,对他的三儿子多看了几眼,便以为是有了希望。

共享江山,双剑合璧?这话听起来很是不错,并且天帝的三儿子也是一表人才,龙章凤姿,在天界也有一定的名气,能力也不错,不算是非常辱没了她。

天帝明着事事为着九凤考虑,但实际上,还不是因为神界风头盖过天界良多,他生怕被推翻从而再度考虑到九凤这个外援,九凤又岂会看不出。若非神界那群人清高,又与世无争,天帝之位,怕早就易主了。

九凤望向她,嘴角勾起轻蔑地笑,她反将一军:"共享江山?你是想,将这四海八荒交与我吗?"

"也可。"天帝虽允了,但脸上的笑,不如之前那样深了。

"那天帝不如趁着大人物皆在天界时,宣布就此退位让贤者?"九凤逼得更甚,天帝显然有些破功了。天帝乃是凡人得道,比不上他们这些天生仙胎凤源深厚。但也因为小人物出身,显得小家子气,斤斤计较,格局小,整天尽想着一些肮脏的手段,让人颇为不齿。从前她尚且可以同他井水不犯河水,然而经过青苏那一世,亲自体会过天帝的算计,看他这假仁假意的模样,心中便来气,今日忽然不想视若无睹。

九凤心里不由得鄙夷。若要这天界,数十万年前,她便可唾手得来,如今她又怎么会稀罕?这天帝,明明知道这点,却还是怕她夺了他的位置。

"哈哈哈哈哈……"天帝干笑,显然是想逃避。

九凤也不戳破,道:"府中还有些事。我暂且离去。"

天帝暗松了一口气,"如此,便让我送你一程。"

"不就是几步路而已,并不劳烦。"

天帝还是意思地跟了几步。九凤只觉得天帝虚伪可笑,挥挥衣袖,便离去了。

天帝以往更厚颜无耻,总是明喻暗喻地想要娶九凤,甚至有将天后废了,立九凤

第八章 两神相会

为天后之意。

九凤那是何等的身份,何等的风华,天帝以为这是诱惑,却不知根本就是侮辱了她。那天后也以为自己是天帝手中的宝,每次瞧她的眼神,总带了些怨愤和嫉妒,九凤觉得可笑之余,又觉得无聊。

九凤同其他远古神祇一般都有些矜傲,对半路成仙的总有种芥蒂。天帝没有明白表示,九凤也当作不知,瞧不出。

九凤不理会,天帝也不敢如何。九凤虽说年龄阅历比天帝多了好些,但至少她还是风华正茂,绮年玉貌。天帝修炼成仙的时候,早已经过半百之年了。成仙让他看上去年轻,但知天命的年龄是逃不掉的,若是强娶,他的权贵之路,也就走得差不多了。

天帝成仙是侥幸,得天帝之位也是运气好。他并非生而为神,也非远古神祇,故而到手得越不易,就越怕失去。当年父神陨世,大半的神血入了九凤之身,其余的散入四海八荒,天帝恰好得了一滴,从此拥了仙骨。此时,天界大乱,原本最有希望成为新统治者的九凤和其余的老祖宗一样,都各自归去,以至于让他寻了空,以上仙之资一举拿下天界,成为天帝。

九凤没有立马离开天界。她顺路去太上老君那边蹭些仙丹。她常常命人孝敬一些东西给太上老君,故而太上老君总是会留好些仙丹给她。

出了兜率宫,不远处,她竟碰到苍诀,这也算是狭路相逢。九凤这一世和苍诀没有什么交集,在百花宴上的口角冲突也犯不着让苍诀站在这儿堵着她。果不其然,苍诀来此,便是要借青璇玉一用。

苍诀此人,待人向来是冷漠。即便他有求于人,那神情却好像是别人在求他。

青璇玉的功用有很多种,苍诀手里头什么宝物没有?苍诀如此执着地要借青璇玉怕就是想要修补或者稳固谁的魂魄。神界那些人都是成了上神的,何必用到这玩意儿,就算要借,也会是直截了当地朝九凤借——这东西,怕都要用在那红衣女子的身上。

想到此,九凤心里更不是滋味。她说不借就是不借,哪管对方是何等的身份。对方堵在她前头的诚心,更是让她看得刺眼。青璇玉有修魂稳魄之用,身为她的主人怎会没有。九凤偏偏就是为难他。

九凤一开口便抢了先机地拒绝:"青璇玉此刻有大用,万万不能离了青洞府,神帝若还要借,便等到万年之后吧。"

苍诀被拒绝脸上表情不变,但九凤觉得他整个人骤然间冷了许多,只听到他四两拨千斤地说:"依我所知,一个上仙,在历劫不过千载,便又接受飞升上神之劫,这到底是司劫之神疏忽职守,还是有意为之?"

如今倒是拿青苏之死来说她了。九凤无关痛痒道:"也许不过是那上仙求死的意念太强,或者求胜之心太盛,发生奇迹了。这天地的产生,本不过就是奇迹。"

却不料苍诀眼神骤然寒了下来,他盯着她,说道:"你知道些什么?"

九凤见他的气势迫人,倒也不紧张,也存了心报复他似的,目光坦荡地迎向他,意味不明,她半含讥诮地道:"一手酿成的错,到现在何必将罪责推到别人的身上?"

眼见着苍诀望她的目光越来越深,她倏地一笑,紧张的弦一下子崩断,道:"时辰不早了,且让!"

苍诀竟是默然,任由九凤从旁离开。

九凤虽然在苍诀面前不失分寸,但是原本平静的内心被搅起了微澜。

她生来至今,鲜少与人有口舌之争,对人冷眼相讽,百花宴上的种种,算是她的失态了。她在苍诀面前,越来越难以将青苏那一世发生的事情完全撇清,将之当作别人的、与她浑然无关的事看待了。

九凤刚回到青洞府的时候,便见到绮歌满脸泪光,恨不得以身谢罪的样子,她心里一堵,不等绮歌说什么,她就急忙赶去看望孩子。

果然是出事了。结界已破,剩下细碎而支离的光,只剩下洛和一人在原地,诛谧和青璇玉却不翼而飞,整个宫殿看上去冷清了许多。

洛和一见到九凤,就跑了过去,九凤俯下身,他连忙缠上了母亲的臂弯,神情惘然地说:"母亲,妹妹,妹妹去哪儿了?"

她闭起眼,努力聚集心念,结果发现那青璇玉的气息,就好像被吸入了一个空洞中,她感应不到丝毫。青璇玉与她息息相通,如今这样的情况,却是从来也没有过的。青璇玉一般有大动,她总会在第一时间感受到。

九凤不由得脸色大变,心里也开始慌张起来。她抱起着洛和的双手甚至有些颤抖,她小心地检查他身上有没有什么损伤,而后轻声问:"是谁?"

"我没看清楚。我来的时候,只看到一道黑光朝着结界劈了过来。然后,然后小殿下就不见了。"绮歌道,她明白此刻应该争分夺秒,即便她在哭,她还是竭力将事情叙述完整,以便给九凤有用的信息。

"不准哭。"九凤道。绮歌闻言,连忙用袖子使劲地擦着脸,用力太大,脸上都被擦红了。

绮歌到底是经历过大事的人,她道:"一出事,我就将青洞府封闭。但是却没有感受到有人出去。"

第八章 两神相会

九夙摇了摇头，道："他早不在青洞府里了。"

此时情况一团糟，幸而洛和没事，如果一双儿女同时失去，她不知道该如何承受。也多亏经过这么多年的调养，他离了结界，还能够安然无恙。

洛和虽年龄甚小，但他的父母是天下一等一的人物，虽体格孱弱，但天生神力非凡，眼力更是数一数二，他这时知道恶人将妹妹给拐走，在旁边细声说道："我看到一只毛茸茸，黑乎乎的狐狸，额头上有紫色的记号。"

九夙一想，便想到了堕狐一族。青丘之国在远古的时候出了一个叛徒，这叛徒妄图逆天改命，将青丘之国掌控在手，结果却带了一干心术不正的狐狸堕入魔道，去了妖界，投了妖帝。堕狐一族极容易被心魔反噬，神志不清，极其容易丧命，心魔是堕狐一族的大患，而求抑制心魔的方法，便成为堕狐的大任。青璇玉，一大用处就是固魂。

青璇玉是圣物，向来是不离九夙之身，这次他们竟不知道听到了什么风声，居然将主意打到了九夙身上。

堕狐的老窝在妖界，九夙命绮歌与乐旋在青洞府去寻找有无蛛丝马迹后，便小心地将洛和护住，腾起云雾，直朝着妖界方向而去。

九夙将洛和紧紧抱住，她此刻已不敢再将洛和留在青洞府，她对洛和说："我们去找妹妹。"

离了青洞府，结合着空气间流散的堕狐的气息，九夙隐隐约约可以感受到青璇玉和女儿的下落。腾云驾雾间，那气息越来越微渺，仿佛在下一秒就要消失得一干二净。在将要闯入妖界的时候，九夙更是将洛和紧紧护住，生怕妖界的煞气入侵到洛和的身体里。

她准备要闯进妖界的时候，却有人冷声地阻拦了她："此刻不应闯入妖界。"

那声音，九夙就算过了千年还是会辨认得出来。她眼前站着的是苍诀。

这一分神，她完全感受不到任何有关的气息。九夙这也由不得一脸怒容，道："你又要做什么？我做什么事，不需要你指手画脚。"

天界将要进攻妖界，自然不能让妖界看到任何蛛丝马迹。但情况紧急，她就算坏了两界的密谋又如何，大不了一人对抗妖界。

苍诀显然是看到九夙抱着的洛和了，他微微皱眉，沉默了少许，道："你的孩子？"

第九章

狭路相逢

九凤冷笑道："是我的孩子。"生怕他误会似的,又特意强调了一句,"百年前,我与凡人所生。"

洛和虽近千岁的年龄,但是看上去与百岁稚子无二。苍诀看了洛和半晌,道："甚有上神英姿。"

洛和窝在九凤怀里的身子不安地动了动,他抿着小嘴,双目有神地打量着苍诀,充满好奇。

堕狐的气息消失得一干二净,九凤也不知应当要往哪儿追去。她虽看不惯苍诀,但事情紧急,她也不由得向他服软,道："你可曾在这附近看到堕狐?"

"堕狐不曾见到。"苍诀道,"前不久倒可感受到一股非妖非仙的力量。"

非妖非仙的力量……九凤眼前一亮,道："你可知那力量往何方去了?"

"青璇玉。"他淡然地说出这三个字。

苍诀与她的关系不善,她很是明了。但他在这如此急人的时刻,却这样乘人之危,九凤的耐性骤然间升腾到了一个临界值,她不由得口气恶劣道："青璇玉已被人窃走,那窃玉的贼,正是那力量的主人,你若要借青璇玉一用,至少要找到青璇玉再说。"

"青璇玉是青洞府圣物,何人敢拿? 又有何人拿得走?"苍诀负手而立,冷漠得不近人情。

"我断不会骗你。"九凤道。

苍诀似乎想到什么,表情有所松动,他说："那便告诉我,千年前,于神界历劫失败的那位女子的魂魄何去,你肯定知道的,司劫之神。"

"魂飞魄散。"九凤稍等了一会,才说出来。若她立马回答,就显得敷衍。

第九章　狭路相逢

他什么也没说，就带着九凤往着力量的归处走。九凤想起青苏那一世，她曾将他误认为是父神，紧追到他后面，生怕跟丢。如今她不用提心吊胆，轻而易举地便可以追上前方的影子。今时今刻，她已经不是那个纯稚而卑微的小上仙，只是一个寻找孩子的单身母亲，真是时过境迁，感慨良多。

但最终还是迟了。当九凤匆匆赶到目的地的时候，只看到层层云雾间折射出一只通身紫黑的狐狸同那被青色光芒包裹的孩子，然后迅速地坠入雾海，消逝不见。

——那是妖帝。一个消失了许久的上古魔神。

九凤的大脑难得有一瞬间的空白。

原来她感受不到青璇玉的气息，是因为妖帝与青璇玉两者的气息抵消，之所以如此，估计便是当年他所受的重创数十万年间，仍然未能恢复。

他们不约而同地止住了步伐，但是谁都没有踏入雾海半步。

雾海不能闯。闯了也无用。一进入雾海，便身不由己，会被随机传送到天地间的任何角落。故而妖帝虽然和小诛谧一同坠入雾海，但定然不会同出雾海。

只是，青璇玉保护着诛谧的同时，也将各自的气息隐去，以防引来多方窥探。她也只能喜忧参半。

云雾翻腾，雾海之上，两位上神衣袂飘飞，一前一后，面朝着雾海，静立良久。

苍诀冷淡地望着她，久久未曾发话。

他在等她的回答。

九凤心情稍微平复了一点，便转过身，对苍诀道："当年那小上仙意念甚强，又加上没有受满九十九道天雷，故而侥幸留了一口气到了青洞府的藏魂阁。不过即使到了藏魂阁，离魂飞魄散也不过是半日的光景。她一直祈求我，救救她肚子里的孩子。我那时初初有了孕，那凡人拼死不修仙，正弃我而去，想必那孩子的父亲也是个负心薄幸的人。她怎么也不肯说出那人是谁，故而见到她倒心生了不忍，遂救下了那孩子。以后也好与我孩儿为伴。"

她尽量说得风轻云淡，每说完一句话，就稍加停滞，然后仔细地观察苍诀。

苍诀的身体越来越僵，脸上的表情越来越冷，最后在九凤的话语刚落的时候，说，"孩子呢？"

说到这儿的时候，苍诀的余光一直不曾在九凤怀里的小洛和身上移开。洛和安安静静地待在九凤的怀里，眼睛时不时地就往翻腾的雾海瞅，仿佛无意苍诀和九凤的纠葛。

九凤听到那三个字，心里陡然生出了悲凉，她讽刺道："你先问的，却只是孩子？"

果然男儿都不关心为他们生儿育女的女子。

苍诀不置可否:"久闻司劫之神玉石所化,无心无情。这不忍之情,也生得太多了吧!"

青苏于她而言,只是芸芸众生里的一人,她的搭手相救,也不过是上位者的施恩。从这个角度来讲,九凤显得关心过度了。

"人之常情罢了。"她轻描淡写地带过,嘴角咧开嘲讽的笑,"那孩子就是青璇玉护着的那女孩。只是被适才那么一耽搁,她同妖帝一同跌入了雾海。这也是你亲眼所见,别又说我藏着掖着了。"

果然苍诀不再那么淡然如松。一整个人有些颓唐。他嘴唇动了动,却什么也没说,再见他看雾海的眼神,凌厉了许多。

"那上仙将自己所剩的生魂留给了魂魄残缺不全的孩子,临去前托我好好照顾她的孩子。"九凤感叹道:"可惜,我却辜负了她的重托。和孩子相处久了,感情也深了。如此离开,倒十分舍不得。"

九凤平静到近乎残忍地说。一字一句,明明在她的心里砸开一层一层的波澜,却偏偏说得那孩子不是她千辛万苦生下来一般。

她也很佩服自己,在面对苍诀的时候,她能够这样编造一个青苏离世的谎言。她必须周旋。青洞府虽然地位超然,但真正搜索起人来,绝对是不如天界或者神界的。

她想要借用苍诀的力量来寻找诛谧,又不想让他知道青苏就是她。

"够了……"许久他才来一句,"那孩子,长什么样。"

"是个乖巧玲珑的孩子。"九凤言简意赅地说。并非她刻意敷衍苍诀。她只怕多说两句,她对小诛谧的思念就会泛滥成灾。

苍诀整个人沉寂下来。像是在隐忍着悲伤,他轻声道:"她想必不会留下任何要对孩子的父亲说的话。哪怕是控诉。"

九凤道:"是。半字也无。"

他抬起头,望向浩渺无云的天际。身影孤绝而萧然,仿佛凋零的严冬。

头顶的光线甚亮,她甚至有些看不真切他的眼神。

看着他如今前所未有的狼狈样子,九凤笑了。但在转身离开的那刻,那笑连自己都没察觉地变成了将要哭的表情。

青苏成功了,最终他记得了她。她用她鲜活而饱满的生命换来了他眼底的泪光。

九凤想,或许在她漫无边际的一世,她都不会告诉苍诀她曾是青苏。

苍诀或许爱青苏,但如果他能容许她的死亡,那便说明,他还爱得不深。

即使九凤还是青苏，即使青苏还活着，在经历了这样的生死，这样的心灰意冷后，也看透了。她不会接受一份因悔疚而驱使的爱情。这样的爱情让人分辨不清楚是真实还是虚情假意。

离开雾海后，怀里的洛和终于开口说话，乌漆漆的双眼盯着九凤，道："母上，以后妹妹不在我身旁了，对吗？"

九凤道："我会努力地找到她的。她很快就会回到我们身边的。"

洛和的眼睛里蓄了一些泪，"如果以后我都陪妹妹玩，不嫌她闹，妹妹是不是会回来？"

"她并没有永远地离开我们。"九凤反复地强调这句话，殊不知再见到诛谧却是多久以后了。

快到青洞府的时候，洛和突然在九凤的怀里闷声道："母上，我不是你与凡人所生的，对吗？"

面对孩子，她始终没有办法撒谎，她也不是一个善于撒谎的人。她的孩子拥有这世界上最高贵最优秀的血统，她的孩子虽体弱，但如同他的父亲一般，生为上神，他应当要有身为父神后裔的骄傲。

"洛和，你记住，你和诛谧，都我的孩子。拥有纯正的父神血脉。"九凤认真地看着洛和。

"他是我很亲很亲的人吗？"洛和道："我在他身上感受到了同妹妹，还有母亲一样的气息。"

九凤沉默良久，最终还是决定让孩子拥有一定的知情权，"他是。但是洛和，他曾在我们最艰难的时候离开了。但是他不清楚你和他之间的关系，所以洛和，保守这个我们共有的秘密。"

洛和似懂非懂地点了头。

第十章

上天之惩

之后的日子里,九夙一面四处打探着诛谧的下落,另一面,却在等待一个时机。

这个时机很快就来到。当九夙有意放出她陷入又一轮的沉睡的消息的时候,那在神界的红衣女子就已经按捺不住,亲自出了神界。

但仅仅片刻的工夫,那红衣女子的面前就出现了原该陷于沉睡之中的九夙上神。

这红衣女子,便是千年前,在青苏面前耀武扬威的那女子。

也是两千年前青苏在云霄阁无底崖看到的那个妖娆女子。

同样是数万年前妖帝的忠实跟班,拥有仙的血液,然而因深重的孽障与恶念堕落成魔的姬陶。

只可惜过了一千年,她还是没有等到神帝迎娶她的婚期。

姬陶也不知寻了什么方法,竟将自己一身魔骨洗净,成了仙。她拥有上神的修为,但却是上仙的品阶。她想着有朝一日能混淆视听,但是她当时忘了司劫之神恰是她的死对头。

她躲了一千多年,她还是躲不过那迟迟未到的天劫。

这次也不例外。当她出了神界之门,往着雾海的方向寻去的时候,天空中迅速聚拢了密集的乌云,连翻腾的雾海都隐隐约约染上了黑色。

她开始慌张了。

这样熟悉的场面她见过很多次。她避无可避,却仍然抱着一丝侥幸的心理,想要折返。她还没踏出几步,顿然间电闪雷鸣,一道雷直接从九重天上朝着她劈头轰下,她不由自主地尖叫了一声。

第一道天雷下来,她就知道自己逃不掉了,即便第二道雷隔了好久才落下。这样

第十章 上天之惩

一道一道雷慢慢落下，就好像是在刀俎之上被一刀一刀凌迟的鱼一样。

姬陶的修为比青苏高上很多，这样疏落的天雷反而让她的痛感加倍，神智不至于陷入恍惚，反而更为清醒。她一边忍受着痛苦，一边仍然能够中气十足地质疑突然出现的九凤滥用职权。

"你以为你改易了形貌，去了魔骨我就认不得你？"九凤冷眼望着她，上神的威严展露无遗，"你甘愿放弃永离天劫之躯，自作自受，也怪不得我。"

九凤这番也不算是滥用私权。这天雷，本就该是姬陶所要经历的。九凤只不过是让每一下的雷，落到实处。

"哈……"姬陶道，"可惜你杀不死我。只要妖帝在，你就杀不死我。"

九凤微眯眼，"杀不死你又如何。浑浑噩噩坠于黑暗数万年的感觉想必你已经深有体会。上次是父神将你锁在转念镜中，父神去了，那股封印的力量不稳才让你魂魄出逃，这次是绝计不会了。何况，此时此刻，妖帝现世，你应当是心急如焚的。哦，不过你心急如焚又如何，妖帝那种人，估计都忘记你是谁了。"

"你……"姬陶狠狠地看向她，眼睛泛红，道："他不会的。"

九凤哂笑："一般自欺欺人的都这样说。"

九凤此次寻她也算是新仇旧恨一起报。一是报她在神魔大战的时候偕同妖帝一起密酿了阴谋，导致父神的辞世。二是青苏那一世，她同着天帝一起合计，造成青苏和苍诀不可消弭的鸿沟。

只可惜姬陶当年曾用了古老的禁术，只要妖帝不死，她就永生，故而斩草除不了根。即便她魂飞魄散，也只是暂时的封印。除非妖帝亲手杀她。

当姬陶再度受了一次的雷时，突然想到了什么，龇牙咧嘴地道："你是青苏。"

"青苏？"九凤道，"这个名字我连听也未曾听过。"

姬陶联想到此也不算奇怪。神魔大战的时候，父神曾将她封印在转念镜里。青苏当年误打误撞，将转念镜给打碎，让姬陶冲破了封印从转念镜出来。转念镜的封印，在活着人中，也只有两个人能解。

"不曾听过吗？"姬陶显然是不信，她痛苦地笑了，勉强可以从她的脸上看出一丝的意味深长，"哈，我也宁愿你不是。"

姬陶道："算我多想。你又怎么会为了那虚无的情感而变得那般蠢笨。"

九凤充耳不闻。姬陶自顾自地说下去，她越说越过分："也不知是哪方的山水生就这样无欲无情的神，父神养你那么久，天知道什么怀着什么心思。可惜他因你而死，而你千万年也不过当作没事人一样，得天独厚地活着，只是虚张声势地说去找找父神,虚伪至极。依我说,你应该同他去死。"

"你不该这样提父神。"九夙目光一寒,姬陶脸上的表情瞬间变得狰狞,原本美丽的容貌也因为扭曲而显得可怕。

想必是大限将至,姬陶已毫无形象可言,那天雷击得她皮开肉绽,浑身乌黑,衣衫碎裂,她笑得猖狂:"我的妖帝还在。父神?那是永远也回不来了。"

九夙原非乘人之危者,亦非假公济私之神。眼见姬陶越来越猖狂,说出来的话越来越难听,她已然无法置若罔闻。即便姬陶熬不过天雷,但九夙还是施了术法,硬逼得姬陶才受了二十余道天雷便已形神皆灭。

待姬陶的魂魄散去,九夙稍微抬头,便见她的正前方,一人凭风而立,肃杀肃穆,像是绝世的名剑,藏在剑鞘里,敛尽了世间的光华。

自雾海别后,倒是有些时日了,他眉眼的陌生感更甚以前。

也不知他站在那儿多久,又听到了些什么。九夙理了理衣服,先发制人:"怎么,你是要与青洞府结怨了吗?"

"司劫之神消息真是灵通。"他神情冷漠地看了看姬陶魂魄散去的那个方向道。

"神帝您千年前就将她藏匿在神界中,我若再迟些,岂不显得我青洞府太封闭?"九夙讽刺道。

苍诀眼神锐利,意有所指:"杀她本不须假借你手,那九十九道天雷,就可以使她形神皆灭。"

九夙道:"你刚刚在旁边,想必也听了不少。父神之死,便有她唆使之功。父神给我以生命,又待我不薄,于我有莫大之恩。我是断不会容许任何人诋毁父神,哪怕一丝一毫。"

九夙说起父神的时候,表情是坚定而决然的,话语是沉稳的。

此时,苍诀倒也没那么针锋相对,他放缓了态度,道:"你当留着她。至少在妖帝下落不明的时候。"

九夙顺着他的话讲下去:"然后等待妖帝现世,两相勾结,于是继续神魔大战,天下大乱?"

苍诀看她,"我并非这个意思。"

"那还能是什么意思?"九夙故意装不懂。她便是喜欢逆着他的意思。

苍诀冷声道:"你知道是什么意思的。"

以姬陶为线索去找妖帝?姬陶哪有那么神通广大,知道妖帝在哪儿?若她能和妖帝气息相通,那么妖帝就不是妖帝了。

九凤不以为然。

苍诀道:"仅凭一个姬陶,你认为能翻得出什么风浪吗?"

"是翻不出。"话不投机半句多,九凤越发倦懒。此刻风鼓弄着衣服,又掀起头发丝,烦得很,她道:"你总是以为手里能利用的东西越多越好,结果却不曾想过会得不偿失吧。反正如今姬陶已不在,再多说无益。如果你实在要为姬陶讨点什么,青洞府恭候大驾。"

话毕,不过一弹指的工夫,九凤便如同上次一样扬长而去。

当然,苍诀并没有来青洞府讨要什么。之后的不久,九凤竟听到风闻,苍诀近来都在寻找引魂之物。可惜那姬陶本是无魂之魄。

九凤也没有去细究这些事。她此刻愁苦的却是另外的事。护着她孩子的结界她已经不想再建,失去了青璇玉的结界,不过是护得洛和的一时安平,她不可能让洛和一辈子待在结界内,也不会让洛和孤孤单单地待在那小小的圈子里。

如今小洛和离了结界与青璇玉,虽然一时无恙,但并非长久之计,她总是能感受到小洛和的身体细微地弱下去。她又不敢贸然地给他太多的神力,磅礴而纯正的神力迟早会被小洛和不堪重负。

失去诛谧后,九凤尽可能地将洛和带在身侧,生怕哪天回到青洞府的时候,再次被告知小孩子失踪。与此同时,众人也知晓了洛和的存在,纷纷揣测洛和到底是何身份。九凤经历过青苏私生女的身份,对这些流言蜚语倒是深有体会,当即便宣布洛和是她的儿子,碍于九凤的各种身份,众神只当洛和如同她母亲一样,是由玉所化,并无父亲。

神仙里面也有很多是见风使舵的,他们见九凤宠爱这孩子,一晓得洛和先天不足,便四处打听各种方子,力图让九凤青睐有加。没过多久,就有人告诉九凤,这世间有株敛魂草,前段时间正好盛开了,只不过早已经被神帝采走,此刻在神界内。

九凤一喜一忧。

敛魂草九凤听说过,她还曾经感慨敛魂草怎么就在父神去时就枯萎,从此只开毒花而不长益草。如今听闻这敛魂草长出来了,她简直是喜出望外。

敛魂草的正常生长周期是万年一株。她是等不及下一株了,只叹她要去神界走一趟了。

不过为了洛和,却也罢了。

第十一章

神绝峰隐

九凤断然不会想到自己被拒绝得那样彻底。她好歹是亲自前往神界去了一趟，然而去连苍诀的面都没有见上。

神界之外的九重屏障她进入轻而易举，只是她这个不速之客倒没有如青苏一样被一群的魂灵拦截，要看邀请函，所以她畅通无阻地在神界穿行，最后到了神殿的前面。如今的神界倒是比以前热闹了很多，亦非遍地是神。在神殿里面居然还可以看到一个小仙童。

问起敛魂草的下落，小仙童说，此刻敛魂草有用处，不论是哪尊神来，一律不借。九凤便说要见见神帝。小仙童只道神帝如今不在神界。具体在什么地方，小仙童起初一问三不知。

这神界在她脑海里的印象，是越发差了。

九凤见从小仙童那儿也问不出什么，便打道回府。心想缓上几日也尚可。便回了青洞府，隔了几日打发人去神界，得到的答案却仍然是神帝未归。

如此未归也不知道是托词，还是真的未归。九凤又去了一次神界。这几天连续去了两次神界，故地重游，九凤对神界的印象越发不好。每次到神界，她眼前总是浮现起青苏那日受到九九天雷时候的情境，心情都变得压抑。一千年前，这里有个上仙曾经轰轰烈烈地葬身，然而千年后，这里却依然是那样寂寥，仿佛已经无人知晓那场九九天雷的存在似的。

后来在九凤的连番追问下，那小仙童方才说出，神帝此刻去了妖界。也不知道是什么时候才能回来。

第十一章　神绝峰隐

小洛和这边虽然可以等敛魂草,但若这一株敛魂草被人先用了,那事情就麻烦了。九凤并非拖泥带水之人,为了防止夜长梦多,她干脆就带了小洛和一同去了妖界。

妖界虽为危险之地,令许多人闻风丧胆。但对九凤来说,也不过是如入无人之境。记得以前有一次,她的身份暴露了,那些妖怪以为她要来一统妖界,降妖除魔,皆吓得瑟瑟发抖,导致有一阵子她还以为那些妖物竟因为妖帝不在,从而一蹶不振到那般身残体弱的境界。

为了引起诸如此类的不必要的麻烦,九凤干脆就将身上的气息给隐藏了。如今天界和妖界的关系微妙,她虽然是中立派,但约莫还是会被算在天界的阵营,她如此贸然地去妖界,恐怕会打草惊蛇。

这次来妖界,妖界虽然和以前感觉差不多,但是总觉得妖界的妖们被大难临头的恐慌所笼罩,每个人看上去都惊慌失措,有的甚至打理着行李,准备举家迁徙。洛和生来到现在,都是在仙境中,故而见到妖界的样子,也很是好奇。时不时地拉着九凤问这问那。九凤抱着他,总是耐心地给他解答。

妖界的景色和其余三界分外不同。妖界的天空是暗紫色的,建筑的色调给人的感觉就是阴沉晦暗。当然还有一些长得可怕的妖物,这样的时候,九凤总是将洛和的眼睛给捂住,小洛和总是说:"母上,我不怕。洛和还要长成大人,保护母上,找回妹妹。"

每当这样的时候,九凤总是很难过。小洛和是识大体的,诛谧失踪后,他的变化很大,以往的小洛和往往是一言不发的,将问题藏在心里然后自己去寻找答案,而如今他的问题多,用他的解释是:"母上,妹妹见到这些,肯定也是要这样问的。如今我帮她问了。"她白白当了那么多万年的上神,却连一双儿女的安危都不能顾全。

恐慌的源头九凤很快就找到,原来那蛇已经被打了。她近些月不关注天界和妖界之间的大战,没想到天界的大军此刻已经驻守在了妖界外,只待主将一声令下,这场恶战就会一触即发。

九凤来妖界会隐藏了气息,苍诀肯定也会小心隐藏。想到这点,九凤已经更细心地去找苍诀,但是绕来绕去好多圈,还是没有见到他的踪影。这仅有两种可能,一种是她的修为及不上苍诀。另一种可能就是,他根本不在妖界。

九凤在妖界里找得心烦意乱,越来越觉得苍诀根本就已经离开了妖界,或者那小仙童有胆子欺她。九凤遂打算立马离开妖界。

这时她听到喊打喊杀声如同雷霆,刀戟割过血肉的声音也有一阵没一阵的。这些声音越来越近,天兵天将已经杀了进来,并且驶入颇速。那银色的盔甲光泽与晦暗的妖界格格不入。

妖界的大军本来就是群乌合之众,哪里敌得上天帝给儿子挑选的天界精锐!那妖界大军被杀得溃败而退,此刻天兵天将正准备扎营安寨,稍作休息,攻向妖界的腹地,眼看就要胜利在望了。

于是一身青衣,还抱着一个娃子,不慌不张地站在那边的九凤,在一群浩荡天兵以及溃逃的妖之间显得遗世独立。

那被银色盔甲所包裹的天界年轻主帅很快就注意到了九凤。那主帅面目冷峻,统领千军,明明应当是意气风发的样子,但眉宇间总是有一丝惆怅。

斐扬自然知道九凤的身份,立马翻身下了坐骑,道:"君上可好?"

"还好。"九凤客套道,"殿下雄姿英发,天帝天后应当十分欣慰。"

斐扬的脸上挂着淡淡的笑,好似总是一副温润如玉的样子,他说:"君上从那方来,可是去了妖宫一探?"

"不曾。"九凤道,"有无见到神帝?"

斐扬果然摇头。苍诀来妖界,动机不过那一二,协助天界破妖界,本来就是大材小用。

"那我便告辞。"九凤道,"妖帝当年有九窟,你应当慎之。"

斐扬应下。

如今的斐扬也算是卓有作为,一切都依凭着天帝所设定的轨迹往前走,九凤倒不知他自己的心、自己的志在哪里。妖界实力虽比全盛时期弱上许多,但总不会如此顺利就打到这个地方还余了那么多兵力,饶斐扬能力强悍,但毕竟经验缺乏,想来也有诈。如此提醒,倒也不辜负了青苏那世师徒的一点情谊。

九凤离了妖界,原应当回青洞府,或者再闯神界,将那不肯出来见客的神帝逼出来。然而她竟然鬼使神差地去了神绝峰。

神绝峰,原本不叫神绝峰,只是因为此处有神的陨落,故而才改名为神绝峰的。

神绝神绝,这里,有她最不愿意承认的记忆。

那铺天盖地的红,那满目的红,已然成了她今生最深的噩梦。

因为她在这儿,曾经见识过父神的寂灭。

父神在这个世界里拥有难以想象的号召力。他是创世神,但是他并不存在这个世界,所以他的过往事迹被描绘得神乎其神,仿佛他无所不能,可以颠乱生死,颠覆世界,那个父神,是完全用来瞻仰的。

但是九凤所知道的是一个真实的父神,一个也会在低眸时不经意地露出寂寥神情的神。一个居于九天之上,却享受万年孤独的神。她总想着有朝一日可以为他抚平眉间的寂寥,却不知自己化形的那一日,恰是他离去之时。

起初的时候她总以为父神只是和他开了个很大很大的玩笑,或者父神只是暂时精力不支,会时常守在峰上,等待着父神回来。但是后来,她接受了这个事实,也不在神绝峰上等了。她甚至害怕这个伤心之地,下意识地逃开。故而是几万年间,她从未再来过。

但正是因为父神创造了这个世界,故而她始终不相信,他会消亡在自己一手所创的世界。

但她等了他好几十万年。他从未再出现。

她以为等到她的力量足够强大了,就可以让父神回来,所以她拼命地修炼,但是无济于事。

曾经有人讥讽她无情,看不破情,心是玉石做的,坚硬如铁。故而她让自己灵魂在世间翻覆辗转,经历各种各样的世事,她以为她稍微懂得一点了,却越来越觉得自己看不破了。若她无情,她怎会如此执着于让父神归来。若她无情,她又怎么会被苍诀搅得心思翻动?

那神绝峰上云彩依旧,幻化如烟。云虽无根易散,到底冷绝如斯。这么多年了,还是这样,环绕着山峰,让山峰时隐时现。

而今日,那山峰上也隐隐约约浮现着一个影子。那是——

九凤怔怔然地看着山峰,心弦被拨动,竟不知要作出怎样的反应,整个人有一种快要窒息的感觉。

"母上,你怎么了?"

洛和的声音响起的时候,她一个激灵,当即飞身上了神绝峰,却只见到峰顶云雾缭乱,哪里曾见到什么人。

"洛和,你刚刚有没有在这峰顶见到人?"九凤问。她不相信她看错了。

"没有,母上,这峰好高。"洛和道。

闻言,九凤施展了术法,将这云雾给驱逐干净。奈何没有了云雾,峰顶上还是只有九凤和洛和两神。

当九凤认为自己看错的时候,那原本已经被驱除干净的云雾却骤然间多了起来,远甚从前,到了后来,眼前只有驱除不掉的大片白色云雾。

紧接着,她坠入了另一个空间。等到云雾散尽的时候,眼前只剩下一片的漆黑,那高峰,那白云,都消散不见。此处寂静地似乎空无一物。

这是她有生之年难以遇到的变数之一。

第十二章

父神之境

遇到未知的情况，一个人总是会下意识地抓紧自己最宝贵的东西。当九凤察觉到怀中的触感，分明不是洛和，只是一时惯性保留的幻觉的时候，惊出了一身的冷汗。

"洛和……"九凤叫道。然而四周空寂，一点儿回声也没有听到。她的孩子不会一声不吭的，这是从前不会发生的事情，只能说是转瞬之间，洛和不在她身边。

九凤想要将此处照亮，却发现连萤火之光她也变不出来。这里像是隔绝了一切神力，饶你是修为高深的上神，于此，你也不过是手无缚鸡之力的女子。

但如此，九凤反而安下了心。因为此地是神绝峰。

父神当年曾经叹，若是有朝一日，他将不存在于这个世间。当有人的力量超过自然，不知这个世界会被折腾成什么样。

父神创造了世界，见惯了神仙与妖魔间的杀伐，便又寻思着去开创隔绝神力、妖力的空间。这些空间所在的位置遍布了大江南北。父神企图再度开创一个世界，但是这却成了他未竟之业。但也因为此，父神的空间，并不为人所知。

神绝峰，是父神创下的最后一个空间，但是却是最不完善的空间。故而周围一片漆黑。或许只有小孩纯澈的眼，才能看到空间全景。

既然是父神的空间，那么危险性就大大下降，最怕的就是在长时间的黑暗中，精神压抑从此崩溃。这里空无一物，给人的感觉总是无边无际，但既然是半成品，应该也不会太大。只是不知道自己所处在什么方位，脚下所踏之地，平滑如绸。

九凤进这个空间就是阴差阳错，她嗜睡的习惯待在父神身边就有了，故而即便她跟着父神久了，这些事情也在睡觉中给漏过去了。她也不知道该如何出去。

这个空间是否有不良影响，或者说有怎样的不良影响，九凤不知道。不论是担心洛和会否恐惧或是担心他的身体能否承受，总之为今之计，就是早点找到洛和。这样才能让她更放心。

既然眼前已经是漆黑一片，九凤便闭上眼，这样可以更好地用脑力。

她在脑海里默默地描摹出地形。她记得父神创世界的时候喜欢将世界创建成圆形的，于是顺便将别着头发的簪子给脱下来，放在地上，以防她一直绕着圈走。

在有一种空间里，并非完全隔离声音，而是只要距离稍微隔了远一点，才会一下子消声。九凤便根据此，往前走一点，然后叫一声洛和。

诛谧不在她身边后，她曾经对洛和说，如果有一天迷路了，原地等着她。

所以九凤一直是直走的，直到快要将整个空间给踏遍，她才听到了第一个不属于她的声音。

"母上！"那熟悉的声音在她快要绝望的时候终于响起来，但却虚弱得很，九凤心肝一颤，循着声音奔回去，当脚下大意，险些摔倒的时候，有强劲有力的手扶住了她，因为头上的簪子被她除去，故而她的头发完全散了下来，发梢还扫到了那人的手，青丝如瀑，酿就满地相思。

这熟悉的感觉，好似只要多沉溺一秒，就会再度陷入曾经的憧憬和迷恋，忘记一切。但是她是九凤。她很快就将苍诀推开，道："是你？"

九凤很快就恢复常态，将讶异收起，然后疾走一步，她竟然发现脚上有阵阵的疼痛感传来，钻心窝，她顾不得这些，微微俯下身，与此同时，洛和顺势扑向九凤。

九凤赶紧将洛和从苍诀的身上接了过来。

当怀中感到有个香香软软孩子身子的时候，九凤才稍微觉得心安。

洛和使劲地蹭着九凤，从她的身上汲取温软。

她所想的还是太乐观了。洛和何止是声音听起来虚弱，连身上的体温也不高。九凤连想也不敢想，若洛和之前没有遇到苍诀，此刻会是怎样的情境。

洛和叫着她，她一声声地应着。甚至最后，连"母上，我冷，我冷。"都喊出来了。九凤心痛得不行，恨不得代他受过。洛和的身上披着苍诀的衣服，九凤将那衣服掖得更紧了。

洛和的声音越来越小声，越来越接近呢喃，最后睡了过去。

当现场被一股诡秘的安静笼罩的时候，她觉得黑暗中有无形的目光将她锁住。不用看，也知道是苍诀的。

她此刻和苍诀的关系，也算是不尴不尬。姬陶一事，他同她也算结了仇。他虽明里纵了九凤对姬陶行天雷之刑，事后也没到青洞府兴师问罪，但实际上，恐怕在这件事情上也有了芥蒂。然而身处在这样的地方，肯定要齐心协力，共同出了这里。

"你应该感受到的，在这里，我们身体如同凡人。但是却没有食物，没有水。大人稍可支撑数日，但孩子……"九凤轻声地说，"孩子体弱，这是打娘胎就带来的。"

在这铺天盖地的黑暗中，在这万籁俱静的沉默中，在这父神遗留给世界的又一产物中，九凤竟有种想哭的冲动，直到后面，她的声音却来越小。

"这儿的时间是被抹去的。"苍诀说。他的声音沉淀了一种静，一种让人浮躁不安的心沉淀下来的静。

"抹去的？"

"你进来的时候是怎样的，离去的时候也是怎样的。"

也就是说，即便身死于此，然而在外界，你还是那个你，你还拥有鲜活的生命。

"你从何得知？"九凤道："史籍上从未记载过这些地方。"

"我便是知道。"苍诀的声音有些轻，"传承的记忆。"

九凤不由得重新开始估量苍诀。以往的她，一直因为青苏的原因，从而对他带了些偏见，从而遗忘了他本是父神的嫡裔的事实。父神的嫡裔，传言能力强大到可以毁天灭地。即便只是传言，但这也可说明他的能力是不可估量的。而有些能力，有些记忆，是天生带来的。便好似她，生来便有掌控天劫之本领。

九凤平静地说，"这样的意思就是，就算洛和在这儿遭遇到了不测，但是等他出了这个地方，他还是安然无恙的？"

苍诀道："是。"

九凤一点儿也不觉得惊喜。她道："我不愿。"

苍诀说："只要三天。"

这时已经过了一天。只要，再过去两天，便能出去了。

九凤看他那副无关痛痒的样子，怒道："你自然不担心。因为他是洛和，而不是诛谧。他是我的孩子，而非神帝您的孩子。我不愿意抱着我孩子冰冷没有声息的躯体，哪怕一刻。你明白这种惧怕到极致的感觉吗？不，你不会明白的。"

"我明白。"苍诀默然片刻道，"会撑下去的。"

九凤也不能再多说什么。那些怒火像是敷上了冰水，被平息得有些胸闷气结。

很多的怒火只是针对一个人而发泄的。他是洛和的父亲，这是个无法改变的事实，但是他并不知道，她并不能与他分担这种恐惧。

接下去，除了黑暗一切就只剩下已经快要把人给吞噬的寂静，寂静到可以清楚地听清对方的心跳声，寂静到让人衍生出无限的恐惧。但只要多一个人在身旁，这种恐

第十二章 父神之境

惧便会减轻。

没有水,没有食物。身体犹如凡人。洛和在她的怀里睡了又醒,醒了又睡,总是虚弱不堪,连母上也不喊了,若非他还有呼吸,若非他还有心跳,她简直会崩溃在这样的情境里。

还有一天。

只有一天了。

她已经饿得全身无力,即便是神的心智,却让她还是觉得不堪忍受,何况是孩子。

她的脚崴了,没有经过任何措施,已经开始有些肿了,疼痛总是让她保持着清醒,然而骄傲却让她不低头揉揉脚。

她听着洛和的越来越无力心跳声,还有越来越轻缓的呼吸声,有一刻居然想就这么妥协了,不管那些前世今生的纠缠不清。

她在迷迷糊糊中陷入了梦境。她竟然在这种的情境下梦到了那种旖旎,那时被翻红浪,她满心地以为能够天长地久,却没想到有着这样的结局。

她醒来的时候闻到了扑面而来的血腥味,第一反应是有危险,但是四周静谧得像是什么事都没有发生过。

洛和身上的体温,已经慢慢恢复了正常。她讶异地抬头,面前漆黑一片,她看不清楚他的神色,心里对他的愤懑已经平息了下去。

父神之血,可养千人。

他竟以血喂养了洛和……

第十三章

餍足之兽

　　九凤的震撼无以复加，彻底地决定将以往的偏见抛向一边。

　　然而在这紧闭的空间里，满室的血液的味道萦绕不散，似乎带着浓郁的香甜，钻入九凤的鼻里，让她生出一种渴望，一种要一饮为快的渴望。好似只要这么做，便可以让人融入骨血中。

　　这种渴望罪恶而蛮横，曾几何时也曾在她的体内肆虐，让她好像一只无法餍足的兽。她的心跳开始加急，清晰可闻。

　　她甚至觉得自己开始不由自主地吞咽。越是阻止扑上去的这种念头，这样的渴望就越发强烈，强烈到她似乎下一秒就会失去理智，而这样的场景似乎似曾相识，然而细究起来，又无处可循。这让她有些微的不安。

　　还有一天了。只剩下一天了。她想。

　　洛和如今醒来的时间远比睡着的时间长久了，然而洛和同她讲的话，变得模糊而小声，她脑海里都是一个声音，扑过去，扑过去。就连洛和迷迷糊糊睡着的时候，喊着爹爹在哪儿的时候，喊着他要爹爹，他要妹妹的时候，也不能让她从这种情境内脱离出来。

　　她为此甚至将手心掐出一道道的印。

　　即便苍诀手腕上的伤口已经开始结痂，然而那种味道，却仍然不褪。

　　她冲动之余，甚至开始舔着洛和的嘴角，顿觉芳香满口，内心的焦躁慢慢得被平息，眼前稍微也可以看到一些朦朦胧胧模模糊糊的光线。

　　她在这种模糊中看到一个席地而坐的高大的影子，她可以辨认出他是紧闭着眼的。她的视线慢慢得往下移，最后停在他掩着他手腕的宽大衣袖，然后视线迟迟移

第十三章 蹠足之兽

不开。

她很想,把那愈合的伤口再慢慢地咬开,感受血液流动的感觉。

也许是她的目光太炽热,他的眼睛居然睁开了,然后无波无澜地看着她,目光沉静如同千年古井,她猛然惊醒,不由得将视线移向洛和,洛和在她的怀里酣睡,温软的身子让她的理智稍稍恢复。

饥寒交迫。

那种渴望被压抑下来之后,九凤觉得浑身都冷。全身上下的力气也渐渐地在消逝,也许是因为洛和如今身体状况转好,她不再担忧。

她又陷入沉沉的梦里。梦里的她经历着一场远古时候的兵荒马乱,突然她到了绝境,时而万里冰封,时而炽火烤炙,这种冰火两重天的感觉让她不由得喊冷。

在梦里,她觉得那股味道更香浓,她对鲜血的渴望再度袭来,让她溃不成军。她循着那股味道,在绝境中慢慢地寻找,最后抓到了温热的物体,然后用了全身的力气紧紧地抱住。

那股热源让她觉得心平气和,无比餍足。但是那股热源似乎随时随刻要脱离她,冰冷的气息从她和热源的空隙里钻进,她不由得又喊着"冷",然后全身都缠了上去。

然而,这样紧密相连的怀抱,却不能再给她满足感。她所抱着的是个人。她在意识到这点的时候,鼻子已经不受使唤地往着那个人身上嗅,那个人似乎一直想要逃离,然而却被她强制而蛮横地按在原地,然后就这样咬了上去。

触感一阵的温软,似乎又有些冰凉。她舔到了一丝的血液。这让她整个人更加蠢蠢欲动。她不由得继续深入,但那一点的血液不能再让她满足,她直接将那人扑倒在地,如狼似虎一般又舔又咬。

"九凤。"她听到有人这样叫她的名字。熟悉而陌生。父神都叫她为凤,敬她的人叫她司劫之神,上神,君上,或者九凤上神,那些恨她的人是恶狠狠地叫她九凤,从来没有人用这样语气叫着她的名字,像是旖旎景色中,突然出现了一条冷静的溪水,飞花溅玉。

她稍微一愣,然后身体稍微往后退了点。最香甜的地方她舔不到了,就退而求其次,直接往着那人拉着她的手上咬。她咬得很深很重,她甚至可以感受到血液的流动,不似血液的主人一般冷静自持。

然后,那人僵了。

于是她可以越发肆无忌惮地汲取那阔别久矣的血液,好似这样,便是一种更加契合,没有缝隙的亲密无间。这种感觉让她舒服地叹息。

她在这样的香甜中沉沉睡去。再醒来的时候，却是被眼前的光线给扰醒的。

她睁开眼，眼前已经不是一片漆黑，或者只有朦胧的光线，而是一片一览无余的草地。天蓝，云白，像是父神编造的一个梦境。

她第一眼看到苍诀的时候是心虚的。即便他离着她的距离有一米之遥，而她怀里抱着的是洛和。

她此刻已经完全恢复清醒，自然知道自己失去神智的时候对鲜血的渴望，那梦里的一切清晰如同确实发生过一样，她下意识地往着苍诀手腕上看。然而他的手腕藏在宽大的衣袖里，让她看得不分明。

她又往着苍诀的脸上看。苍诀的脸色有些苍白，但是却不影响他的风姿俊朗，气度风华，远远望去，还是若高岭之花不可攀的模样。

他见她醒了，只说了三个字，然而每一个字都撞入她的心间。

他说："出去吧。"

也许是太久没有说过话，又也许流血过多，他的声音喑哑得很。

她想起那年，他从凤凰台浴火而出的时候，声音也是那般的喑哑低沉。只是那时她不知他平生最畏惧的是凤凰台之火，但是却因她而入凤凰台。也不知那之后天帝乘虚而入，带着精锐天将将其围剿，若非天帝错估他的实力，以为仅仅一个凤凰台就可以让他魂飞魄散。她也不知那时还是笑着和她说"我没事"的苍诀早已经伤痕累累，是强弩之末了。

她什么都不知道。她只以为修为精进，破了瓶颈，故而此时虚弱。她以为她真帮到了他。他也乐意为她塑造一个盛世谎言。

那时的他的身姿依旧如从前那般笔直如松，但眉目间已经遍染疲惫，声音也是今日这般喑哑。那声"我没事"却在之后的岁月，反反复复地敲击在了青苏的心间，难以淡忘，也成为青苏魂飞魄散之前心底里最深的痛之一。

九夙对她心中有愧。目光不敢再直视他。每每同他说话的时候，目光总是避了去。

在离开那儿的时候，她心生不忍道："青苏的魂魄早已不剩分毫，姬陶又是无魂之魄，便算是得了青璇玉，敛魂草，也无济于事，你，还是放弃了吧。"

苍诀看了九夙一眼，那神色却是异常冰冷，目光所到之处，像是扫过冰层的凛冽寒风。

那目光让九夙看得心神一凛。

隔了没几日，苍诀亲自将敛魂草送往青洞府。

第十三章 餍足之兽

父神之境里面的种种她无法忘怀。她好似将他扑倒在地,然后狠狠地吻了他,吻得口齿间都是血腥味,然后她又咬了他的手腕……如今她再看到他,仍然不敢直视他的目光,她将敛魂草接过,道:"若有需青洞府襄助之事,我必全力以赴。"

她将敛魂草熬制成药,辅以万年修为,最后得洛和之平安无虞。

事后,苍诀提出要带洛和去神界小住几日,说神界灵气旺盛,最适合洛和恢复。九凤本是不肯,但如今洛和对苍诀的态度不似从前那般冷淡,洛和听闻这件事情,竟是巴巴地望着九凤。

九凤不忍拒绝,也只得允了。

苍诀邀请她同洛和一起去的时候,那目光意味深长,好似看透了一切。

九凤敏感地觉得,苍诀并不想让她去的。

他以血喂了洛和,让洛和撑过最艰难的时候,血浓于水,他必然是察觉到了什么。但若他晓得洛和是他的孩子,行为举止必然不是这样。

九凤也就去了神界两日,见洛和在神界无危险,修养得当,苍诀又属于能护住洛和的,且青洞府传来消息,说是有了诛谧的信息,她便回了青洞府。

诛谧果然在凡间。

九凤去了凡间一趟,如今她的小女儿已经长大了很多,粉雕玉琢的模样,漂亮得让人注目。她见女儿情况尚好,便派人隐在女儿旁边护着。如今女儿的情况较先前好上许多,这人间的水土,竟将诛谧养得更好了。九凤也不急着将诛谧带回青洞府。

她在梦里拥抱了她的小女儿,她的小女儿笑得甜甜地叫着娘,娘。一声声直入她的心坎。

她顺手将小女儿的极美的容貌隐去,在人间,姑娘长得太好看不好,容易招祸。

她回青洞府的时候,天界传来消息,天界与妖界之战,惨败。

第十四章

一纸聘书

天界之前势如破竹，然而之后却误入妖界陷阱，从而十万天兵陷于囹圄，主将虽未被擒，但却自请罪罚，天帝罚其杖责百下，原本应立赫赫战功，却被加上了一个难以抹去的污点，那惩仙杖杖杖凶狠，斐扬怕是没个几年是休整不过来的，天之骄子转而零落成泥，不免让人唏嘘。

九凤早先曾告之，妖帝当年有九窟，斐扬应当慎之，奈何却依然中了妖界的计策，真是不当。

九凤去神界接洛和的时候，苍诀正在教洛和术法，洛和一板一眼地学着，极其认真，九凤不免在旁边看了好一会儿。

洛和看到九凤后，连忙跑了过来，九凤捏了捏他的白嫩嫩的脸，苍诀照顾他想必不错，如今脸捏上去，也有肉感了，软乎乎的。

"我跟叔叔学了好些本领。"洛和炫耀地捏了一个诀，便有着青光从他的指尖慢慢溢出，虽然看上去没有什么伤害力，但胜在灵力精纯。

乍一听这声叔叔，九凤觉得百感交集。却不知倘若苍诀知道自己的孩子叫他为叔叔会作何感想。

"好样的。"九凤笑道，"以后等妹妹回来，给她瞅瞅。"

诛谧的消息九凤如今嘱人带给洛和了，他很是开心。现下很认真地说："嗯，洛和一定会变得强大，然后以后可以保护妹妹和母上。"

九凤摸了摸他的头，道："乖孩子。"

洛和很是受用。他回过头，看着不远处立着的苍诀，道："唔，等我和母亲回了青洞府后，我能常来神界找叔叔吗？"

第十四章 一纸聘书

苍诀微微笑:"可以。欢迎常来。"

"那叔叔以后还教洛和术法吗?"洛和眨巴着眼。

"可以,只要你母亲同意。"

洛和又回头看向九凤,九凤微笑。

洛和欢呼雀跃,直扑在苍诀身上,九凤连忙跟过去,道:"小心点。"

若要教术法,若要变强,一个上神母亲已经足够。如今洛和这般,显然是对苍诀表示亲近,毕竟血浓于水,九凤无奈的同时,又无端有些心慌。

回去的路上洛和固执地不要九凤抱着她,也不同她乘坐同一片云彩。他自己拟出了小小的云团,然后小心地踏上,他说要自己来。

九凤看着那稀薄的云层,不免提心吊胆地护在洛和的身旁,紧紧地跟着。不过一路有惊无险,洛和虽平衡掌握不好,但没有九凤的帮助,也能够顺利地跑回青洞府。

九凤带了洛和去看诛谧,但是为了不影响诛谧在凡间的生活,破坏人间的平衡,九凤只让洛和在梦中与诛谧相见。不过虽然这样,洛和还是十分开心,隔三岔五地便跑到妹妹的梦里同她聊着天。此为后话。

九凤回到青洞府的时候,收到了一纸聘书。乐旋还来不及交给九凤,那聘书就直接从乐旋的手中飞起,刷地一声落在九凤的手心。

这下聘的人,倒有些本事。

九凤打开那聘书,里头是黑色镶金字写着:吾欲聘九凤。字体潦草飞扬,似要破纸而出。

其下并未有署名,但聘书周围散着浓浓的戾气,昭告了聘书的来处。这聘书气势汹汹地,倒不似聘书,而像是战书。

九凤活到这样的岁数,爱慕者无数,但却是第一次收到聘书,也第一次有人敢如此下聘书。那妖界莫非就因为一战之胜,从而目中无人了吧,这也欺人太甚!

九凤微微眯起眼。直接将那聘书给烧了。

她看着那聘书的灰烬,果然摆成了几个字,那是一个地名。九凤看清后,这些字再度摆了一个日期,掐指算来,正巧是九十九日。

司劫之神被不知名的人下了聘书这件事情很快便传得尽人皆知,众人却不知九凤要如何处理这件事情,都等着看好戏,最好九凤怒发冲冠直接冲到妖界,将妖界一股脑儿端翻,为天界雪耻。但同时有人又怕九凤将这桩婚事给允了,从此给天界立了个公敌。

如今步步皆兵的天帝又在天界召开了讨伐妖界的大会,声情并茂地控诉妖界的罪行,最后扮无辜申请青洞府与神界的支援,又眼巴巴地望着九凤,冀望九凤能说出什么一锤定音的话,若非聘书中的戾气做不得假,九凤简直要怀疑,那一纸聘书是天帝为了挑起九凤与妖界做的鬼。

九凤全程俱是懒洋洋,即便她有心收拾妖界,但表情与话语模棱两可,让天帝不知如何判断。

洛和这几天有些闷闷的,想必他也知道了别人下聘书给九凤的事情,有一日九凤给洛和讲完了睡前的故事,以为他睡着了,在离开的时候却发现他的眼睛睁开了,然后闷闷地开口:"娘,你不要嫁人。别人说,娘如果嫁给了别人,就会不要我。"

"不会的。娘也不会嫁给别人。"

洛和示弱的时候总会将九凤唤为娘,这时常让她的心软成一片。也不知道洛和是从哪里听来的言论,九凤觉得有必要去告诫一下那些饶舌的人。

九凤坐到床边,有一下没一下地摸着洛和的头。

洛和又小声地说:"我想要个爹爹。我自己的爹爹。"

九凤手中的动作停了一秒,柔声道:"乖,睡吧。"

洛和这几日想必总是在纠结这件事情。隔天的晚上,九凤刚刚给洛和盖上了被子,他又道:"娘,你当初承认,叔叔是我很亲很亲的人。他是我爹爹,对不对。"

小孩子总是崇拜自己的父亲的。尤其是男孩子。在他们小时候,父亲总是会成为他们的榜样,在他们的认知里,父亲无所不能。

自从洛和的身体恢复后,她不拘着洛和,故而和同龄的小孩子一起玩后,见识也广了。凭着九凤在各界的威望,虽没有人会当着洛和的面会说他没有父亲之类的,但洛和肯定已经察觉了。

九凤只得叹一声。洛和毕竟流着一半的苍诀的血,苍诀对洛和又非冷酷无情,反而对他呵护备至。

若说在父神之境里,九凤对苍诀的态度略微转变。而如今,在儿子的请求,追问下,她也不得不改变主意。

青苏那世的缱绻情事与黯然情伤,也不当纠结她如此之久。

她是上神九凤,应当要有自己的潇洒和恣意。不应凡事束手束脚。

所以,当洛和同她再度去往神界的时候,趁着闲聊谈话间,九凤貌似不经意地说,"洛和如此喜欢你,不妨让他认你为父吧。"

苍诀面色不改,淡然自若地问洛和,洛和听到母亲说出这句话,就已经咧开嘴笑了。事情很快就定了下来。

第十四章 一纸聘书

洛和同苍诀的感情越发亲密,但是苍诀和九凤并不。当洛和玩累了,睡下了之后,九凤退出房门,同苍诀对望的时候,却是两相无言。

然而苍诀像是有话说,并不离开。隔了会,他开口,每字每句都说得轻淡而清晰:"上古遗留神物引魂石,若用此,再合以魂灯,能否唤人魂魄。"

九凤抬眼望他。却见他的目光锐利,让人莫名心惊,她说:"这要看具体情况。若是半点魂魄也不剩,那必然也是不可的。"

月洒清辉,落在苍诀的脸上,九凤觉得他的表情越发深不可测,整个人比月还要清冷。

苍诀不再说这个话题,反而铿锵有力地说:"我必会以大礼,来认此儿子。"

九十九日之约,九凤并没有奔赴。反而是天界再度集结兵马要去攻打妖界的时候九凤打了头阵。有了九凤坐镇,原本寥落的士气一下子昂扬了不少。

接近妖界之殿的时候,空空如也。天界的声势浩大快要将这儿淹没的时候,只见一邪魅男子自空旷的宫殿中徒步而出,嘿嘿地笑:"我以为天界能够学乖的。没想到这次还是如此横冲直撞。"

原来是幻术。上等的幻术。

九凤初闻斐扬战败的时候,只以为斐扬是因为粗枝大叶,如今身临其境,才晓得妖界不知道何时掌握了如此强大的上古秘术。

只见天兵天将们一时变得萎靡不振,而她的眼前也模模糊糊出现了身影。她敏锐地发现,然后让这幻术给驱逐。当眼前模糊的影子散尽的时候,她在宫殿的屋顶上看到了一个站着的人,一身青衣,目光深冷地看着她,好似还含着仇恨。只消一眨眼,那个影子便不见了。

那不是幻觉。

她如果没看错的话,这个人她是认识的。只是不知道为什么会出现在这里。

邪魅男子目光大变,终于注意到人群中淹没的九凤,"是你?"

这时候,骤然间有百来个妖界的死士突然出现,然后越过邪魅男子,与天兵天将喊打喊杀起来。这些死士面无表情,显然已经没有了灵魂。

"妖界不知何时也有人使如此残忍的手段。"训练这类死士要用极为残忍的方式,首先,要在他们生前用惨烈无比的方式让他们从精神上崩溃,然后誓死效忠,之后再用各种催眠的手段,总之步骤十分繁杂。这种方式也被列为禁术。就算是在妖界,也是被禁止了数万年。

上古之术,对于旁人来说也许是束手无策,尤其是对斐扬来说,他毕竟年岁尚轻,但对于九凤来说，破解这些挺容易。

九凤将这些死士禁锢的同时，擒贼先擒王，她直接一道青光过去，将邪魅男子绑缚住。那邪魅男子是如今暂时统领妖界的沐习，但其修为在九凤面前，显得像软脚蟹。

解决了幻术，又将沐习捉拿，剩下的事情便交给天界的人为好。

如此轻易地就将妖界的这帮乌合之众解决实在是太驳了斐扬的面子，九凤决定回去的时候稍微将这些事情说得艰难点。

九凤想到宫殿顶上的人影，便单枪匹马地直闯妖帝宫殿。

第十五章

故旧之人

上古的时候，妖母先后诞下两个儿子，妖帝长夜，以及他的哥哥妖神止尚。妖帝自神魔大战之后便隐去了，但是妖神止尚，行为乖张，常惹众神怒，早在天地的灵气还没有聚合成九夙的时候，魂魄就已经裂掉，一部分成了姬陶，一部分被沉入黑暗之渊，还有一部分彻底地消弭在世间了。

妖神止尚。小山茶仙子桑。

九夙看到在殿中久久守候她的人的时候，骤然心惊。这两种太过于悬殊的身份以及性格差异，她竟然在此刻才联想了起来。

她是没有亲眼见过妖神止尚的，但是她记得关于妖神的描述以及他的画像。子桑可以在如此之短的时间之内，修为突飞猛进，并且原本微薄的仙气荡然无存，只剩下浓厚而磅礴的魔气，能给予的解释只能是深埋在子桑身体内部的妖神止尚的魂魄觉醒了。

昔日那个干净无垢的少年，眨眼间就蜕变成了身上魔气深重、邪佞的青年。紫色的长发披在青衣上，步伐稳重，显然一副有担当的模样。

"司劫之神。九十九日之约你不来，现在倒是亲自送上门。"子桑的声音已经褪去了从前的青涩，而显得有些低沉。但这低沉间，始终带了些无处着落的恨意。

若问这个世上还有谁记得青苏这个人的时候，九夙一定会肯定地说，是子桑。

若非青苏愧对谁，除了她的孩子之外，那就是子桑。孩子的事情，她一直在弥补。但是子桑，自从千年前神界门口那一面，她便再也没见过了。原来他竟是跑来了妖界，帮助沐习报复天界。以他的隐藏身份，上古禁术，秘术也是可以解释的了。

九夙毕竟是九夙。面对子桑怒气相向的话语，她站在原处，沉默不语，脸上未露出半分的惊骇之情。

　　妖殿空旷冷清，已经鲜有人气。八根大红色四人合抱的柱子支撑着庞大的建筑，柱子上刻着各种凶恶的异兽图腾。九凤虽然没有来过妖殿，但是却知道那八根柱子是不久之前做过手脚的。她暗自留了个心眼。眼前之人是对青苏坦诚相待的子桑，然而她却只是九凤。

　　子桑怒视着九凤，眼睛是妖异的紫红色，他说："你为什么要杀她？"

　　这千年来，他每次听到，每次想到九凤的名字，总会想起当年强烈膨胀的报仇欲望，以及自己的无能为力。

　　他始终记得他在神界门口没有等到青苏，却等到她因为天劫而魂飞魄散的消息时候的无助绝望。他也记得在他抱着必死的决心要冲到神界去找苍诀的时候，对方仅仅弹指，就让他动弹不得的自我厌恶，更记得当他说出苍诀将自己的孩子逼死的话的时候，对方表情木然地说"记得找我报仇"时候腾起的要报仇的熊熊烈火。

　　他那时绝望，无助。天帝从头到尾只当青苏是棋子，他指望不上天帝，所以一切只能靠自己。成仙成妖太久，他便入了魔障，寻找一切歪门邪道让自己变强。而最后，在一次的走火入魔的时候他发现自己的身上有妖神止尚的力量，还有止尚的记忆，这说明上天都是助着他的。

　　他此刻等来了九凤，已经备下了万全之策。

　　他拼不过九凤的修为，但是旁门左道他会的可是不少。

　　他恨苍诀，恨他的事不关己，恨他对青苏的不珍惜。

　　他恨九凤，恨的是那九十九道不近人情、超乎寻常的天雷。

　　"生死自有天数。"九凤用了一个最官方的说法。

　　没想到子桑却露出了轻蔑地笑，他重复了九凤的话："生死自有天数？我看你是包藏祸心，公报私仇！司劫之神？呵，不过是个名义罢了。每一天因无稽天劫魂飞魄散的仙、妖不知凡几，他们的灵气去哪儿了？我不相信父神之血能有那么强大的力量，也不相信天地灵气能孕育出如今这样一个高强修为之神。据我所了解，千百万年间，尊神恐怕都不致力于修行，然而道行却比上古众神升得快多了。怕那些仙妖所散去的灵气，都归入上神的体内了吧！"

　　"天劫是自古以来优胜劣汰的定律。"

　　九凤还没说完，子桑就将她的话给打断，"人人都有人人的活法，但是，青苏她的修为低浅，你为什么要抓住她不放，连降下九十九道天雷？"

　　九凤无法否认青苏之死与她有关。毕竟没有青苏的死，又何来九凤的生。九凤

第十五章 故旧之人

说:"青苏的死,是自己求死。"

"你们一定要为自己的自私找借口吗?"子桑怒道,"上神们也果然是一个德性。满口的仁义道德,说妖魔作恶,实际上你们这些上神更可恶。"

子桑的暗紫色的头发飘扬,眼神冷冽,话毕直接对九凤发动了攻击。

面对子桑之后一步步的攻势,她只避不攻。

子桑对她这样的避让显然是很愤怒,他更想要和九凤之间有公平的较量,即便这样的念头有些蠢。

当子桑的攻势越来越猛烈,并且祭出了神器之后,九凤不能够游刃有余,便索性速战速决。九凤的身法极快,很快掠到子桑的后面,直接对准他,弹了一个捆妖绳过去。子桑被捆妖神捆住,眼神一变,那八根柱子瞬间脱离了妖殿,朝着九凤飞了过来,九凤避开来,双手一挥,那八根柱子又回了原地。

支撑妖殿的柱子一旦离开了建筑物,妖殿便有颓然欲倒的趋势,九凤直接带着捆住子桑的捆妖绳掠出妖殿。她刚刚出了妖殿,妖殿就倒下了,散开一地尘土。

还在忙着和死士纠缠的天兵天将连忙避开,他们回头的时候只见到九凤上神如同一阵风一样掠过他们,然后径直离开妖界。

九凤带着子桑飞离了妖界,竟是将他带到了他们初遇到的地方。然后一站定,就将子桑扔在原地。

说到底,即便子桑是止尚,然而她却不想看到这样的少年变成如今这副半魔半妖的模样。看着子桑,她想起很多年前子桑对着她认真地说,他要变强大,然后保护青苏。

若今日的九凤不是青苏,那么他这样,无疑是自寻死路。

九凤活在这个世界上,已经很久没有朋友。身为青苏的时候,苍诀算是她的爱人,而子桑,却被她视作朋友,直到之后,她才明白,其实子桑也是喜欢她的。

说到底,也是不忍心。

捆妖绳的束缚稍微减轻,子桑用手掌支撑起身体,然后轻蔑地笑:"技不如人,我认了。但你不要拿这个地方来侮辱我。"

九凤说:"这地方有什么特殊含义吗?"

子桑看着居高临下的九凤,这时想起他当年在这里还以向司劫之神祈求能度过下一场天劫被青苏打断,要青苏补偿的理由从而追随在青苏的身边,如今同样在这个地方,司劫之神近在咫尺,他却有了将九凤杀了为青苏报仇的心。

"不关你事。"子桑冷冷道。

"其实青苏之死确实和我有些干系。父神当年将姬陶给封印,那封印的力量在数十万年过去后,变得动摇。青苏误打误撞,将封印给撞开,恰好得了父神的一些力量。从而能掌握自己的天劫的时候。也可以这么说,青苏一心求死,天雷不过是她的一个手段。"

子桑脸色大变,随即变得黯淡。这样的结果他其实早就想到,只是一直不愿意接受罢了,"这不过是你的一个借口。"

"那青苏能入神界又是怎么解释?莫非我除了能司天劫,还能司神界之上的结界?"

看着风华正茂的九夙,子桑突然有些恍然。他突然觉得报仇的欲望没有以前那么浓烈了,身体突然变得颓然无力。

九夙将子桑身上的捆妖绳解开。子桑道:"别以为你这样我就可以不恨你。"

"你的爱恨,与我无关。"九夙淡然地说,"那么便这样吧。下次如果你再这样对我,我就不客气了。"

子桑看着她的背影,始终觉得不对劲。隔了许久,他摇摇晃晃地站起来,双拳渐渐握紧。

"骗我!"

第十六章

认其为子

九凤战妖界，一战而胜。天帝为九凤颁下凯旋宴，邀众仙同乐。难得天帝设宴神帝也光临，各界神仙都闻风而来，争先恐后，生怕得了一个轻慢之名，一时间恭维之声鼎沸。

紫微大帝道："如今沐习不知所踪，树倒猢狲散，妖界虽一时不足为患，然而妖物诡谲，不得不防，如今趁早是要将沐习捉拿。"

"此言在理，不知谁愿担此重任？"天帝微笑，询问众人。

九凤沉默不语。

其余人你望我，我望你，没有一个人出头。

天帝见全场沉寂，道："既然无人毛遂自荐，不妨……再次劳烦上神了？"

天帝看向九凤，仍然是那副道貌岸然的模样。

九凤轻笑道："近来倒有些忙。"

如此就是拒绝了，天帝隐约松了一口气："如此？也不知上神忙些什么，说出来也可共作分担。"

像天帝这种位高权重的人极容易患得患失。虽想要九凤出手以绝后患，但又担忧九凤功高，妖界若除，反而四界不得平衡。

九凤看透，也不再说什么。自从九九天雷后，她原本按部就班的生活节奏就这样被打散，神界重辟，姬陶打破封印，闯入父神之境，子桑出现，那些远古旧事的面纱，仿佛在被一层层揭开，看似喧闹浮华的宴会，竟让她看到了盛世中的荒凉。

"教子。"九凤言简意赅地回答。

洛和的存在早已经不是秘密，如今听得九凤亲口承认洛和的身份，大家还是不免惊骇了一下。

这时候沉默许久的苍诀开口，让众位惊讶有之，惊恐有之："择日吾将认洛和为子，众位可来神界，举酌同欢。"

苍诀在此时说出这样的话，不免让人有歧义，九夙看了他一眼，苍诀却未看她。

闻得此消息，天帝的神情最为微妙，也掌握得最好，变化得最快："原是如此。可要道贺青洞府与神界连成一家了。那孩子我也见过，模样甚好，瞧着让人也十分喜欢。朕羡煞不已，可惜朕的儿女成家迟，倒未有人为朕添一小天孙，可叹可叹。当年原应有个的，只是可惜啊。"

九夙闻言面色微变，下意识地看了苍诀一眼。苍诀表情不变，道："那倒是可惜了。"

这天帝，倒也学会了隐晦说事，青苏的悲剧分明是天帝一手酿成，如今却在众仙面前长叹遗憾，虚伪至极，虚伪至极啊。

苍诀的轻描淡写，让九夙怀疑起她提出让苍诀认洛和为义子这个决定的正确性。饶是明白天帝分明要勾起她和苍诀之间的芥蒂，但还是不免心生微澜。

紫薇大帝揣摩道："神帝的面子吾等怎可不买。我倒是想见见那小殿下的模样。倒看看是像九夙上神还是像神帝。"

九夙与苍诀皆带了父神的血脉，皆有父神之遗风。这孩子若只是九夙的孩子，怕与苍诀也是有几分神似的。

谈话至此，天帝又转回了原先的话题，他目光转向与妖界之斗中的败者，道："斐扬，不如这次寻找沐习，便由你着手办吧，办成了，算是将功折罪。"

九夙抬眸，看向斐扬。

斐扬的表情平淡，似乎也未将败给妖界视为奇耻大辱，他拾阶而上，俯身，淡淡道："谨遵父命。"

仿佛无关痛痒，往日意气风发化为静如古井，仿佛还带着一种厌世感。说的谨遵父命，确确实实带了种"谨"的意味。

苍诀所说的大礼相迎也着实很大。神界首次对仙神开放，甚至连妖界之人也在宴请之列，只是在这风口浪尖的时候，妖们也不敢上得神界。妖帝是千年万年未出现之人，那位子自然是空的，而在妖帝旁边设置的位置，让人揣摩。

这时宾朋满座，众人来席，并非怕担轻慢之名，而是觉得此般盛况，千载难逢，以后也可以做一种谈资，是他们的荣耀。

第十六章 认其为子

　　此次事宜也有一部分是九凤在操持,她此时并没有在殿外迎接来宾,而是陪伴在洛和的旁边,为他穿好衣服。

　　洛和今日穿着七位仙女用极地的冰绸花了四十九天织就的大红色的锦服,整个人显得精致而华贵,行止间,也隐然有了气势,板着脸的时候,透出一分稚气,两分谦和,三分疏离,四分高贵,笑着的时候,露出小酒窝,腼腆而稚气,让人直想捏一把。

　　仔细看洛和的样子,虽然他是包子脸,有些胖嘟嘟的,但是细看五官,便可以瞧出这孩子还是像苍诀多点。一双眼睛笑起来的时候像极了九凤,但是不笑、严肃认真的时候,便十分像苍诀了。那挺翘的鼻子,简直是同苍诀像是一个模子里出来的。故而当苍诀调侃他与洛和倒有些相像的时候,九凤也处变不惊了。

　　宴席将要开始的时候,苍诀出现在门口,洛和脸上一下子就荡漾开笑容,整个人快要扑过去,奈何身上衣服繁杂,只得懊恼地按捺住,忍不住抱怨道:"这衣服好麻烦。"

　　苍诀忍俊不禁。

　　洛和道:"父帝,今天母上是不是很漂亮。"

　　苍诀将洛和头上因跑动而有些倾斜的冠扶正,这才含着笑意地看着九凤。

　　九凤今日也穿着正红色的衣服,显得郑重的同时,红衣也将她衬得冶艳动人,灼若芙蕖出绿波,尤其是笑起来的时候,日月失去光辉,百花失去颜色。九凤千年万年皆是穿着青衣,此时换上红妆,整个人变得出挑明亮,艳色咄咄逼人,姿色无双,力压群芳。

　　"美甚。"苍诀道。

　　洛和喜滋滋地牵过九凤的手,然后又牵着苍诀的手,将他们的手握在一起,认真地说:"父帝和母上要相亲相爱哦。"

　　见洛和如此,九凤微愠,但是碍着颜面,还是配合了洛和。她觉得十分尴尬。然而苍诀却极其自然,在她看向他的时候,还无奈地笑了一下,不以为怒。九凤见苍诀如此,便受其感染,尴尬暂消。

　　这样十指交缠,如此温暖的感觉,她已经许久未曾遇到,仿佛整个手掌都开始温热一般。

　　如此良辰美景,一家团聚,她竟想要就这样妥协。苍诀是她活了这么久,除了父神之外看上的第一个男人,并且还是她孩子的父亲,她凭什么要就那样拱手让人?如今她亦非那个可以任人欺凌掌控的青苏,如何又能让九九天雷降临到自己的头上?躲避千年万年倒也不是办法,她活到了这样的年纪,见识了这么多的事情,本就应该随心所欲，怎能如此束手束脚。

九凤承认，她最近一直在摇摆不定，如今仅仅是这样的牵手，便让她更加动摇的了。但是她也绝对不屑用青苏的身份，她也不可能对苍诀说，她便是青苏。

转念间，却发现他们已经驻足在殿门口有一段时间了，九凤低头，道："洛和，你这样，怎么去宴会？"

"唔……"洛和最终还是插在他们中间，左手牵着九凤，右手拉着苍诀走出了殿门，心情甚是愉悦，直至要到设宴的大殿的时候，才恋恋不舍地放开手。

无疑这三人一起出现的效果是令人震撼的。刚刚看到他们的影子，众位仙神便不约而同地站起身，停下了手中的事情，一致将目光转向他们。

"这——果然是天生妙人啊！"有人惊叹。

"看来天地很快便要添一桩大姻缘了。"有人抚须长叹。

天帝难得不是坐在主座，此刻见此三人如此其乐融融，不由得皮笑肉不笑，心里在寻思着主意。

"吾认九凤上神之子洛和为子，吾将待其如己出，神界之人，即日视其为主，如今洛和，便是神界的太子殿下。"苍诀的声音威严，具有穿透力，也如同惊雷一般在众仙神耳边炸开。视其为主，那便是定为储君之意。众仙神知道神帝重视洛和，但却没有想到重视到这样的地步，不由得揣测，相望一眼，旋即道贺之声连绵。

九凤听到这样的话，也不免惊叹。心中一跳，若洛和在苍诀的眼里，只是她九凤一个人的孩子的话，苍诀断不可能做到这样的分上，无论他们多投缘。

她渐渐有些看不透。按此情形，苍诀必然是知道洛和是他的孩子了，但倘若如此，这些日子以来，苍诀对她时而冰冷锐利的目光，又是如何而来？若苍诀不知道洛和是他的孩子……那么，他这样做又有什么居心？

九凤心一凉。下意识地看向天帝。

她是绝对不会让青洞府与洛和成为天界和神界之争的棋子的。

当众宣布过后，众神众仙按部就班，依次奉上了礼物和溢美之词，洛和的神情分寸掌握得极好，一一谢过，君子端方，始在少年。

众仙神暗自点头，果然父神血脉连小时候也如此明理知事，威严始成。

九凤也甚是满意，只是因为想着太多的事情，从而有些漫不经心。

第十七章

客自妖界

宴会到中场的时候,远处有人姗姗来迟,却见一袭青衣凛然,一双乌目深沉,一头紫发邪乎,踱步趋前,慢慢地停在设置在妖帝旁边空着的位置之前,然后落座,旁若无人。

场地里突闻一声脆响,众仙神转头,却见一仙娥神色忐忑地跪倒在天帝的座席旁边,哆嗦地道:"天帝恕罪!"

天帝一挥衣袖,道:"无碍,下去吧。"

原是仙娥打破了茶杯,若非天帝来神界心有防备,施开了水火不侵的结界,恐怕这一身的衣服,就要全落了酒水。

这只是一个小插曲,故而众仙神很快就转移开了目光。然而那不知身份的迟来之人听到这边的动静,却是轻笑一声,他再度吸引了众人的目光。

这迟来之人的身份必然非凡,在妖界拥有举足轻重的地位,否则如何能够安然地坐在那等的位置。然而看苍诀,九夙,皆没有介绍他身份的意思,大家遂窃窃私语声渐起。

"这不是,当年那青苏公主的跟班吗?"突然人群中有人惊叹了一声,不大,但是在场的听力都极好,被这么一提,很快就有人认出他是子桑,只是如今变化之大,倒让人怀疑起是否认错人了。青苏是天帝流落在凡间的女儿,当年被天帝迎回天宫的时候,无数人羡慕嫉妒恨,一时风头无两。虽然她也出身仙门,但毕竟是下界来的,大家都指望她出丑,是以很多人对她印象深刻,后来发现她不过是被天帝寻回,用作棋子麻痹神帝,最后落得魂丧天劫之命,让人唏嘘不已。

神界与妖界之间并没有天界与妖界势如水火,一时邀请一两个妖界之人,也算是平衡，没有太多人介意。只是子桑在他们大部分人的脑海里，充其量只是一个被天帝作为棋子的天界公主的小跟班，印象实在微弱得很，如今，这模样虽然变化不大，但是整个人的气质，行止穿衣，与先前俨然判若两人。

九凤看向天帝，只见天帝握住茶杯的手显然不是很稳，不知是否要再摔茶杯一次。

"客从远方来，不知神帝可否为我等介绍一番。"天帝微笑道，胡须一颤一颤的。

"我曾经与天帝有过无数次会面，天帝不可能忘记我是谁吧。"子桑微眯着妖紫色眼睛，看向天帝，"以前天帝对我，还颇为照顾啊。"

天帝摇头："看来是我糊涂了。"

"糊涂了就该休息休息。天帝您统辖四海八荒也有那么多万年，也是时候换个人接班，休息休息了。否则认不出我还是小事，万一一不留神又是几条性命，那就大不可了。"子桑随意道，却字字犀利，语语惊心。

在场的天界的人见子桑这个异族居然对天界指手画脚，皆是忍着一腔的怨愤，甚是希望有人出头，压压子桑的锐气。

"可惜我的儿子们不太省事，我只能在这个位置上坐着。等过些年他们能够独当一面了，此时再议。"天帝一副恨铁不成钢、慈父出败儿的模样。

天帝如此说了，其余众人立马道斐扬之好，战场之骁勇，虽有一次的失败，但是少年嘛，多经受些磨难才能够更好成长，天帝并不是后继无人。但是如此之说，却是要让天帝放权，一时场面有点控制不住。

子桑在一旁，却是看透一切地笑，过了好会，才悠悠道："其实我觉得都不好，不妨这位置三界的人轮番做也不错。"

"你这外人，哪容你置喙？"一须发皆白的仙人怒目而视。

"只是说两句罢了，你怎么这么激动？"子桑四两拨千斤，语气淡得很，"那天界之人轮番做也好，或许哪一天，你也可以当上天帝。"

如此一说，天帝的脸黑了。这须发皆白的仙人，脸也青了。抖索着手，"你你你"了半天，却是什么话也说不出来。

九凤在现场好戏看了差不多了，便决心出来圆场。天帝除了想要老牛吃嫩草这点不好外，对于九凤，还是客气要紧。但是天帝却是色厉内荏的模样，对青苏，对子桑，却是将丑恶的嘴脸都露尽了，从这个角度来说，九凤也真想看到天帝吃瘪，但是这种事情，点到即止，任场面发展地大了，反而失了颜面，今日可是以洛和为主的宴会。

"今日之事，无关政事。这天帝到底是由谁坐，也应当是在天界再议。"九凤说话

第十七章 客自妖界

的时候,子桑的目光若有若无地停在她身上,然后无声的笑,意态闲闲地靠在椅子上,仿佛世事与其无关。

九凤看到这样的子桑,陡然间觉得十分陌生。更像是典籍中所描述的妖神止尚的模样,形式乖张,随心所欲。从前的子桑,可从来不会说这些的话。也从来不是这个姿态。在妖界所见的子桑,是个被仇恨遮住双眼的人。一人千面,到底是变了。也不知道是子桑的本性如此,还是他对青苏特殊。九凤也暗叹一声。当年青苏身故,原来影响的人,可是比她预想的多得多。果然世事无常,人心多变。

九凤也不禁想,青苏于她到底是怎样的存在。若没有青苏,如今的她几乎和苍诀,止尚不会有交集,顶多是萍水之交。

那一场作为青苏的梦,到底是青苏是她,还是她就是青苏?

自从子桑来了后,天帝便有些坐不住,寻了个借口,便要遁离而去。九凤见天帝离开没多久,便也离席。她追上天帝的步伐,慢悠悠地从他旁边擦肩而过,冷冷地落下一句:"亏心事做多了,现在终于觉得良心不安了吧。"

天帝最近总觉得九凤有些个针对他,这让他觉得很是不妙,却还是好脾气地道:"此话怎讲?"

"你应当最是清楚。"九凤道,"否则怎么会在止尚来了之后,你便要离去?"

"止尚?是子桑吧。"天帝道,"这些事情,与上神您,可没多大的关系吧。"

"若想人不知,除非己莫为。"九凤也不解释子桑此日的身份,妖神止尚这名字,恐怕只是历史中的一尘埃。

天帝突然笑了,神情莫测地说:"你现在出来找我,恐怕也有求于我,不,有事情需要合作商量吧。"

她笑而不语,任由天帝天马行空的想象。

天帝道:"如今你和神帝虽说有了一个洛和的牵连,但到底洛和不是他亲生的儿子,这种关系,也不过是权宜之计,哪里是固若金汤。我说得对吧。"

九凤不置可否,静等他接下来的话。

"这天地间,哪有永恒的利益关系。神帝毕竟龙章凤姿……如今虽然和你言笑晏晏,但是难保,他不是在下一盘棋。天界毕竟屹立在三界之首多年,如今有了神界,虽说不敢保证实力一定能强得过神界,但是,青洞府若要在某些时候找外援,也只有天界能与其对抗一二了。"天帝突然间愁容满面,仿佛回忆到了什么很悲伤的事情,欲言又止,最后长叹一声道,"上神那些日子可能还在梦里,不了解那件小事。"

天帝突然顿了很长的一顿,声情并茂地说,"我曾经有一乖巧懂事、聪睿美貌的女儿。只可惜，她倾慕于神帝，也以为与神帝两情相悦了一场，然而却遭其始乱终弃，最后在神帝与其新欢面前魂飞魄散。哦，也是神界，便是在这儿。那时到现在，也不过千年的光景。"

九夙一声轻笑，"天帝，您别把我当作一个糊涂的上神。很多事情我没提，不代表我一点儿也不知道。"

事有多面，换一个人的描述，事情会截然不同。但是从这天帝的嘴里说出来的……却是一点儿可信度也没有。天帝劝来劝去，也不过是怕九夙对苍诀动情。只是如今，动情哪儿是有那么容易。

"若这些事情你都知道了。那么有一件事情，你肯定不知道。"天帝的表情突然严肃很多，"听说你前段时间，曾经将姬陶封印。然而不久前，姬陶还能够来找我一趟。上神您可以去查清楚一下，当时在场的人是谁，又或者谁又留了一手。"

若天帝之前说的话，九夙听过即忘，而这句话，却让九夙眯起了眼。天帝的话的真实性必须大打折扣。九夙转身，快步离开。

刚刚走到一个转角处，却见子桑悠悠地站在一旁，嘴角挑起一抹含义不明的笑。九夙直接绕过子桑，回了宴客大殿。

如今大殿内是一副歌舞升平的样子。仙女们摆动她们纤细的腰肢，舞出妖娆的舞步，步步生莲，歌声清婉，笙歌不断。

洛和看到母亲回来了，趁着无人注意的时候向九夙摆了一个鬼脸。九夙回了他一个手势。那意思只有他们母子才懂。这孩子怕是应付这些事情累了，此刻已起了退却之意。

九夙觉得此刻也没有必要与旁人虚与委蛇，这种宴会的灵活性很大。九夙便和苍诀提了一提，苍诀便等一曲歌舞作罢，便让宴会结束了。

九夙为洛和除去冠冕，给他换了一身轻便的衣服，便决心带他去温泉里泡一泡，缓解一下此刻的疲惫。今日他已经做得很好了。

第十八章

迷雾渐揭

温泉水氤氲。澄澈如镜的主池旁边有七彩颜色的小池子。雕成精妙异兽，或者各种花卉的喷头中有热水溢出，悄无声息地融入池水。

洛和裸着上半身，九凤正轻缓地为他擦拭着背。氤氲开的雾气让她的额头上沁出了一层薄薄的汗水。

神界的温泉极为舒适，泡在水中毛孔像是全部张开了，涌进了暖气。

"母上，你说，唔，父帝会不会喜欢妹妹？"洛和道，"我觉得我一个人沾尽了妹妹的光。"

"肯定喜欢的。洛和，诛谧不在神界，也不在青洞府未必是一件坏事。至少，她可以体味另一种活法。"九凤道，"前段时间我下了一次凡间，谧儿说她还不想回来。也许是在人间有了牵挂了。"

那时九凤面前的少女已经褪去了从前的模样，身材挺拔，容貌秀丽，并不让人惊艳。在人间也算是一副小家碧玉的模样。她微微蹙着眉，摇头道："我还不想回去。"

九凤道："若你哪日想要回去了。对着青玉说：我想回去。即可。"

少女摸着脖子上挂着的青璇玉，青色的光芒将她恬静的脸映衬得丽若鲜花，那才是她真实的模样。

九凤即便对诛谧是担心，但还是尊重女儿的愿望，并嘱咐了下属更为密切地关心诛谧的安危，一旦在人间有什么危险，她就立马将诛谧接回来。

此时洛和听了这话，若有所思。他的眼睛像是浸在水里的葡萄，发着沉静的光芒。

"等妹妹想要回来了，我和娘亲一块去接她。"

九凤和洛和在温泉水池里面泡着,泡得差不多了准备上岸的时候,却听到了苍诀的声音。九凤心里一惊。但想想,即便是在神界,男女之防也是有的。苍诀也只是站在帘障之外,窥不到什么风景。

九凤立马将身上的水滴滑落,迅速地穿衣。随即将洛和从水中捞出,穿戴好衣服后,才慢慢绕过帘障。这才看到苍诀。他玉树临风,看着九凤,也不知在想什么。

自从宴会结束后,苍诀不知何时便没了踪迹。这时再看到他出现,总觉得他眉目间九凤看不透的情绪越发浓厚了。连那目光,都带了点重量。

他似乎是有话要说。

洛和今日也累了,九凤命了侍女带洛和下去休息。

苍诀微微侧头,等到洛和走得看不见人影之后,才转头看向九凤。目光幽深如水,倒映出波光潋滟。九凤被这样的目光看得极为不坦然。

等到旁人都散去了,苍诀这才说:"今日妖界来的那人是妖神止尚。"

"我去清剿妖界的时候曾见过他。"九凤道。

苍诀长久地看着九凤,道:"父神之死,疑团甚多。身为他的后人,我有必要了解一下当年的事情。父神毕竟是创造这个世界的神。我不相信他会永久的消失。"

九凤总觉得他原想说的话并不是这句。但既然他如此说了……九凤道:"我有一件事情一直不明白。你是父神的嫡裔不假,但是我从来不知道父神在何处有子嗣遗留。"

九凤看着他,静等后话。她心里隐隐升腾起了某种的冀望,这种冀望是失望还是希望的纸似乎马上就要被捅破。

苍诀轻描淡写道:"我醒来望见这个世界的第一眼,看到的是万丈高峰之下的滔滔海水。我在那个荒无人烟的地方度过了千年。千年后,有人突然出现,和我说,我是父神嫡裔。然后又有很多人找上我,说我是父神嫡裔。我所知道的便是如此。"

九凤顿时觉得此情此景,竟有些荒凉。

温泉的水有些凉了,雕花喷头重又有热水碰出。恰好这时水汽上涌,将视野朦胧成一片。她将额上扰人视线的发丝掠到一旁。她想起这个世界隐藏的权谋,想必那很多人之中,便有了天帝。苍诀对事情的描述太过简单,想必保留很多。他如今问的是父神,想必对自己的身世更觉得探究吧。毕竟他没有经历过父神的时代,对父神不会有如同她一样深刻的感情。

九凤一时觉得有些凉。明明应当是温暖如春的。

此刻她发现她罗袜未着,鞋子也没穿着,光着脚站在光滑的瓷砖上。瓷砖附着了凉了的水汽，有点森森的冷意。

苍诀的目光没有着落点。但她总觉得他的目光还若有若无地停在她的身上。

即便她此刻有裙裾挡住了脚，但还是觉得不自在。不论是青苏还是九凤，脚永远都是她觉得最私密的地方。青苏那辈子的那个旖旎夜，他曾经细心地托着她的脚，极为呵护。那时候她也是一心一意要将自己交给他的。

九凤忍不住咳嗽了声。这样游离的目光，更让她觉得无所适从。

"很多事情连我也不知道真相是怎样的。"苍诀转回目光，意有所指地说道，"所以更想进一步亲自去探究。"

苍诀说的话明明语气平静，但俨然他这一趟不见之后，平静的话语下掩藏着汹涌的波涛。

妖神止尚。他们原是认识的。即便她知道子桑和苍诀只算是点头之交，就算青苏同子桑十分要好，但这两个人彼此并不待见。如今青苏已经不存在这个世界上了……他们两个是青苏一辈子唯一亲近的两个人。如今止尚来了妖界，苍诀去找的人，也必然是止尚。

九凤那时候放了止尚，和他说了一通后，看子桑的表情，总觉得他听不进去。子桑以前可以对青苏言听计从，但是如果对象不是青苏，那他就会精明很多。也不知道止尚到底对苍诀说了什么，让他变得这样的捉摸不透。

不过苍诀没提起什么。九凤也不问了。倒是对苍诀出生的地方感到好奇。她不相信，也不认为父神有过什么女人。

她脑海里突然有个声音在反复的缠绕：倘若苍诀便是父神，你会奋不顾身地再信他一次吗？会吗？会吗？你们会回到从前吗？

又有一个反驳的声音响起：不会回到从前。父神还没死之前，你们就回不到从前了……

这两种声音，这两句话像是利刃一样在她脑海里割据着。

回不到从前了……没有从前了。

父神……若没有她，父神怎么会离去……若不是她做了那些事情……

九凤整个脑子像是要炸了一样，陷入了一种说不清的魔障之中。似乎有着纷乱而模糊的记忆在她的脑海里不断地演现，越想让这些记忆清晰，脑袋就越疼。

她遏制住自己纷乱的回忆，对苍诀道："能带我去那个地方吗？你出现的地方。"

苍诀见到她这样按捺的表情，有些不解，但还是道："好。"

壁立千仞，浪淘沙。枯黄的荒草爬满了漆黑的岩涯，荒凉得让人心惊。万物的生机似乎被吸取殆尽。没有树,格外炽热的金乌在上方挂着,似乎离得很近,触手可及。唯一的可取之处便是奔腾的海水深蓝得如同神话中的国度。

便是这样的一个地方。苍诀最初出现的地方。感受不到任何父神存在过迹象的地方。

也许这儿,本是一个芳草丛生,绿阴覆盖,生机勃勃的地方。

也许这儿,本是一个钟灵毓秀,灵气聚集,天地精华的地方。

九凤相信这里曾经是这样的。否则父神的剩余的灵气、散落的血气怎么会在这儿聚集,从而衍生出一个苍诀。

父神似乎尤其喜欢那种高处不胜寒的险峰,连去后都喜欢往这些地方流连。

九凤在此触动良多,她回头看苍诀的表情,一副沉浸于往事的漫不经心。他拨开前头长得几乎有人高的荒草走到九凤的前面,道:"父神之死,人人皆知因妖帝而起。但我想知道具体。"

九凤简明扼要地说:"父神当年因救我,深陷囹圄……最后已是强弩之末。"

苍诀用极为考究的目光看九凤,锐利得似乎要穿透她的灵魂,"为了救你?"

九凤不欲多说。似乎多提起那些往事一点,她的头就多疼上一分。

苍诀的目光一直锁在九凤的身上:"世人皆不知有这么一茬,你也从未提及。"

九凤微点了下头,略有恍惚:"都是陈年旧事了。他们知道又如何。不知道又如何。于事无补。"

脑海里那个声音又突然蹿了出来:如果不是你,如果不是为了救你,如果不是父神为你伤透了心神……

声音忽近忽远,像是要炸裂了一样难受。

苍诀显然看到九凤的脸色变得苍白,轻笑道:"原来九凤上神也有不为人知的往事。"

九凤没有说什么反驳的话。此刻她被脑海里的声音缠得头疼。似乎感受到什么,她抬袖,往着隐隐有黑气缠绕的及人高的荒草丛走去,她拨开黑色的荒草,花了挺大的功夫,施展了一个术法砸开了那儿的掩护,一块黑色的石头静静地躺在那里。

第十九章

隔阂又起

九夙见到那块石头瞳孔微微一缩。

那石头棱角分明,每一面都光滑如镜,映照出人的影子。

九夙望见石头的时候,恰好看到石头里映出自己瞳孔一闪而过的紫色。

她闭眼再睁眼的时候,那紫色已然消失不见了。好似只是一时眼花看错。

她略带心慌地看了一眼苍诀,却见他神色不曾改变,眼光也未往她这儿落下半点。

九夙还没完全松上一口气,突然就被苍诀按住了手臂,九夙以为突生了什么变故,却听苍诀压低声音道:"有人。"

都是那石头分散了心神。九夙收敛心神,往草丛边一撤,又施了障眼法,和苍诀藏在那儿。

九夙一反应过来,苍诀就已经放开了手,神态淡然地站在草丛后。

九夙一时搞不清苍诀是什么意思。这样的提醒,显然只要说一句话就好。这样的动作,倒像是下意识的保护。

此时传来的脚步声越来越大,苍诀和九夙彼此噤声。

鞋子摩擦荒草的声音渐渐逼近,伴随而来的还有一男一女交谈的声音。

"呵,那苍诀小儿,竟然撺掇那浑小子来威胁我的位子,以为凭着区区几句话便可以让我放权吗?也不知那混小子到底经历了什么,竟变得和以前那么大不同。"

那低而雄厚的中年音中的愤恨暴露无遗,这样熟悉的声音,不用看来人的样貌,就听得出是天帝。不过九夙倒是觉得这样的天帝,比起以前那样假仁假义、色厉内荏的样子,实在是顺眼很多。不过他现在到此处,目的肯定不光明磊落。

"天帝息怒,不过是言语上的一两句,损失不了什么。"旁边与他齐步而走的女子倒显得很淡定,那音色一时听不出是谁,"便算是当年被口诛笔伐、天地共诛的人,现在不也是活得好好的。决定一切的还是实力。"

随着声音的靠近,九凤也看清了天帝旁边的人。她此刻竟发现,这人的容貌,与她有三分的相似。那音色,揣摩来,也模仿了她几分。

九凤微哂,看向苍诀。

苍诀依然面无表情。便算是被说是小儿的时候,也是面无表情。

这样的表情,让九凤觉得可气。连刚刚被他碰触过的地方,也让她觉得膈应的很。

那边天帝继续说着:"实力?那苍诀不就是得了父神几分的力量,竟也能开辟神界和我叫板。只可惜,我没有那么好的运道,生生地让那两人压了我一截。否则岂容这些人在我眼里放肆!"

女子娇笑:"不过他们估计也得意不了多久了。"

九凤浑身鸡皮疙瘩。

"那是,有了这石头……"天帝笑,他走到那黑色石头之前,俯下身子,想要拾起黑色石头,却被女子眼疾手快地阻止,"慢。"

"你拦我干什么?"天帝道。

女子却没有回答她,她掏出了一把刀,然后拿过天帝的手。

天帝疾言厉色道:"你要做什么?"

"你觉得你除了能信我还能信谁?"女子皮笑肉不笑,直接将天帝缩回去的手又拽了出来,干脆利落地往他的手指一割,然后让他指头滴出来的鲜血落在黑色石头上。

女子连笑也笑不出了,她嫌天帝手上流的血不够多,又往他手上割了一刀。眼见那血流了好些滴了,那石头还没有变化,女子一时变了脸色:"怎么会?"

天帝冷哼了一声,直接将那石头捡了起来,藏到袖子里。

这次女子倒没有拒绝。但看到天帝安然无恙地将那石头藏到袖子里,露出了不可置信的脸色。她的手急忙地伸入天帝的袖子,要掏出那石头,遭到天帝的阻拦后,又安抚地说了两句。

天帝终于将那石头小心翼翼地拿出来,女子刚刚拿到那个石头,翻来覆去地看了几眼,就失手让那黑色石头掉到地上。

天帝怒得唇上的八字胡一颤一颤地:"你……"

那女子想必已经习惯了天帝的性子,此刻只不可置信地说,"怎么会,我算好了的……"

第十九章　隔阂又起

"你不是说你很有把握的?"天帝道。

女子摇头:"我不知道怎么会有人提前,并且知道这个办法……"

九凤又看了一眼苍诀,此刻他的目光比先前冷上了好多分。

这样狼狈为奸的组合,他的目光不冷下来才怪。九凤默想。

那黑色的石头想必中途已经被人换掉了,否则那女子怎么会露出这样的表情。

"看样子,这个是假的。"天帝道,"当今之计,我们要如何?"

女子已经从震惊之中恢复了过来,道:"另寻他法,我就不信这石头会凭空被人换掉……没想到那位也想着这块石头。"

天帝和那女子拿到假的石头也没有太多话讲了。该听的也听了,该看的也看了。九凤正想走的时候,苍诀早她一步道:"走吧。"

一离开那儿,九凤就等不及秋后算账:"原来我前脚将姬陶给封印,你后脚就将她给放出来。苍诀,你就不能更有胆子些,直接在当场将姬陶给放了吗?"

那女子,虽然易了容貌,换了声音,但总有变不了的东西。何况她故态复萌,依然与天帝沆瀣一气。

天帝说的话,也不全是假。即便苍诀同她相敬如宾,表面相合,然而还隐瞒了她许多事情,看来他们远不如表面上的那般和气。

"你真以为是我?"苍诀不怒反笑,他笑得极淡,如同是刀刃在冰上犀利地划过一痕,"如你所说,我如果想救她,如何要等她被封印后才偷偷摸摸地去救?"

"难保。"九凤窃声道。姬陶在她心里始终是一个疙瘩,她永远不会忘记自己临受天雷之前她嚣张至极的笑,正如同她不会忘记苍诀当年曾经亲眼看着青苏灰飞烟灭。这就像是一件物品起了裂缝,再如何缝合也无法让其恢复如初,更何况现今只是拿些纸糊在表面,说到底不过是表面光鲜罢了。

九凤还在想着旁的事情,此刻却见苍诀袖中滑出一块黑色石头,稳稳地被他拿在手上,那不是天帝和姬陶苦苦寻求的那块还是哪块?

先前她所见的静静躺在那边的黑色石头分明是真的。苍诀竟在她眼皮底下将这黑色石头换了?他是什么时候换的,她竟然不曾有过丝毫的察觉?

见九凤露出诧异的神情,苍诀负手而立,淡然道:"天帝和姬陶勾结,我早就知道。"

你若早就知道,何故酿成那样后患?何故纵她至极?九凤心里嗤笑,表面却不露半分颜色,她道:"看他们那样的情形,这石头必须要以鲜血为引才可取得,否则将要受其反噬,你是如何拿到的?"

"莫要忘了我曾在这儿待了千年。"苍诀道:"见得多了,自然也知晓方法。只是先前的石头,只如同沙砾一般大小。"

"怪不得来此的时候草木俱枯。这石头似邪非正,不知为何会存在在此。"九夙伸手,接过苍诀手中的石头,然而刚刚碰到石头,就觉得指尖一烫,灼热的温度让她的手一缩,心一跳。

九夙皱了一下眉,再度碰触上那石头,那灼热的温度不但没有下降,反而让她手指疼到刺痛。她不由得放手。

这黑色的石头分明是极邪气的东西,但如何蛮横到让她如今还手心发热?至今不消?

连苍诀也是不解:"适才我分明是以你的血为引……按理说,石头的反噬已经被解除了才是。"

九夙不解:"什么时候?"

"你没有感觉到?"

九夙默然。

原来苍诀按住她手臂的瞬间,顺便取了她的一滴血。

九夙摊开手掌,她的手指一点儿痕迹也没有。

世上鲜有人能够伤得了她。自从那日满目的鲜红、心身痛过后,再如何的血流成河对于她来说恐怕是微不足道吧,如今被取走区区一滴血,她自愈能力又极强,竟也不曾察觉到。如此疏于防备……又如此地默无声息。

若苍诀有朝一日想取她性命,那岂不是易如反掌之事。

尤其是……她在苍诀面前,警惕心竟不由自主地下降。九夙悚然心惊。这样的下降,不是情感上的依赖,反而像是某种力量的羁绊。

九夙决心今日事后,势必要努力修行,趁早提高修为。若能破了千万年之瓶颈,那是最妙。近来疲于修行,让自己如此不济,大为不妙。

"你知道如何破解这石头的反噬,肯定也是知道这石头的用途了。不知可否请神帝代为解释一番。"她心惊的同时,同时将那称谓给换成了疏离的。

苍诀看了她一眼,显然关注点也落在神帝这个称谓上了。他默不作声了半瞬,才道:"你应该比我更清楚。"

九夙还来不及思考苍诀这句话是什么意思,苍诀已经言简意赅地解释了:"黑石里有让人觊觎的力量,方法得当,便可以将这种力量取出。只是这种力量蛮横近乎魔,可使人修为倍增,同时反噬极大。"

第二十章

疑窦丛生

——没想到那位也想着这块石头。

九凤脑海里突然蹿出姬陶说的这句话。苍诀如今的神力已经是捉摸难测，还用得上黑石辅助修行？这样的力量反噬极大，并且容易成魔，他也犯不着用这样冒险的方法……

如果不是苍诀……

九凤被自己的想法吓了一跳，若是如此，姬陶的心计，远比她想得深沉很多，布下如此半真半假的局，究竟哪些是值得信的。

但如今这块石头在此，以前形成的沙砾般大小的黑石又在哪儿？

九凤百思不得其解。苍诀也是不解："也不知先前那些块黑石去哪儿了。而这块……"苍诀皱了皱眉。不再说下去了。

"这块竟如此之大。"九凤说出了苍诀想说的。

天地之间形成的万物都有成因，好比妖魔，常常是人神的怨嗔所化，有正必有邪。人有七情六欲，仙神也有七情六欲，不过在长久的修行中变得清心寡欲。这些情，这些欲去哪儿了？不过是被抑制住了，能力较强，或者手有神器或上等仙器的人会将自己体内的恶念剥离出来，达到某种程度的"纤尘不染"。早期的妖魔大抵是这样形成，所以继承了原来仙神的一部分能力。但如今妖魔不济，早已不敌先前。

充其量，仙神不过比凡人更压抑自己。很多的仙神，不过是比妖魔更懂得做表面功夫。比方说天帝，就有着无法餍足的欲望，只要他不做得人神共愤，只要他让大多数人看不透，他还是可以被尊为天帝。便算是身处高位，修为是仙神中的佼佼者的九凤，也有欲，也有念。不过因处的位置高了，倒也不太约束自己，也没有人管得住她，就连创造了这个世界的父神,也有怨嗔,也有七情六欲。而她最初跟在父神身边,则是父神以玉之灵性,压住她的恶念。所幸父神见多识广,神力无边,手段层出,方才没有让恶念将她吞噬,故而后来还能在父神的引领下修炼成仙。而非被抛弃,成妖成魔了。何况她的欲念并非穷凶极恶,不过是那一点儿渴求,算不得大罪过。

天地间正邪的力量其实从某种程度来说是平衡的。虽然天界一直想着灭了妖界,但只要大部分的上古众神在,妖界就算要被灭了,他们也会站出来,为妖界撑腰。这黑石,从一定程度上来说,也算是衡量正邪力量是否平衡的一个考量。只是这么多的邪恶力量聚集成这样的一个黑石,天地间的局势似乎要开始新的一番考量了。

姬陶未去,止尚重现。子桑虽与止尚有因故,也有止尚的一定力量,但如今止尚灵魂并非完整,就算完整,等子桑能够将这力量融会贯通,又要花上许多的时间,并且子桑虽一时被蒙住了眼,但心术并非不正,并不会将这个世界搅动得混沌不堪,酿成她和苍诀收拾不了的局面。

至于妖帝,那人也是心高气傲的主,一山不容二虎,即便止尚是他的哥哥,也不大可能与之共同为谋。但是这种可能性并不是没有,难保他无声无息了那么久,不是在蛰伏等待一个出手的时机。

而姬陶……心思诡谲,若是将止尚的力量占为己有……九凤断不会容许这样的事情发生的,这件事必须先下手为强。但是姬陶如今并没有对子桑做什么动作,黑石已经形成了……

莫非这世间会再出一个妖神,从此天地动荡,格局再度翻转?酿就一场惊天风暴?

九凤想着。不由自主地摇头。

"不会是妖帝。"苍诀笃定地说,"我在凡间见过他。他身上的力量很稳定,并且没有狂乱的迹象。"

"这件事必须尽快处理。"九凤道,她突然想到了一个可怕的可能性,"妖帝在凡间……那么诛谧呢?"

"他们在一起。"苍诀肯定了她的猜测。

"你居然容许他们在一起?"九凤不知道该说什么好,也不知道该用怎样的话语来加强她的语气,只苍白无力地道,"她好歹是你的女儿!"

她不能够告诉苍诀其实洛和也是他的亲生儿子。但是她可以、她终于可以很正大光明地同苍诀说诛谧是他的女儿……但是,既然他知道诛谧是青苏的女儿,是他的亲生女儿,为何还能够放任一个天大的危险在她的旁边呢……

第二十章　疑窦丛生

苍诀望向她，半带嘲讽道："九凤上神多操心了。"

莫非他不信她？不信诛谧是他的女儿？！这"多"字，像是在讽刺她这个"外人"比他这个做父亲的更关心女儿？

他到底是怀疑诛谧是否他女儿，还是怀疑她本身？

九凤这一刻好似猜懂了苍诀一些。是猜疑。那些含义不明的目光，何尝不是猜疑？

其实这一世，她常常忽略了她和苍诀本就是势均力敌强者的事实，两虎相争，必有一伤。即便她没有要争的心，但是拥有太强大的力量，总会被人觊觎。她不争，也会被人认为争，天帝防她，苍诀何尝不会防她？何况她从头就开始无根据地针锋相对，与他是剑拔弩张的。

猜疑，忌惮，是为猜忌。

她从来考虑的是她在他面前会否暴露了她曾为青苏这一事实，却忘记了他们之间横亘着猜忌。这是生来就有的，无法改变的。即便苍诀待她不同，但未必不是一个缓兵之计，疑敌之策。他若早知道天帝和姬陶勾结，却仍然能纵容姬陶在神界横肆，这需要多大的耐性，又需要多大的牺牲。他对待九凤，未尝不会如对待姬陶一样，虚与委蛇。

九凤又开始怀疑苍诀是否真的爱过青苏了。苍诀是否会真心对待他的孩子。

像苍诀这样的人，生来寡爱的吧……

可若是将苍诀全然当作陌生人，然后像天帝、众神一般对付，她也实在做不到。

正当九凤想得越来越多的时候，苍诀还是道："妖帝和诛谧身上存在某种羁绊，他伤不了她。虽然诛谧暂且还什么都不知。至于为什么妖帝一直留在诛谧身边，应当是她身上有吸引他的东西。"

这吸引妖帝的东西不是青璇玉还能是什么？但若妖帝伤害不了诛谧，此事只需稍加提防便好。

也许苍诀对诛谧还是有心的吧。

只是，她去凡间也查探了许久，为何感受不到妖帝的气息？妖帝虽非一般的妖，在人间掩藏了气息是会让人难以察觉，瞒过乐旋绮歌情有可原。

但是她不同，她竟感知不到妖帝身上的妖气了？

九凤这次算是彻彻底底心凉了。她再看向苍诀手上的黑石的时候，恍惚间觉得在黑石中再度看到了错杂的颜色。

"不是妖帝，是谁？"她喃喃道。

恰在这时,她抬首,正见苍诀双目灼灼地看着她,目光幽凉地令人心惊。

苍诀道:"你前段时间去妖界,可遇到什么事了?"

她去妖界,也不过一败妖界,二见子桑……这些算不得大事。

九凤思索了一番,摇头。她皱眉,觉得有很大的不对劲:"怎么了?"

"随便问问。"苍诀淡淡道。

九凤还想问些什么,但是话到嘴边,却不知该说什么了。

一个荒谬的想法瞬间从她的脑海里窜过,让她一阵恍惚,马上被她否决。

此时离神界也近了,九凤道:"你准备怎么办?"

九凤问的是天帝和姬陶的事情。

"静观其变。"苍诀道。

"我不想就这么放过她。"九凤明确地表达了自己的立场,她更想知道姬陶到底是如何出来的。天帝儒弱无能,并没有足够的能力将姬陶放出来。苍诀虽说他没有放姬陶出来,但难保不会是一个助力。如今姬陶故意仿了她的几分模样,究竟又是为了什么。

苍诀什么也没应。

九凤带着洛和回了青洞府后,便把自己关在房里,闭门不出。

她将有关远古的典籍都搬了来,一本一本地翻过去,一字一句地看过去,生怕错漏了什么。

这些典籍并不多,主要分布的书比较杂,东一句西一句的,她翻来覆去看了几遍,没有找到什么奇怪的地方,每本书都是寥寥的那几句记述。她几乎可以倒背如流。

房间的一面是石墙,九凤将典籍里面记录的大事的编年直接刻在那堵墙上。神魔大战的记录最为详尽,父神之死的始因,经过只是寥寥数语,讳莫如深,剩下的是长篇累牍的溢美之词。

九凤又根据这些记录,将自己知道的事情推算出年份,然后添了进去。

也许时间隔了太久,如今回想起来,神魔大战前有很长的一段时间,她竟没有多余的印象。就好像那段日子平淡无事到没有任何值得回忆的事情,平淡得太不寻常。

她心里始终不踏实。隔了几日去拜访了一个关系尚可的资历老的上神,旁敲侧击地磕叨起这段事,那人嘿嘿笑着说,那段时间他忙着种花种草,太平得很。

按理说,若真发生了什么大事,她没理由忘记。

九凤便把这件事情抛开,忙着闭关修行的事情。

这些日子洛和往返于青洞府与神界,修为愈发上去了,她也不能落了下风。

第二十一章

一念之间

无奈万年来九凤处于修为的瓶颈期,如今闭关,也只是小有增益,并不能有较大的突破。

闭关这些天,她时常心烦意乱,以往的灵台清明,似乎不复存在了,甚至越是修炼,越觉得力不从心,练习那些术法的时候,总是敷衍了事,三两下就弄得自己无精打采。

由此,九凤更是发了狠地闭关。

青洞府名字源于殿后一石洞。那里曾是灵气汇集之处,因有终日泛青色幽光,故人称青洞。九凤当初便是在青洞中初得青玉形。及至九凤修得人形,此地规模扩大,殿阁林立,仍然沿了旧名,填个府字,唤作青洞府。只是如今沧海桑田,四海轮换,此地不复之前灵力醇厚之所,也不泛青光,变得漆黑如寻常的石洞。

九凤此次闭关,便择了青洞。青洞极其简陋,里面空空如也。九凤将青洞的门由内向外封死,一个人静坐在青洞里,满目漆黑,首先练的就是让自己清心。

九凤时常张目望着石洞。眼睛适应了黑暗之后,石洞能看得极清楚,石的纹路也很清晰。在经历不知道多少个这样黑暗的日子后,她看见石壁的前面站了一个窈窕的身姿,并且发着幽深的青光。

"九凤……九凤……你早已不是从前那个你了。"

"不要妄图否认。"

那个影子发出的声音同她的声音没有二致,在空旷的石洞里反复地回想。青光开始延伸,窈窕的身姿不见了,倒像是会发亮的青烟,缠绕在九凤的身边。

是心魔。声声如绞,念由心生。

九凤闭上眼睛。努力想起自己还是最初的玉时候的心境。那时心无旁念,返璞归真。只是在世间历练地久了,心境总是不同了。但好歹这青烟开始慢慢变细,变淡,最后在九凤耳边的呓语如同蚊虫嗡嗡声,最后消失不见。

她闭关的时候,心魔每过一段时间便会出现一次。如此往复,心由乱转静,又由静变乱,似乎能使自己稍微心平气和些。

到了后来,心魔出现的时候什么话也没说,只是让人感觉她嘴角约莫翘起来了些弧度,并且心魔的颜色变深了。

九凤出关的那日,青洞府亮如白昼,她刚刚出来的时候,有些微的眩晕感。

乐旋、绮歌侍立在左右。绮歌见她出来的时候,双眼难掩惊诧之意,她略有恍惚地看着九凤,艰难道:"您……您的眼睛?"

九凤望向她,瞳孔内的紫色一闪而过。她面无表情地说:"我的眼睛,如何了?"

乐旋看了一眼绮歌,低下头。

绮歌又看了看,摇头,"我,我看错了。"

九凤出关才知道自己闭关已近一年。旁杂的事情九凤先搁在一边,不问此刻各界动向,而问孩子何在。

乐旋道:"两位殿下此刻安好。洛和殿下在神界。神帝早先将殿下接了去,还未回来。"

"这样。"她闭关,洛和在神界那是她早就料到的事情。若不是念着石洞外还有个孩子,念着他们是否穿好睡好,念着洛和这么久没见到她会不会思之虑之,她会多留些时日,毕竟……心魔未去。

九凤转头看了眼青洞,迈步离开。

九凤道:"以后这洞……"

九凤摇了摇头,没有说下去。一路走去,绮歌沉默了许多。乐旋总是多余的话不说的。

乐旋说,"君上,要不然让殿下回来吧。免得君上与殿下母子连心,在路上错过了。"

九凤看一眼乐旋,不动声色地将收在袖子里的手攥紧,点头表示同意。

绮歌连忙道:"我去我去!"

地面的青砖光可鉴人,九凤看着地面上倒映的自己的身影,身姿婀娜,色若桃花。她凝视着倒影里的眼睛良久。她的瞳孔幽深,不像是有杂色。

第二十一章 一念之间

九凤转过身,看着一直低头侍立在左右的乐旋,看了她好半晌,乐旋微微往后一缩。九凤移开目光,道:"你跟在我身边,很久,很久了。"

乐旋抬头看她,"我……"

"我不想你瞒我。"九凤道:"我的眼睛怎么了?我怎么了?"

乐旋扑通的一声跪倒在地上,却是咬牙,一字未说。

九凤看她,目光蓦然一松,一挥衣袖,冷然道:"你起来,跟着我来。"

乐旋支起身体,然后慢慢地站起来,追上九凤。

九凤带乐旋来到先前她记神界编年的那道石墙前。她在那段她记不清的时间段打了光,然后让乐旋站在石墙前面,好生回忆。

乐旋看了那石墙一眼,便立马收住目光,不忍再看。

"那段时间发生了什么事情?"九凤的声音十分冷,也似石墙一般坚硬。

乐旋一副视死如归的模样,再度跪倒在九凤的前面。

九凤见她这副模样,便将乐旋留在这儿,道:"你便在这儿想吧。想起来,我再让你出去。"

乐旋道:"您……您不用知道的。"

果然有事……九凤的语气缓和了,然而心却沉下去了,沉到了谷底。她看一眼乐旋,叹了口气:"你以为你又在捍卫什么……就算你不说,总有一天我也会知道的。父神已经离开很久了。如今我这样,你以为隐瞒便是好吗?"

乐旋还是丝毫不肯松口。

在乐璇以为九凤要走,松了一口气的时候,九凤的一句话又让她的心提到了嗓子眼。

"我身上……魔性未去,是吗?"

九凤说这句话的时候,带了深深的无力感。九凤想到先前在见到黑石后的被她推翻的假设,竟觉得有一丝讽刺感。她不愿意成为世间黑暗力量的推波助澜之力,也不愿意成为新一轮妖魔力量大盛的滥觞。

"君上,哪一个人身上没有魔性?"乐旋道,她还想再说什么,九凤却冷然打断她的话。

"等不到我要的答案,你便一直留在这儿吧。没有我的命令,任何人不得放你出来。好好静心思考吧。"九凤面无表情地出了那房间。关上门的时候,手劲之大,简直是要捏碎那扇门。

青洞府仙气磅礴,宫阙层叠,她一瞬间有不容于此、万物俱空的感受。仿佛这彻彻底底属于她的青洞府，却是她偷来的一般。

九凤站在殿外良久，才看到绮歌引着洛和来到她面前，洛和一见到九凤便叫着她，然后扑到她身上来，九凤顺势搂住了洛和。

虽然一年的时间对于仙界的来说不过是白驹过隙，短得很，但九凤就是觉得洛和长大了些，眉目也张开了点，比以前更好看，更加朝气蓬勃了。

洛和还是喜欢在九凤的怀里蹭着，不过这日他说："唔，母上以后不要闭关这么久了。身上的味道都不好闻呢！"

言者无心，听者有意。何况九凤心里藏了事，对这方面的事情敏感了很多。洛和虽小，但越是孩子，越是童言无忌，能够敏锐地察觉到亲近之人身上产生的变化。并且，洛和这孩子随了他父亲，魂魄没有一丝的杂垢。

故而，九凤听到洛和这样说，抱紧洛和的手微微一僵，却还是笑道："因为太久没有沐浴了吧。"

"唔……"洛和故意捏住鼻子，从九凤的身上跳了下来，催促道，"母上大人赶快去沐浴，臭死了臭死了。"

平常的一句玩笑话，九凤脸上的笑更加僵硬了。

洛和见九凤没有说话，知道她不高兴了，也不知她是不是故意板着脸和自己开玩笑。洛和又在九凤的怀里撒娇打滚，"不过就算母上大人没沐浴臭臭的，我也不会嫌弃母上的！"

"你父帝呢？"九凤问。

洛和轻拍了一下小脑袋，"啊，糟糕。急急忙忙间竟忘记了，父帝给我布置的任务还没完成。"

洛和脸上略略露出为难之色，一五一十地交代了："父帝今早临走前告诉我，务必在他回来之前，将火焰兽驯服……"

儿子大了留不住吗？驯服火焰兽，洛和的能耐已经如此之强了。九凤微讶。不过这火焰兽并非顽固未化之兽，"那快去吧。"

"母上同我一起去神界吧？"

魔性未去，于上神来说，是致命的弱点。九凤也不容许自己的弱点暴露在苍诀面前。同洛和回神界，指不定就遇到去而复返的苍诀，在她面前……

九凤敲了下洛和的脑袋："你又想什么鬼点子。你父帝布置的任务，自当由你来完成，别想着让我帮忙让你投机取巧。"

第二十二章

火焰异兽

洛和说，"父帝只留了我一天的时间……母上在边上看着就好了，而且我怕，火焰兽那么大，那么凶……"

九凤还是耐不住洛和的软磨硬泡，毕竟孩子都是母亲心尖上的一块肉。

她道："我收拾一下，你先去吧。我随后赶到。"

若想掩藏身上魔性的最佳方法，就是找一神器。九凤首先想到的便是青璇玉，但是青璇玉在诛谧的身上，她万万不敢取来。除此之外……

九凤叹了口气，这天地间，除了青璇玉能与她气息融合，还哪有称手的神器？

九凤于是沐浴了一番，又去妖界走了一番，这才往着神界去。明知如果碰到苍诀，这一切还是逃不过他的眼，但九凤还是这样做了。

神界的侍女对九凤是熟识的。她神色如常地将九凤引向了洛和所在的地方。

只见一片空旷的地方立着一个小童，衣裳被折腾得有些凌乱，他的旁边是一只浑身燃烧着火焰的巨兽，赤红的眼睛怒视着小童。

小童的目光坚韧不拔，一瞬不转地看着那火焰兽，像是蓄势待发的狮子。而下一刻他腾起身体，一跃直接坐在火焰兽的身上，使劲地拽着火焰兽的皮毛。

火焰兽生气得扒着爪子，脑袋不停地摆动，口中发出可怕的兽吼，见甩不掉小童，它急得直接在全场跑动着，扑腾开的火星子落在旁边的仙草仙花上，弄得花草焦成一团。

火焰兽跑得极其快，洛和几次险些抓不住他，下半身已经脱离了兽，只留下一双小手用力地抓着兽的皮毛。九凤为洛和捏了一把汗。幸好火焰兽的皮毛韧性较大，否则洛和怕是要被甩出去了。

几番这样，洛和小小的身影在火焰兽的火焰掩映中若隐若现，到后来九凤反而松了一口气，露出了一丝的微笑，也惊讶与洛和神力的增长。

如今火焰兽不再像从前那样一直迅疾奔跑，或者走一阵子，又突然迈开步子，意图趁洛和不备，想要甩开他。终于火焰兽自知自己已经无法将这个年纪轻轻的小孩子甩开，也认了命，俯下身子，发出被驯服的声音。

这是成功了。

洛和抹了一把汗。然后轻轻松松地翻身下了火焰兽。

九凤隐隐间可以看到洛和的手有些焦灼，正要上去为洛和疗伤。那火焰兽却猛地动作起来，它调转了个方向，直直向九凤扑来，整个兽身几乎要团成了一个火焰。

"母上——"

"上神——"

两个声音同时响起。

这兽的力量倒不及妖化后的毕方，刚刚又耗费了体力，九凤只是一挥袖，就亲手挡住了火焰兽的攻势，让火焰兽在原地动弹不得。

这倒是虚惊一场。

那引领九凤来的仕女道："上神受惊了，这只火焰兽刚刚驯化，野性难去也是一定的。"

这显然便是假托之词。火焰兽一旦驯服，便不会叛主，而这火焰兽，驯养于仙气磅礴之处，以往是驯养来与妖界作战的。只可惜最近火焰兽少了，倒是很少派上战场。虽如此，但九凤对于妖魔之气的厌恶，是到骨子里了。

"无妨。"九凤道，"我刚刚去过妖界，也情有可原。"

她看着那火焰兽，眼神骤然间冷了下去。

她来神界的时候，并没有料想到这一层。以为只想瞒得过人，却忘了兽的眼。

原来她的魔性已经强烈到连兽也能感知到的地步。

原来她的魔性已经能够盖得过妖界的繁杂。

原来她的魔性也就瞒着自己，自欺欺人地装作不知道。

九凤将洛和的掌心朝上，要为他施展治疗之术的时候，洛和却喊着疼。

九凤也不敢再用，只是就近取了疗伤的草药，捣碎，然后往洛和的手上敷了去，一边敷着，心一边沉着。

她察觉到了一股浓烈的危机感和恐惧感围绕着她。

她已经许久没有感受到如此深的恐惧感了。

她也生怕自己有一瞬间便会失去了控制自我的能力,从而犯下滔天的罪恶。

如今连血脉相连的儿子,似乎也一点一点地与她产生了距离。

在九凤缓慢地给洛和上药的时候,身后传来了苍诀的嘉奖洛和的声音。

九凤的心,由原先的沉,转成现在的冷与寂然。凉凉的,仿佛冷到极限无所畏惧。

苍诀显然是看到旁边有异常的火焰兽了,但是他当下什么都没说,当作一切太平。等到让洛和先去休息后,才留在原地,用他惯常的,冷淡而又锐利的眼神看着九凤。

既然局面已经如此,九凤便开诚布公。苍诀肯定是看出来的。否则那日,他也不会试探性地问着她在妖界遇到过什么事。她不想让苍诀抓住这个弱点,她也不想有朝一日被人蓦然揭露出来,让更险恶内心的人利用,从此让她孤立无援。

与其有朝一日让天帝以及众人利用此事除掉劲敌,不如与苍诀商讨良策,毕竟神界对妖魔没有那么明显的仇怨。

九凤正想说,却被苍诀抢先。

苍诀负手而立,淡淡道:"你闭关多月,没想到魔性不淡反浓。"

"神帝睿眼。"九凤也只能道。

"如今看来,你身上的魔性不像是外物附着,而是自身所带。"苍诀打量了九凤一阵。不知为何,九凤被苍诀的目光刺得极为难受。

九凤被苍诀刺中心事,思绪翻飞之时,苍诀又言语带刃,明明是平淡到极致的语气,她却可从中听到凉薄的意味,以及其中略含的威胁,这种感觉就好像恢复了从前的针锋相对:"上神逍遥天地多年,也不知是如何解决身上原有的魔性吗?"

"或许是原先跟着父神久了。魔性也淡了。后来也许是青璇玉助力吧。"九凤一笑,"我倒从来不知道我带着魔骨。不过神帝如此问来,怕是知道如何祛魔性之法?"

九凤说这句话,只是半存着试探,也不敢抱有多大的希望苍诀能帮她这一场。

稍等一会,苍诀道:"不知如今你打算如何办。以你这魔性蔓延之势,四海八荒迟早有一天会传开。我这虽有一法子,但只是道听途说,具体典故,已失传。能否见效,我亦不知。"

"愿闻其详。"

苍诀略一思忖,声音和缓,倒不似相欺:"昆山有仙石。彭岛有魔砂。"

"仙石益仙骨。魔砂却是剔仙骨的。"九凤疑道。这两件东西九凤并不陌生。各有功用,只是却没有见过有人同时用过。

"破而后立。不破不立。许是如此吧。"苍诀淡道,"只是魔由心生,外物只能相佐。若有异念,难保不会因小失大。昆山仙石神界有备用,若你需要,我明日便委人给你送去。"

九凤表示感谢,她说:"仙石青洞府留着。倒是魔砂须得一寻。"

苍诀淡笑,"魔砂神界的人用不着,我这儿也无。"

苍诀如此诚恳相告,九凤也放了心,道:"如今我这样,还望神帝暂时替我掩护一二。毕竟天界那位……也是视我如眼中钉。"

苍诀淡然道:"一定。"

这算是统一立场了。

苍诀眼光晦暗不明,玩笑般的说道:"不过上古也曾流行过以魂补魂的说法。说是用精纯的仙魂,也可抑制魔魂。不过具体如何我没有经历那个时代,也不清楚传言是否有异。上神精于魂魄之道,应当清楚。"

九凤摇头,苦笑道:"如此为一己之私,剥离仙魂,倒真似魔之举动了。"

九凤在神界稍作休憩,便告辞。至于洛和,她言道怕她自己身上魔性扰了洛和的心智,让神帝好生地照管他。

离开神界后,九凤就一路寻去,去了彭岛寻魔砂。魔砂倒是极为好找,只是需要一些气力,沿着悬绝的山壁一点一点取下,放到容器里。

回到青洞府后,九凤便取来仙石,同魔砂放在一处。

对人不能尽信。对未开先例的物品也需要思之虑之。九凤又去查阅了一下典籍,魔砂虽然不能贸然用,但是用一点儿,只会磨去一点的仙骨,对她来说没什么大碍,不消两天便长成的事。用上仙石,只会使速度更快。

用魔砂的功用,想必就是以毒攻毒,从身体内部将魔骨同仙骨一并剔除。

九凤思来想去,也无怪处。但这类东西,还是迫不得已的时候再尝试吧。

九凤稍微将自己身上的魔气掩盖,又去访问了上古众神中与她交情最好的长辈。

那人见到九凤,却是连连摇头,但却什么也不肯告诉她,到最后,见九凤猜出一二了,叹息道,"当年父神得你的时候便知道你身有魔骨。他定然也为此尝试过了百般方法,九凤,你不妨去找找父神昔日遗留下来的痕迹。"

第二十三章
唐突试探

父神昔日遗留……九凤忽而想到父神之境。虽然上次在父神之境里面，她并不曾愉快，但是那儿却是隔绝神力与魔力的。只是……

九凤摇头，倘若父神将此境创造得极为成功，这或许可以是最为优先考虑的地方。只是……她身有魔性在在父神之境里早就有先兆，只不过她未曾发觉罢了。那时她的理智不受控制，她的行为不由自主，她变得嗜血，她变得……不像自己，甚至做了那般轻浮之事。

也许总有一天她会变成那副模样？就像是一直堵着的堤坝突然有一天洪水破堤而出，体内的阴暗与邪恶一下子如同脱缰的野马喷涌而出，让她情难自禁，让她不由自主，让她悔弃万分并无可自拔，甚至有朝一日，她神志不清，犯下滔天罪恶，然而一梦醒罢，却记不得任何事情了。

她简直难以想象。也不敢再想下去。

又或许，恰恰是父神之境勾起她内心邪心恶骨？

她默默地将父神之境放在脑海的角落里，细想着还有什么去处。

自从她有神识开始，父神同她在一起已逾万万年，世界为父神所创，四处皆有父神的足迹。若父神早知她身有魔骨，父神肯定不会视若无睹，父神那般英明的人，定然会留下什么交代，或者留下些退路。她怎生没有想到？

"凤，有朝一日若得闲，可放开心胸，观游四海八荒。"

九凤突然想起有日岁月静好，父神俯首，拾起地上的一片枯叶，有着坐看风卷云舒的闲淡，亦有一丝说不清道不明的怅然。只是那时她却被父神突然的一笑震撼得无以复加，以至于忽略父神所说的话。

她九夙闲了几万年,却从未想起父神的这句话。如今方才稍微了解了父神身上那一股怅然。或许父神那时就心有所知,料到了今时今日。她从来和父神是云泥有别。

只是那日的岁月静好只不过是记忆长河的一道小流,没过多久,神魔之战爆发。再没过多久,这一切的回忆,尽成了不可触碰的记忆。

九夙的脸上出现怀旧的神情。那长辈一脸不忍,长叹:"孩子,去罢去罢。去寻一寻。再不济,再找其他法子?"

九夙向长者拜谢而出。

安坐在青洞府,只会如井底之蛙。

在青洞府一避再避,再避,也绝不是她九夙之风。

却没想到刚刚出了门,就迎面走来了九夙原想避着的人。这人锦衣绣袍,宝相庄严,前呼后拥,外面璀璨生光,内里污浊不堪,非天帝还是何人?

天帝这人,虽然神力不济,坐上这个位置靠的只是歹毒的心,以及非同寻常的运气,但是他毕竟身边有人。如今他见九夙从贵人的宫中出来,倒是在她的身上好生打量,目光甚是怪异,隐隐还有些喜悦。

天帝寒暄道:"听闻前段上神闭关修炼,如今看上去,倒似脱胎换骨了一番,这周身的仙气啊……让人不敢直视。"

天帝此刻的用词,也甚是怪异。

九夙淡然一笑,似乎没有反常。也没有刻意地去掩盖她身上散发出来的魔性,随心所欲。

天帝被她这么一笑,倒有些色授魂予了。九夙的姿色不凡,容光灼灼,胜似万千曼妙仙娥,若不是她素日里的威仪让人不敢近视,且年岁大了点,否则那世间第一美人之称,非她莫属。如今这一笑,尽显往常没有的媚骨清意,感觉从骨子里也散发出灼华了。

天帝蓦地被人拉拽了一下衣服,才恢复了心神。天帝清咳了一声:"不知上神此刻要去往何方?许是还能一道?"

"不必。"九夙倒是毫不留情地拒绝。

天帝长叹,露出暧昧的神色,这种神色却让他做得如同衣冠禽兽:"如今上神身上的气息,倒让人不由自主的想要同着你多待一会。上神可否移驾一个地方?"

天帝一而再,再而三地提醒九夙身上的气息,好似已经看透了她现在的窘境。九凤凛冽的目光往着刚刚拉拽天帝衣服的侍女身上一瞟：没想到如今姬陶也敢公然给我露面！

九凤露出上神的高贵而矜持的笑，说的丝毫不客气："那便移吧。"

九凤目光看向天帝身边的姬陶，道："不过这侍女，竟敢直视本上神，胆子太大了。倒也有趣，不妨天帝将她送予我？我身边就缺这样目光灼灼似贼的小婢。"

"这……"天帝拂动长须，却是一连串的"这"，最后似是姬陶又给他做了什么暗示，他终于结束了那一串的"这"，道："怕是不能送你。这是东山君主的小女儿，如今想见里头那位一面，这才伪作我侍女前来。"

没想到用的是这样拙劣的借口。九凤也不揭穿，她也不过随便提提，不过想让天帝一惊一乍罢了。

"如此便算了。"

九凤说罢便要离开。她与天帝擦肩而过的时候还能够感受到背部传来的拙劣目光。

天帝突然急急叫了她一下，九凤转头间，却遭到了迅猛的攻击，九凤眉心微皱，已是愠怒。九凤断没有想到天帝会如此大胆，就这样直截了当地要戳破她。

她的魔性虽说不强，但是施展术法的时候，魔气必然增多。如此近的距离，怎能瞒得过有心人之眼。

正巧在她左右交困之际，有人已经为她挡去了攻势，却是那长者，他对着天帝说话的口气极为不善，历经世事久了的老人，站在那儿，自然有股不一般的威严："天帝如何在我府第门前就动起手。我多少年未出门，天帝竟视我们这群老人于无物，真当我们不存在了？"

天帝也没有想到节外生枝，他干笑道："我只是技痒，技痒。"

长者冷笑一声，"技痒的话，不妨与我切磋一次。我几万年没有活动筋骨了，也觉得要找个人练练了。既然天帝如此清闲，不妨就陪陪我？"

"突然想起一件事情等着我处理，我匆忙间竟忘了。不该不该。"

天帝笑得敷衍，连忙托却了去，连来的目的也忘了，便匆匆要告辞。

长者看到天帝走了，徐步上前，对着天帝远离的方向，摇头，"跟在他旁边的侍女邪异啊，汝自当小心为妙。"

九凤再度拜谢。

长者深深地看了九凤一眼，然后飘然离去。

"我言尽于此，如何造化，且看你了。"

九夙先回了青洞府，将事情交代清楚。被九夙禁锢起来的乐旋暂且留在那边，容她细心反省。

绮歌这人虽不稳重，但是青洞府事情不多，由着她也勉强可以解决。

九夙离去的那日还去看了一眼乐旋，乐旋却还是什么也不肯说。

九夙心里有不好的预感，怕自己此番终究会无功而返，恐怕自己有朝一日陷入囹圄，千夫所指，万人所责，两小儿不能自保。如今看来，洛和倒没有从前那般依赖她，渐渐变得有些独立，苍诀将他照顾得很好，视他如亲子，只是如此，九夙既觉得甚好，又觉得失落。

然而诛谧……她最担心的就是有朝一日若她失势，青璇玉失去了保护诛谧的能力，那么又置诛谧于何处，苍诀又能如何照料好诛谧——若他认为洛和才是他的孩子，而诛谧不是。

故而九夙化作寻常妇人的装扮，寻常妇人的容貌，一身简朴的素色长裙，一头盘得整整齐齐的乌发，头上别着桃木簪，如此一来，倒掩去了仙姿玉貌，像是从小户人家出来的妇人。

诛谧当日正好是被当朝丞相所养，只是如今的丞相府，不如往常那般富丽堂皇，倒透露着一丝颓败之像，门前的狮子的旮旯处也有了尘埃，看门的人也有些懒，没有相府下人应有的颐指气使："你找的是诛谧小姐？不知你是何人？"

"我是她母亲。"

诛谧是相府养女一事是连个家丁也知道的事情，这守门的看了两眼，觉得面前妇人同诛谧倒有些相像。

"她身上那块刻有诛谧的青玉，是我们母女相认的凭证。"家丁听九夙说得头头是道，便忙着去通报。没过多久，便有人将九夙迎了进去。

如今九夙虽然是凡间妇人的打扮，但言行举止间少不了一种骨子里面渗透出来的高贵。这种高贵中还带着微微的不屑。

诛谧的养母在府中，她愁眉不展，对九夙的到来敷衍一番，没过多久就让诛谧同九夙相认了，似是很不喜诛谧。

如今的诛谧已经长成了大姑娘的模样，姿色尚可，但是全身的气质难以言说与琢磨，使得这一份的平凡的容貌一下子充满了魅力与风情。算来她在人世间也已经过了好些年。当年的总角少女，如今已经长大。

诛谧看上去方才二九年华，但实际上已有二十好几，只是面上不曾显老。如今未嫁待在府中，虽有时人诟病，但得了圣上的一道旨，也无人敢公然非议。

"你是我娘?"诛谧的声音含着疑问,但是没有太大的喜悦,仿佛这样的认母事情已经经过了千次百次。

诛谧的身边果然跟着一只黑色的狐狸,分明是一副堕狐的模样,却依然有出尘的气质。一双黑黝黝的眼睛一直盯在九夙的身上。

"离她远点"狐狸的眼睛里面透露着这样的一个讯息,透露着浓浓的威胁性,可偏偏这样的一只充满危险的狐狸却安然地伏在诛谧身边,任由她双手抚摸着狐狸毛。

见到狐狸这般护着诛谧,九夙心安了一点。如今既见了诛谧,她并无情绪激动,九夙又是走走停停的人,便不想将这层揭开了。

"只是慕名朱氏某女气度不凡,遂借此观之。"九夙道。

"这样的慕名,一点儿也不好玩。"诛谧的语气,已经趋于完全的平淡,但是她手中抚摸着狐狸毛的动作没有停滞。

九夙出了丞相府的大门的时候,狐狸不动声色地跟上去。九夙发现了狐狸跟在她后面,什么也没说。只是去了一个偏僻的地方,等待狐狸出现。

狐狸很快就跳到九夙的眼前,毛发光滑如缎,眼神幽深如星夜。

"你身上的魔性难以控制。"狐狸的声音如同他的眼眸那样幽凉,"所以,不论你同她是什么关系,不论你是为了什么,请离她远点。"

第二十四章

轻薄妄状

"那请问,你同她,又是何关系,你又如何让人相信,你不会害她?"九凤道。她需要狐狸的一诺千金。如今诛谧在他的手中,九凤还不敢贸然硬抢。何况现在真动起手来,九凤反而会吃亏。毕竟与妖帝斗法,所用都是大法术,极容易让魔性外泄。当年神魔之战的恩怨杀戮,九凤且压下去,暂时不理会,等到日后来日方长再行算账。

"与你无关。"狐狸说,它眼光微合,似含不屑之意。

"如果有一天,青璇玉没有了或者百无一用了,你还会始终如一吗?"九凤盯着狐狸看,表情认真。

像是被戳中心事,狐狸半晌不语。

九凤又问:"如果青璇玉不见了,诛谧对你来说没有利用价值了,你是会抛之弃之之、还是杀之?"

九凤的眼里已经泛起了森然的冷意,语气也冷得如同冰山之玉。

"我会留着她。"这下,狐狸才回了她,语气笃定。

九凤一声嗤笑:"你要她以怎样的身份留在你身边,作为你得胜的俘虏吗?"

在九凤的咄咄逼人之下,狐狸有些微怒,"不用你管。"

九凤道:"我如何不能管。诛谧并非肉体凡胎,而我,是她的母亲。我不管,谁管?"

狐狸眼微眯,道:"你倒不太似她的亲母。"

九凤冷笑,"妖帝陛下是忘了当年是从青洞府劫去我的孩儿了?诛谧若非吾儿,青璇玉气泽如何能同她融为一体?"

狐狸意态闲闲,踱步上前,道:"九凤上神你也过激了。只是我觉得,你孩子也生得诡异,不是常人之法孕育的。"

狐狸轻巧的说出这句话,倒让九凤心里一惊。眼前之人虽说是上古之神,且为妖帝,但数百万年前被大伤元气,即便有天地川泽与青璇玉的灵气借力,但如今还没有用人形与她对话,可见能力还未能恢复。但就算是这样的妖帝,也能看出这玄妙的一层,苍诀会不会心存疑问?

"你……"

狐狸语带讥诮地说:"说来,诛谧也算是神界那位的孩子吧。神界那位与父神倒有些相似,没想到他和你走到了一起。"

其实她和苍诀的关系那是剪不断理还乱,便道:"不用把我同他联系在一起。"

狐狸似笑非笑地说:"不管如何,有件事情必须说,你们每每总是钻入诛谧的梦里,坏人清梦,实在可恶。"

狐狸声音平淡如水,"你的魔性不定,就算诛谧是你女儿,也指不定哪天就发作了,连女儿也伤害。所以,这姑娘还是交给我吧。不必带回去了。"

狐狸所说的话始终在理。即便她认为再如何也不会罔顾自己的儿女,但她毕竟不想让诛谧跟随着自己卷入纷争。在仙界,天帝攻击她的那一下显然是急了,都有点狗急跳墙的意味。可见她身带魔性天帝已经决定抓住机会利用了,在不远的将来,肯定要忙着对付她,一场争斗已经是不可避免的了,只是不知道天帝会如何动手。

"魔性不定?交给你?"九凤似是在寻思,"妖帝莫非忘了自己此身是堕狐?"

妖帝很是不屑,从鼻子里冷哼道:"区区堕狐之魔障,岂能奈我何?"

这一刻,他明明此身只是狐狸,然而浑身上下却散发着睥睨之态。

九凤在等妖帝的最后答复。妖帝的话听起来,不像是虚情。

妖帝似下定了决心,道:"我会照顾诛谧的。"

他突然冷冷看了一眼诛谧,毫不客气地下逐客令:"所以请你离去。也请你身后不远处之人,离去。"

这时已经听到诛谧叫唤妖帝的声音,狐狸转身,头也不回地离去,很快就没了踪影。

九凤转过头的时候,望见那一个宽袍白衣飘飘的仙姿超拔之人,身形一体,故作镇定地冷笑道:"神帝总是爱听墙角。"

"我只是寻思着你是否认为自己入了魔,穷途末路了,来找妖帝一拼。"苍诀嘴角微勾,带了一丝嘲讽。他走近九凤,在她的对面站定,看着她如今平凡的妇人装扮,竟是一笑,随之顺手将她此刻的障眼法给解了去。他还碰到了九凤的鬓发。

九凤又是一愣。

九凤先前还一直没注意她并没有将样子变换回来。此时不由得有些尴尬，下意识地想要将苍诀的手挥掉，但是他却不经意地拿开了手。

"九凤上神，我有一事一直不明。"苍诀明明是笑着的，然而这种笑，却让人觉得此刻有着凉风吹弄，时而瘆人。

"但说无妨。"

苍诀看着妖帝离去的方向，"洛和和诛谧，到底孰是吾子？"

"……"虽然常常思量过被苍诀问这个问题的时候，她应该如何回答。但是真正面临这样的情境的时候，对方气势太盛，九凤却不知如何回答。先前为了让苍诀出手帮助她寻找失踪的诛谧，曾经同他说过诛谧是他的女儿，而洛和不是……但是，苍诀对洛和的亲密之态，焉能用养子情谊解释？或许苍诀早已用了各种方式取证了，同是父神血脉所以滴血认亲，气息相近无用之说法，焉能让人长信服？

实话不能说，半真半假的话反而会让人生疑。

"上神隐瞒颇深，真真假假，令我看不分明。"苍诀冷冷道，"我始终不知道，我曾经与你有过肌肤之亲。"

苍诀再度逼近九凤，那距离近得已是亲密，然而他的声音却冷个透彻，眸光也是冷如冰锥，锐利而又深刻，他一字一顿缓慢道："你，到底对青苏做了什么？"

"我欲救她，可惜无能。"九凤依然是这样的措辞。若青苏与她是一个完全无关的人，她遭此诘问，那岂不是冤枉得紧。但如今，这层转生关系，同样让她有理说不清。

九凤冷艳的眼眸望向苍诀，突然一笑，"说到肌肤之亲，在那父神之境……"

九凤倒不再说了。就这样的半句话，似乎就可胜过千言万语。

苍诀的眼眸一凝，眼里的冷意如故。似乎有一秒稍微缓和了点。

此刻，九凤倒觉得自己和苍诀之间的关系陷入了一种怪圈。时而相敬如宾，时而针锋相对，时而又仿佛很是亲密，关系很是好。

倘若此生此世并没有青苏此人，她会同苍诀怎样发展？当她发现自己身有魔骨，苍诀同她又会是怎样的态度？只可惜，这些事情也不过是假设，也不发生。

苍诀道："上神因何故意引开话题？上神轻薄妄状，我已是不计。我所论的，是前事。"

"轻薄妄状？"九凤重复了这个词，又是一声冷笑，"以神帝之能，以神帝之眼，许是甚早就察觉到我体内气息有异，然而在父神之境，神帝却纵容了我一时的神志不清，任我取舍，连断喝一声也无，这又如何解释？神帝时时向我问青苏，对青苏已然是情比金坚,却奈何任我纵我随我？莫非,这情比金坚是假？"

九凤说这话倒有几分泼皮之状,其实那日苍诀是有阻止她的,不过估计因为气力不济,故而收效甚微。九凤记不清,就当作是他完全从了吧。

也许是苍诀自觉理亏,并没有反驳。趁此机会,九凤带着一股快意地说:"也是。以神帝之能,若真想护着一个人,那人肯定是不会受任何皮毛损伤。但是依我所知,青苏恰恰是于神界魂飞魄散的,而那时,神帝里她的距离并不远吧？这点,又从何解释？姬陶那人心思诡谲歹毒,神帝曾放任她在神界千载,若神帝真心喜欢青苏,如何能忍姬陶至今？神帝这叫我不免怀疑你对青苏的真心。"

见苍诀愈来愈冷寒的脸上划过一丝的痛色,九凤猛然间觉得那丝快意已经消散得无影无踪了。她放缓了语气,理直气壮地翻覆着黑白,语带自嘲地说:"神帝三番两次地以'青苏'此人针对我,真正让我惶恐至极。"

"我与她的私事,与你何干。"半晌,苍诀方才声带喑哑地发出这一句。他仿佛一定要在今时今刻将青苏的事情向九凤逼问清楚,他慢慢地将话题绕了回去:"便真如上神所想,青苏仅是一个小小神女,上神对她做了什么又何必掩掩藏藏？上神同青苏没有半点情谊,却如此甘心为她的孩子强压住对妖帝的报复之心,并且这般照顾她的孩子,如同亲子,此举甚异。"

苍诀话锋一转,直指九凤:"休和我说一些见其可怜,或者同病相怜的托词。上神是玉所化,玉石心肠,如何轻易能动？邂逅凡子,从而得子,且为纯正仙胎,上神要编,也编个靠谱点的吧。"

第二十五章

汝将殆矣

九凤淡淡地笑了:"如此说来,你的意思说这两个孩儿皆非吾子?而我待他们如此之好是另有阴谋?"

"上神这样剖明心迹,甚好。"苍诀一哂,淡淡道。

九凤脸上的笑意更浓了,笑意未达眼底,她的口气中,带着一种上神式的骄傲:"真是好笑。我九凤如何需要这些弯弯绕绕的心肠?神帝为何不说,两个孩子皆非汝子,是我九凤,为了保护他们的安危,所以才这样诳你的?"

"上神的话,从来都是反复莫测的?"苍诀讥诮道,"时真时假,以为可以混淆视听?我如今倒想请上神告诉我,究竟何句真,何句假?"

"那神帝之意呢?"九凤冷然道,她冷冷地看着苍诀。受不了他这样的冷嘲热讽。苍诀如今心里定然已有计较。只是这计较……断然不会想到诛谧和洛和实为他们共有的孩儿,只会将她想象得污浊不堪吧。她为洛和和诛谧重塑神身,重固神魂,以血肉孕育,这层的关系,说出来怕是也觉得不可信。

也果然,苍诀直截了当、丝毫不留情面地诘问道:"九凤,你敢对天地、对父神发誓,青苏之死同你没有任何关系吗?"

你不敢。

他深深地看九凤一眼,眼里既有诚挚又有威胁,他淡淡说道:"诚望上神,坦诚相告。"

九凤面对苍诀的这一问,先是一愣,而后却是大笑,她笑声狂逆,道:"仅是发誓?"

苍诀颔首。苍诀见九凤这副反应,心里似乎已"明白"了数分,冷冷地站定在那边,看着她笑。

对父神发誓,她是无法否认的。

青苏之死,诚与她有些关系。可叹她也是活了数十万岁的上神,原以为威严和权力已经积累到一定的程度,有足够骄傲的资本,如今竟三番两次被人因一神女的性命而被诘问,就算那名神女是自己,九凤也觉得可笑憋屈无比。并且就算是作为青苏,生前被人那般遗忘,那样伤情,而死后一些人却是念念不忘。且不知道这些念念不忘的人会为她做到怎样的分上。

九凤笑的时候墨色的发如同青锻划过,飘扬舞动,面容时隐时现间,有股别样的饶丽。逾一瞬,九凤止住了笑,嘴角勾起讥消的弧度,她同样深深地看着苍诀:"便算是青苏是我所害,你又能如何?她不过是一小小神女。你奈何不得谁。何况青苏之死,你难道可以置身事外?"

那一瞬间,她瞳孔里光芒大盛,那溢出来的,分明是紫色的光。光如同在极暗的悬崖之下,昙花一现的暗紫幽光。

这一刻,似乎天地山河也为之所动。风云变化,尽在一瞬之间。狂风卷起沙,树木相撞,发出吱呀的声音,连天,也变得有些灰蒙。苍诀衣带当风,一身黑衣,黑发如墨,姿态凛然,仿佛有着一夫当关万夫莫开之势。

苍诀紧紧地盯着九凤,那眼神已经不是幽深莫测可以形容,也不是千丈寒冰所能够言表,他眯起眼,冷冷道:"天地间,谁也奈何不了谁?"

苍诀说话间有无限的睥睨之意,仿佛就算眼前的女子身份高贵,就算千万人,他亦往矣。

"是啊,天地间,谁也奈何不了谁?"九凤重复了他的话。

他是动了杀机了。然而这样的时刻,她反而无畏。她心里似乎有一股压抑不掉的狂躁一直浮动。九凤按捺住这种的狂躁之情。在某一瞬间,望着俨然之间已经站到她对立面的苍诀,她又必须违背自己的本心。如今这样的时机,她自己朝不保夕,绝不能够置两儿的生死于度外。

九凤挺直腰杆,冷冷道:"我不妨就回答你的问题。洛和和诛谧皆是汝子。我虽对他们无生恩,但是一手将他们带大。你以为没有我,洛和和诛谧能够活下来吗?你还能见到他们吗?你还能知道有他们的存在吗?"

九凤望了苍诀似有松动的神情,继续以一种趋于平淡的语气缓慢地陈述着一个模棱两可的事实,"青苏之死确实与我有关系。只是那种关系不是你所想的。我与青苏的关系,也绝不是你能想象得到的关系。神帝要我坦诚以告,这就是实诚。"

"青苏只是一个小小的上仙。若非要给她套上一个稍显尊贵的身份,那也只是天帝遗落在人间的私生女。"苍诀冷冷道,"我不知道这样的一个人,怎会和神龙见首不见尾的上神有着我不能想象得到的关系。而且这种关系还不能为人所道乎。"

"你信也罢,不信也罢。事情如此,我不会多说,多说也无益。"九夙却是淡而无谓地笑,"所能说的,青苏一切是自愿。之所以不告诉你,那是因为她还不肯原谅你。"

不肯原谅吗……

即便他不相信九夙这样的说辞,然而心里还是陡然一痛。

他言语间包含着浓浓的讽刺之意,道:"上神说什么,那就是什么。"

九夙倒是没有辩驳了。她也是被她自己脱口而出的不肯原谅给震慑到了。

她下意识地低头,不愿意让苍诀看到她眼里的黯然。原来她不是不在意苍诀,她不是已经忘怀,只是原来,她是仍然不能原谅苍诀。即便青苏也曾负他,即便她也曾负他,然而她却无法接受,无法原谅苍诀对她的漠然。情到深处,转成薄。其实九夙与青苏,也不过是一名之差……

如此想着,似乎心里也开始有丝绵延不绝的疼痛。连骨子里,都泛开疼痛一般。

九夙再抬起头的时候,又是一脸平静和雍容。只是这样的平静和雍容却带了数分的妖艳之意,俨然让人心惊,尤其是双眸时不时地泛起紫色的光。

九夙这样说完,却是想要离去。

见到九夙提步,苍诀道:"你,这样就走了?"

九夙止步,看向苍诀,道:"神帝又意欲何为?一条命在此,神帝是要留吗?"

苍诀见九夙如此不管不顾的做派,眉头一凝,却是摇头,什么也没说。

九夙道:"虽然洛和和诛谧非我亲子,但是至少一起生活了这么些年,也是有感情的……仙路漫漫,也不知我能否将他们交予你。"

九夙这话说得平静,其实心里难以割舍的情感,早已经掀起了滔天的巨浪。

苍诀看了她许久,有点目不转睛,最后点头。

九夙得此一诺,似孑然一身,万事皆抛地离去了。

苍诀目送她的离开,看着她的发色慢慢地异于常人,看着她走开的时候所踏之处,步步皆生出妖娆的青色莲花。

茫茫一生,她突然觉得无意思。一步步恍惚地踏开,她也未曾意识到如今自己越来越严重的变化。

到了青洞府,迎接的却是绮歌压抑无比的目光,以及转瞬之间低头痛苦的样子,

"君上,君上,您,您如何变成这幅模样。"

九凤这才注意到自己的样子,原来自己的长发已经皆变成极深的紫色,连瞳孔,也是黑紫。怪不得绮歌会惊讶诧异到这副样子,九凤说:"我这样,你怕了?"

绮歌摇头,摇头,却不知如何说。

九凤厉声吩咐,"立马锁闭青洞府,不得放任何人进来,也不得放任何人出去。将青洞府所有的结界开启。"

九凤那天晚上突然陷入了沉沉的梦境。梦境里面的自己拥有极长极浓的睫毛,虽然容貌与现在大抵相同,但是却妖艳得令她本人也心惊无比。

梦境中的自己,神色冷漠,仿佛是视一切如尘芥,皆可毁灭的灭世之冷漠。她的紫发散落了一地,眸子也是冷丽的紫色,然后她一步步踏开,脚底不是青色莲花,而是被血液给染红的血色莲花。

她仿佛除了自己之外都看不清其他的食物,眼前也被蒙上了血红色的一层,耳畔有着朦朦胧胧的声音,在叫着她的名字:"九凤,九凤……"

是父神,是父神!

她突然伸出手,朝着声音的方向伸去,但是所及之处只是黏稠的一片。

她猛然从自己的梦境中惊醒。

这样的梦境如此真实而又这般迷离,让她的一颗心狂跳不止。她不停地调息,终于让自己的呼吸稍微平缓了一点,让自己的神智清楚了点。

她觉得眼前似乎也有一片血色的迷障。她还没有完全得跳出梦境的氛围,就急匆匆地连衣裳也没有收拾得齐整就往着关着乐旋的房间跑去,然而却发现此地哪里还有乐旋的身影,只是那面石墙上被人硬生生地划开数个大字,字字惊心:"九凤,汝殆矣。"

那字刻得如同狰狞的兽类,带着一种势在必得的决心。

第二十六章

破釜沉舟

九凤，汝殆矣。

这生生的五个字，化成了阴狠而又妖娆的声音，在九凤的脑海里回荡。

即便她知晓对方是用了迷惑之术，但是她脑袋里还是晃着这些字，头痛欲裂。

九凤惊退一步，却是以冷静自持的声音冷冷地对绮歌道："这里间，可曾出入过什么人？"

绮歌道："不曾。"

"青洞府，可曾进过可疑之人？"

九凤疾言厉色道。

绮歌何曾见过九凤这般怒气膨胀的模样，也何曾见过九凤身上带着这般危险和妖异的气息，绮歌一下子呆了呆，被吓到似的道："没……没有。"

九凤挥退她，在那小小的房间，在那堵写满了编年事件的墙前，闭上眼，但是心里的躁郁，狂性，不减反增，好似她的怒气已经爆发到了极限，神智就要不清了似的。

九凤用手指用力地抠着自己的掌心，知道掌心已经溢满了鲜血，她才从这种的迷梦中清醒过来。

那血液，已变得几分透明，还带了数分的青色。满眼尽是妖异。

九凤将自己的手掌翻转，看了许久，过了一会，仰天望着，却是任由那血液留着，血液染在长裙上，渐渐干涸，凝成青色的印渍。

如今就连跟在她身侧多年的绮歌也畏惧了她身上的魔性！

她身上的魔性，竟是这么可怕。

九凤看似纤细柔软的手指在石刻的字上划过，血顺着凹痕，流成了父神二字。她的眼睛有些无神地睁着，心里有着麻麻的痛。

其实算是她无用吧。她拥有了一身父神的血液，但是她却让这血液染上了魔性。她连父神遗留在这世间最后的东西也保存不好。

九凤望着那"父神"二字，身体渐渐无力，然后慢慢地扶着石墙，坐在地上。她仰着头，看着那莫名其妙空出的那些年，想起她梦中黏稠而满目的红色，心里又是惊，又是冷……

梦有因，此因又是何？事有果，此果又是何？

她不信那段时间什么也没发生过。

当她想要回忆起那段时间发生过什么的时候，脑海里已经不是没有丝毫印象，却是要炸裂了一样生痛，这种痛，牵扯着她的四肢五骸一起痛起来。入骨是寒，遍体的血液都哀痛起来。

她身有魔骨，生有魔骨！她的魔性，绝计不可能掩藏了数百万年在此刻在爆发出来。

她肯定做了什么，她到底做了什么？

她为什么……想不起来！为什么一点儿也想不起来！

此刻九凤的自我厌恶达到了极致，她看着自己妖紫色的头发，恨不得让世间的紫色就消失。

她从来就不相信父神会离世，她从来不相信妖帝和姬陶仅仅是因为拿她当人质，将父神引入了事先埋设好的死境，就可以奈父神何。

可以这么说，父神创造了这个世界，他在这个世界是无人可匹的！山川海岳都臣服于他，世界外物理应臣服于他，这样强大的力量，怎么会说倒就倒！

父神待她那般好……众神对此事讳莫如深……

是她吗？

姬陶说是她害死了父神，她自己也说父神是因她之故，但是到底是因她何故？

九凤双手环膝，将脑袋埋在膝盖间。她眼里酸涩，但是却没有任何液体流出来。她连一滴泪也不会流了……

"九凤，九凤，这个世界没有父神了，那就毁灭吧。让这个世界为父神陪葬吧。你应该这样做，你理当这样做！"

脑海里面的声音再度响起来，带着别具一般蛊惑的能力。

九凤满脸戾气，她孩子气地捂住双耳，想要隔绝这样的声音，但是这样的声音是由心而生，她捂住耳朵又有什么用，只是让自己越发被这种声音给包围。

"住嘴!"九夙对着虚空的前方喊道。

那个声音依旧不休不止:"九夙,正视你自己的心吧。九夙,你本是一块魔玉。在天界待的久了,够了,见识过了天界的险恶与高洁,够了,回去吧,回去吧!那满目缭绕的仙气,早已经是入骨的毒药!它只会使你满身不自在。"

九夙大怒之下直接将那石墙给推翻,骤然间尘土飞扬,那"九夙,汝殆矣"几个字顿时分崩离析,恰似讽刺,印在九夙完全是紫色的瞳孔中。

九夙紧咬着牙关,唇上已经被她咬出了一个个的牙印子,有着血液顺着她的嘴角流下,然后干涸。她再度抠自己的掌心,原本已经干涸快要结疤的伤口又被硬生生地撕开,然后流血。

极痛!

九夙吃痛,看着自己的手,越发觉得自己的可怕。

她本来应该拥有伤口自我修复的能力的,但是她受伤的创伤,竟然会结疤。

九夙嗤笑了一声,那声音在屋子里面不停地回响,一声声的自嘲声大小不一,震人心尖。

在这样的声音中,她以手撑地,狼狈,而又非常固执地慢慢地站起来,站直,下颚微微上扬,一副趾高气扬的模样。

她就这样静静地站立了很久,然后咬牙切齿地说,"若有魔骨,宁可剔骨!"

她缓慢地推出那扇门,踏了出去。望着青洞府的浩渺晴空,嘴角露出一丝也不知道是嘲讽还是志得意满的笑。

门推开的一刹那,九夙乱发飞舞,衣袂飘飞,身上带着遇神杀神,遇魔杀魔的气势。

她仍然一身骄傲,仿佛她的身上没有染上血迹,仿佛嘴角的那丝血迹无损她的容颜,仿佛她的举手投足间,还有着意兴飞扬。她还是骄傲的上神,而不是非妖非神,这世界矛盾的异类。

"君上……"绮歌匍匐在门口,双眼泪汪汪,如同兽类,小心翼翼地剖心迹,"不论上神变成何样,君上仍然是我的君上。"

九夙看了她一眼,又淡淡地移开了。

绮歌膝步上前,攥着九夙染血的下摆,道:"君上,莫要嫌弃我!"

九夙轻轻地将那下摆拉开,冷淡道:"我允你离开青洞府。"

"君上,如今乐旋不知所踪,君上身边,只有我跟着侍候……君上,您对我有再生之恩,刚刚……任您责罚。"绮歌几欲泣下,又抓住九夙的下摆。

第二十六章 破釜沉舟

九凤可怕的紫色眼睛盯着绮歌,绮歌抖了抖,却是无畏地看着九凤,眼里写满了誓死相从。

绮歌原以为九凤会答应留下她的时候,九凤却是直接大步走开,任凭绮歌在原地哭泣。

九凤微微叹了一口气。她是冷心冷情之人,此刻却是怕亲近之人被她所牵连,若她有一日从云端跌到地狱,绮歌肯定会誓死相拼,那些人,也放不过绮歌。她也怕自己手上所染的鲜血并非自己的,而是亲近之人的,即便此亲近之人只是她的下属。

在青洞府,她最为信任之人是绮歌和乐旋,其余诸人,倒是甚少使唤。

九凤一边走,一边施展障眼法。她没有办法完全没有顾忌地在青洞府行走。即便这里是她的府邸,是她的地盘,但仙人们,对妖魔的血液有种天生的鄙夷,认为此为下贱。他们同时又害怕,然后不论善恶,一并声讨。她不信那些人看到这样的她,还能够保持着完全的忠诚,而不是如同猢狲一般散去。

她的紫发慢慢变成黑色,她的眼睛,也被施展障眼法变成黑色,她身上的血迹慢慢地消失,睫毛变短,一切仿佛和以前没有多大的改变。

但这些,也不过是假象。她所明白的表象。

耳畔犹闻绮歌的痛哭,九凤吩咐旁人:"绮歌犯事,逐出青洞府。"

这一刻,她低下眼眸,声音极轻。

那人一愣,方才下去找绮歌宣布九凤的命令去了。

九凤再度望向青洞府的悠然青天,又是一叹。

她一挥袖,有一只青色的小纸鹤一样的小鸟从她的袖子间跑出来,跟着那人去往了绮歌的方向。

绮歌,会懂的吧。

洛和不在,诛谧不在。

乐旋走了,绮歌逐了。

这苍茫青洞府,此刻竟是这般寂寥。

九凤还没有缓过神来,耳畔又有着急切的脚步声,有一小仙娥急急忙忙地跪倒在九凤的身旁,神色慌张。她说:"天帝……天帝领着众位神仙,在青洞府门口,迎……迎上神出去。"

九凤一皱眉,却不是因为小仙娥所汇报的内容,而是因为小仙娥的慌张,全不似绮歌和乐旋练就的镇定。这种事,放在以前,从来只是小事。

"下去吧。"九凤道。

"那,怎么回?"小仙娥犹豫不决。

"不见。"九夙轻声道。

"诺。"

她可以肯定,天帝已经认为此番扳倒她是十拿九稳了。

九夙的手里拿着仙石和魔砂,微微一笑。

事已至此,那唯有破釜沉舟。

第二十七章

千夫所指

"天帝和神仙们仍然守在门外,称今日见不到上神,他们就堵在青洞府的门口……绮歌在青洞府门口不肯走,如今也被他们劫持……"

九凤听着门口仙娥的回报,只说一句她知道了,便让他们等着。

九凤看着魔砂半晌,思前顾后,最后掂量了一些魔砂,让那些小小的,规则不一的魔砂躺在自己的手上。

破釜沉舟,她不认为魔砂和仙石能够治本,但是面对天帝的咄咄相逼,就算是解了此刻的短暂之围,也是够了。

她慢慢攥紧手,但是那魔砂并不像平常的沙子,攥得越紧,沙子流失得越多,而是慢慢变细,开始发热。而她的手上,也有着微微的疼痛,好似有粗糙尖利的东西在摩挲着骨头,丝丝麻麻地疼痛。

这样不够。

这样远不够。

她放开攥紧的手,那魔砂如同会吸人血的水蛭一样,越来越细,最后顺着她手掌中的伤口,钻入她的血肉里,顺着她的血液流动。不知不觉间,在九凤身体里的魔砂的数量已是很多,它们汇集,成为各种各样的形状,一下下,一刀刀地割到九凤的骨头上,感到剔骨之痛。

九凤越是这样痛,就越是清醒。

她咬紧牙关,不肯求饶,也下定决心,坚决不中途放弃。

她甚至希望,这样的痛可以更深点,让身上的魔骨,剔个干净。

只是转瞬间,九凤的额头就不断地沁出汗水,她的衣裳上也渗出了血液。此刻,她的衣裙已经看不出本来的颜色，充满了浓重的腥味。但是她仍然不放弃。任由那魔砂缓慢，如同凌迟一般地刮着她的骨头，一次次，一下下，让她心尖战栗，让她整个人战栗起来。

那是一种极致的，而又不肯失去希望的痛。与此同时，她的神志也越发地清醒，仿佛那根植在骨内的魔性，也自此被剥离了一样。

等到魔砂在体内已经所甚无几，顺着血液流尽的时候，九凤长长地松了一口气。

她此刻全身软若无骨，吐气也极轻。她花了极大的力气，才能扶住旁边的石柱，让自己不倒下。

她又扶着墙，慢慢地走到了一面巨大的镜子面前。刚刚经过魔砂刮骨之痛，布在身上的障眼法也已被强行撤去，九凤看向镜子中的自己，面色苍白而非妖娆，穿着血色的衣裳，眼睛乌黑，头发，亦是一片乌黑。

她打量了镜子中的自己非常久，然后无力地笑了。

她欲要提气，但是发现全身上下的真气已经流散，极难汇聚。

魔砂剔仙骨。九凤存了一个心，不敢用太多的魔砂，让自己仙骨尽去，如同凡人。

她现在仍然在青洞府，而不是被青洞府磅礴的仙力震慑而出，说明她把握的度，应是恰当的吧。

她扬声对着门外站着的仙娥道："送进一套衣服。"

仙娥称诺。不一会儿就送来了一套衣服，静立在门口。

九凤伸出手，将那套衣服拿了进来。

九凤微一皱眉，这仙娥拿的是一套通体皆白的衣裳，衣裳暗处，有着金色的花纹浮动，素净中又带了几分的雅致。只是此刻的她面色已是如此的苍白，平白得灭自己的威风。

九凤稍一迟疑，便让仙娥退下了。如今已经不是计较这些细枝末节的时候。

刚刚她勉励自持自己在婢女面前保持风度，此刻双手已是略有颤抖地拾起仙石。

那仙石通体是暖，非灼烧人的热度。让她骨头里隐隐的疼痛消减。

九凤闭上眼，让仙石的仙气缠绕着她。两耳不闻窗外事。

她犹如沐浴在大地之母的怀抱中，感受着身体的每一寸的变化，每一处的成长。

仙石给人带来的效果痒痒的。没过一会儿，九凤便觉得恢复了大半的元气。

不过元气这种东西，还需要精挑细养。九凤吐出一口的浊气，门口的又传来仙娥的通报声："我……我已经反复告诉天帝，君上不肯见他们……但是他们说……他们说……"

第二十七章　千夫所指

九凤此刻闲下来，终于理会了外面跪着的小仙娥。九凤推开门，仙娥眼前骤然觉得一惊，又是眼前一亮。

九凤淡淡道："他们说什么？"

仙娥喏喏地重复着天帝他们说的话："他们说，上神畏惧，才躲在青洞府，不敢出去。如若坦坦荡荡，何惧一见？"

九凤嘴角微勾，仍然是嘲讽的笑。

这仙娥却是看不透九凤的表情，只当她是不介意，她又大胆地说，"天帝还说……希望上神以身作则。"

九凤的嘴角笑意更浓了，这天帝倒是依然厚颜无耻。假仁假义的功夫越来越有长进了。

九凤一拂袖，沉声道："那就见一见他们吧。"

"上神才不是畏惧呢。"仙娥在一旁欢喜地说，似乎九凤出去，她就能够扬眉吐气一番。

当一身素色衣袍，青丝如墨，眼神纯净的九凤出现在天帝的面前的时候，他微微一愣。丝毫不相信此刻原应该狼狈不堪的九凤还能是这样冷静自持，又飘逸如仙的模样。他心里真是五味杂陈。

但是箭在弦上不得不发，此刻他又带领了这么多神仙，不论是嫡系还是旁系，都等着他发言。

他走上前一步，气定神闲地道："司劫之神，你可知错？"

"吾有何错？"九凤不屑的看了他一眼，"吾就算有错，也轮不到天帝您来大驾光临，施开惩处。"

天帝冷笑："呵，你的错，不，你的罪，那早已经是天地难容，人神共愤，何必我来惩处？今日请众神见证！司劫之神，朕再问你，你可知错。"

天帝这句话说的已经很重了。

九凤看向天帝后面的人，一个个在各界都极具有分量，就好像这是预谋好的局，就等着九凤被千夫所指，最后由谁一声令下，便可以惩处她。

九凤笑得风轻云淡，仿佛泰山崩于顶而面色不改："若我没有过错，天帝当着众神的面，算是公然诋毁于我。天帝应该要知道你这句话的分量啊。到那时，天帝颜面何存？天帝的位子，你何堪大任？"

"公然诋毁！你!？"天帝道，"你这妖魔，先是迫害父神，后致吾女魂飞魄散，如今终于落得成了魔，还想如何狡辩！？"

"你有何证据?"九凤冷冷地看着天帝,"据我所知,天帝还没有到天界之前,父神已殡天了吧。天帝又是如何道听途说,如此,怎么能够坐着天帝这个位子,掌管四海八荒?"

"九凤,你不要顾左右而言他!"天帝厉声道。

九凤眉目一凝,冷然道:"天帝,你在我说迫害父神之前,应该要思考这句话是不是被奸人所惑。我九凤好歹在各界身份地位不凡,且我与父神的关系之深,焉能受你如此诋毁。可知仅凭着这句话,我便可以冲向天界,将你罢黜了去!"

天帝倒是不慌不乱,丝毫不怕指摘九凤不成,他便会身败名裂,在天地再无容身之处。他慢条斯理地从怀中拿出一件物事,道:"这是仙器验妖镜,上神可否一试。"

那验妖镜折射着冷冷的光芒。九凤一挥袖,却是直接将验妖镜给打碎,她怒道:"天帝当我九凤是何人,竟要如此折辱,这还是当年宝相庄严的天帝吗?竟如此道貌岸然。我九凤凭什么要与妖相提并论。"

天帝微眯着眼,"上神不敢,所以方才打破这镜子的吧。上神难道今日身体没有任何的异常?据我得知的消息说,上神日前披头散发,那发,那瞳,皆是妖紫色!"

众神此刻目光一直在九凤身上打量,但见九凤黑发黑瞳,哪有丝毫的异色。

天帝又上前了一步,道:"九凤,你本是魔,当年害死父神,如今在这世间,又想害上什么人?莫非,你想要让整个天下生灵涂炭,以你为尊?你尤嫌你如今的身份地位不足?"

"世间的人都知道,父神之死,是妖帝与姬陶所害。你莫要颠倒是非,混淆视听!"此刻九凤虽然对父神之死有所怀疑,但是在天帝面前,她便是要让气势高上那么一截,她绝对不能让自己如同羔羊,任凭宰割,尤其是天地间有分量的神在此的时候。

"事情的真相到底如何……我不在意,我如今只想证明,你,已经成魔!天界断然不允许一个魔,还被人尊为上神!"天帝笑着,从怀中又掏出了一件东西,却是极为保护,说,"验妖镜你已弄碎,这验魔镜,不知上神可否一试,以证明你光明磊落?!"

怪不得天帝这般气定神闲,这般胸有成竹。

第二十八章

天帝不容

这时从角落中走出了一个人,身穿着黑色的衣服,脸上被黑色的布给遮住,整个人就好像是笼罩在黑暗里,让人看不清面容,不过偶然可以看见他脸上长着一个狰狞的刀疤,他恶狠狠而又迫不及待地说:"九凤,你昔年已经成魔一次,若非那次,你令父神元气大伤,怎容妖帝那时猖狂,怎容妖女猖狂至此!"

九凤被这黑衣人的话说的,心瞬间一抽痛。却还是一脸淡定地看着那人。

她,九凤,不相信陌生人没有根据的话,这,这只是一种揣测罢了,不会是真的。

黑衣人此话一出,现场呈现两种状态,一种是惊讶喧嚣,另一种却是缄默。

那黑衣人又说,"九凤,你以为真没有人敢说出那件事吗?"

恰巧这个时候,那个黑衣人的身形一滞,瞬间变得僵硬无比。一口鲜血突然吐出来。然后直直倒了下去。

惊讶声和叹息声此起彼伏,黑衣人的身影却瞬时消失得无影无踪。

不仅仅是在场诸人被吓到了,九凤也惊讶了。那段被遗忘的记忆,似乎又有着要被记起来的趋势。

被这黑衣人一扰,天帝嘴角的笑纹更加深刻了,他冷冷道:"上神莫非被人说中心事暗下杀手?竟不知上神如此的蛇蝎心肠,当着众神的面,也敢如此胆大妄为。"

"杀人于微末中,我若有这能力,天帝此刻,怕不能站在这儿如此同我讲话了。"九凤稳住心神,冷冷道。

却是有一资历老的远古之神摇着头,道:"不可说啊,不可说啊。天帝,这人,并非九凤上神所杀。"

这人极有威望,他一说出话,天帝就不纠缠了。他还是决定按照计划行事,这黑衣人不过是节外生枝。天帝再度将那个话题提出来，道："请上神用验魔镜，以还上神一个清白。"

清白二字的咬字被天帝说得阴阳怪气的。

相隔不过数米，九夙冷眼看天帝，九夙道："我若依然不从呢？"

"那别怪我不客气。"

九夙冷冷地挑眉，轻描淡写道："验魔镜，这是天帝的物品？这是上古神器耶？天帝如此信誓旦旦而来，行为举止大异之前，这验魔镜，怕是被动了手脚吧？"

"上古神器，我哪有那么容易动手脚？"

九夙见天帝落了套，道："传闻验魔镜早已经不知所踪，据说流入了妖界，如今天帝拿到这验魔镜，意欲陷害于我，莫非早已与妖界珠胎暗结，筹谋神界与青洞府？前些时候我和神帝两人，还见到你和一妖女，窃窃私语，不知道谋划什么。"

"你……"天帝断没有想到被九夙这样将了一军，愣是讲不出话来，"你胡扯！"

九夙道："真假与否，天帝最是明白。或许可请来神帝，问问天帝是否与妖女牵扯不清？"

九夙也只是说说罢了，她在人间，与苍诀又是那般针锋相对。并且苍诀还动了杀机，若他真来此，帮的是天帝，还是自己，还很难说。

天帝道："那妖女分明——"

九夙立马截断天帝所说的话，她道："那妖女，看来天帝已经承认了与那妖女待在一起窃窃私语过。"

天帝不与她辩，他维持着良好的风度，阴森森地道："日子久了，上神身上的魔性可是掩盖不住啊！到那时，也不知道天下该怎么看'清白''光明磊落'的'上神'！"

天帝却是毫无顾忌地将那验魔镜直接对着九夙，镜子中的九夙衣带当风，天帝嘴角笑纹越来越扩大，越来越明显。

"哈，天帝如此急躁，如此害怕阴谋败露，让我真好奇，镜子中照出来的我，会是怎样的一个妖魔形状！"九夙轻松无比地道。

她此刻希望刚刚的魔砂能够暂时地将她的魔骨剔尽，不至于在这神器之下败露。

在场的人目不转睛地看着验魔镜。眼看着那黑色将要变成紫色的时候，突然有个人从天降临，直接停在九夙的前面，那人同样是一袭黑衣，但是却穿得稳重而内敛，风华难掩。

是苍诀。

九夙心里一喜。

第二十八章 天帝不容

验魔镜倏然间变成了一片暗沉的黑色。天帝的神情一变,却又立马被他掩盖了住。他皮笑肉不笑:"神帝因何妨碍九夙现出魔形?神帝为何护着这妖魔!"

"妖魔?父神亲封的司劫天神,竟被你这般称呼?天界之帝,就是如此口无遮拦?"苍诀冷笑一声。他一来,便将矛头直指天帝,下面已有人悄悄议论起来,天帝的神情变幻莫测。

苍诀环视一周,最后目光落在那验魔镜上,道:"我原以为天帝这般胸有成竹,这验魔镜会是个厉害的玩意。却没想到,如此不堪。敢问天帝,污蔑上神,却算作何罪?"

天帝看着那镜面全黑的验魔镜,暗地里已经咬牙切齿了。

"那镜子,怕是承受不了父神嫡裔的磅礴神力,从而自惭形愧了。"天帝稽首道。

"磅礴神力?"苍诀又是一笑,笑中隐藏着一种叹息,"这验魔镜成黑,放我这儿,成了磅礴神力,指不定放在九夙那,变成了滔天的妖力。"

九夙。他叫的是九夙。

如此平淡中带着几分亲昵的称呼让神仙们联想到青洞府同神界之间剪不断理还乱的关系,不约而同地起了退意,暗叹这天帝真是自找麻烦,这神帝,保准是护了九夙上神的。

望着苍诀清冷如故的眉眼,九夙暖到心里。好似只要他在,她就可以全身而退,甚至反将一军。

但就在这样的时候,苍诀终于看了她一眼,那一眼,寒意直达心底,让九夙暖起来的心又冷了下去,连带着九夙二字也显得那么冷。

九夙暗叹一声,显然她自作多情了。苍诀如此相护,怎会为了她。

天帝已是狗急跳墙,哪里有一丝一毫天界之主的风度。他越过苍诀,直截了当地将验魔镜对准了九夙,脸上还扬着癫狂的笑。

但见那验魔镜的黑色慢慢地消失,已有异色。乍变发生在突然之间,没有人料到天帝有此癫狂之举措。又是讶异,又是感叹。

这突然之后,那验魔镜却是立马破碎,每一片都是紫色的。

见此情形,天帝脸上的笑意更加浓郁了,他道:"九夙,你还有什么好说的。"

九夙也没有料到天帝这样猝不及防地来这样无赖的举动。

苍诀却是微笑,一点儿也没有慌乱,那双冷漠的眸子看向的却是角落中掠过的一个红色影子。苍诀道:"天帝,原来你施行的是此奸诈之举。验魔镜所照之处,恰有你多次暗合的妖女。"

红色的影子以迅雷不及掩耳之势逃遁而去，速度之快，让人眼睛捕获不得。

然而神帝积威已久，众人就算是看得不太分明，也信他所说的。此刻已有人受了指令，去捉拿那红色的影子。

天帝怒道："神帝，你休得胡指！"

苍诀淡漠地看他，"天帝眼力不济，我能奈何？"

天帝怒得胡子都抖动起来："九凤乃天地不容，神帝若一味纵容，则天下堪危，妖神乱世啊！苍诀，你可明白，今日你若带走她，便是以天地为敌！"

天帝这番算是豁出去了，连神帝的名字都直接叫出来了。

苍诀却连看都不看他，轻飘飘地道："我带走她，到底是与天帝为敌，还是与天地为敌？"

"九凤，天地不容！"天帝义正辞严地说道。

苍诀看他，神情凛然，令天帝起了退意，仿佛只要他这么看着，就让人失去了言语的能力。他用冰冷、不屑的口气说："不要以个人的意志代表天地的意志。你——不配。"

你不配。

天帝神色大变，被如此剥夺了颜面，更是气得说不出话。

苍诀一个字一个字异常清晰地说："九凤者，吾儿之母也。九凤是神是魔，众位眼里自然分明。"

刚刚的九凤还是含糊不明的意思，而现在，苍诀却是阐明神界是站在青洞府这一面，站在九凤这一面的。

天帝越发乱了阵脚。

"分明！分明验魔镜已经有了裁决！"

趁此机会，九凤道："验魔镜所验之妖魔非我，如今这验魔镜已碎，我此刻也安然无恙，天帝还带着浩浩荡荡的人堵在青洞府的门口成何模样？莫非天帝还有什么'良策'？"

此番，众位神仙原来的看好戏的心情彻底消失，对这些事情的兴趣大减，早生退意的人已走了大半，天帝顿时显得势单力薄。

天帝冷笑一声，"那也要等神帝所说的妖女被人缉拿到止！"

第二十九章

还卿魂魄

这时有一须发皆白的人越众而出,和颜悦色道:"神帝是父神的嫡裔,神力非凡。众位应该相信神帝的判断。"

他看着刚刚苍诀所看的那个角落,又仔仔细细认认真真地将九凤全身上下打量个遍,九凤也坦然无畏地让他看。这人慢条斯理地道:"那红色的影子并非是幻觉,依我看来,九凤上神是清白的。"

"眼见未必为实。"天帝道,"捉拿妖女,是当务之急。"

那老人笑道:"我虽老,但不至于老眼昏花。天帝如此强辩,是要如何?一定要以一个莫须有的罪名将上神拿下才甘愿?"

另外一个人从旁附和道,定睛一看,却是那名与九凤交好的老者,不知何时他也匆匆来了,他语气颇为轻松:"捉拿妖女,我看还是不必了吧。免得到时候捉拿到的妖女,反而是和天帝交好的,如此……"老者摇头,"天帝何必欺己至此?如此子虚乌有的事情,却把各界的长老皆叫来此,真是荒谬。"

刚刚去追捕红色影子的人已经归来,却是齐齐跪倒在前,言道自己无能,那妖孽的功力实在高深,实非他们所能及。

这派去的人中,既有天界的人,又有妖界的人,故而能力也不算太弱,如此说来,又暗合了验魔镜全碎成紫色碎片,妖魔的魔性高。

老者看了下跪伏在地上的人,道:"天帝应当要同众人商议如何除去妖魔,如何追拿妖魔,而不是顾念私仇,在此向九凤上神兴师问罪,平白耽搁了先机。"

这话带着怒意,话毕,老者挥袖,像是失望无比似的,拉扯着几个好友,一同离了去。

老者本来德高望重，这番指责又恰到其处，天帝想要反驳的时候却被老者占了先机。对方先行离去，他发作只会显得自己气量狭小。

老者离去，跟随着他走的人虽然不多，但是个个资历都老。天帝若不暂且作罢，那还留着一点的台阶将要彻底被挪去，可没有地方下了。

饶天帝此刻满腔恨意，但是也无计可施，只得暂时忍耐怒火，待回去后同人重新合计一番。于是他只得买老者和神帝一个面子。

天帝道："既然如今九夙有神帝护着，那我就先行离去。"

天帝神色不豫地叹息了一声，似有所指："来日方长啊！"

天帝此番败兴而归，不得捉拿到妖魔，故而以神帝相护作为一个自欺欺人的理由。经此一役，他声势浩大而来，结果却萎靡不堪离去，将自己的颜面悉数丢去，与青洞府九夙上神彻底结下了梁子，又引来众神的不满，威信不再，简直是得不偿失。

天帝愤愤然离去，一边想着总有一日，要将九夙的妖魔本质揭露，看看那些说九夙不是妖不是魔的人能得意到哪儿去。

天帝近旁的人多狡猾，难保不会什么时候突然回来，再度发难，且乐旋不知所踪应当是被人劫去，这青洞府着实不大安全。苍诀径直带着九夙归了神界，欲待风平浪静之时，再让她回青洞府。

甫一至神殿中，苍诀将神殿内外的人屏退，等到确定周围没有耳目的时候，他才向九夙沉声道："九夙，将青苏的魂魄交出来吧。"

九夙原本以为自己听到这句话心里会大骇的，但是她很平静，仿佛已经预料到这个答案了似的。也许是因为刚刚经历了生死，那根绷紧的弦松下来以后失去了弹性。九夙只觉得有股疲惫袭来，让她几欲想睡去。

她半阖眼眸，突然想起那时苍诀似笑非笑地说起的以魂补魂的说法。想必那个时候苍诀便以为青苏的魂魄是被她拿了去。说到底，这群青苏的旧友，就是不相信她与青苏的死没有任何的关系。她几百万年的好形象，抵不过"魔性"二字，也抵不过青苏一人。

疲惫之下，九夙也懒得逐一问去，只答了一个"诺"字。

苍诀断然想不到九夙会这么容易松口，神情难得地微愣。

九夙道："那妖女应当是你幻化出来的吧。若真有妖女，神帝就会身体力行，亲自将那妖女捉来，如此众神才不会有微词，神帝对我这个人情才算是大。"

"如此说法，虽是牵强，但能让你逃过那一险。"苍诀说。

第二十九章　还卿魂魄

九凤叹了口气,道:"这青苏的魂魄我能给,但绝不会是现在。神帝须得保证,让我这一时平安。并保证不会事后算账。"

她这是在和他谈条件。

苍诀三番两次地向她询问青苏,并且笃信青苏的魂魄是被她取了,这至少说明青苏在他的心里有一定的地位。她以物换物,在这非常时刻,必须采取这样的方式。她和苍诀之间的情谊不深,容许不了她搏。

等到风平浪静,那青苏的魂魄……

九凤遥望神殿外,那九重天阶之下,青苏自引天雷赴死的情境历历在目。九凤似不忍目睹,又合上了眼。青苏的魂魄……

那青苏的魂魄,怕是留给自己的退路了。

事情,还会真正风平浪静吗?

苍诀看着九凤,目光中有着隐怒。他声音一如既往清冷,用一种上位者的口吻保证:"还其魂魄,我既往不咎。"

九凤静静地微笑了。

微笑的同时,她就那样栽倒。

她倒下的时候两眼发黑,骨上刺痛,就好像是那天雷一声声地降落,劈打在身上。但是她还是保持着淡淡的微笑,直到那笑容凝固,然后笑不出。

在她倒地之前依稀有人下意识地扶住她,好似耳畔有人在叫她,那个名字熟悉而又陌生。此情此景,大异于前,但如同那名字一样,熟悉又陌生。

还其魂魄,还卿魂魄,可惜魂魄早以入骨,早已入心,如何剥离,如何还去?

九凤醒来的时候神界的天空是一片暗沉的,寝殿内燃了橘色的灯光。也不知道神界何时有了白天黑夜。寝殿的布置并不豪奢,门口侍立着两个面目陌生的婢女。

当她直起身子的时候,一个婢女闻声进来,另个往着外面走,应该是去通知苍诀了。

她微微一叹。此时此刻她的四肢无力地很,像是骨头被碾过后,丝丝入微的疼痛,恰似当初她恢复神身,孕育了二子后的无力。

那时她急于求进,魔砂的量被她用得实在是多了点吧,仙石来不及让她恢复元气,以至于骨头中碎裂般的疼。

那名进来侍候的婢女想要扶着九凤起来,但是却被九凤挥退。她强撑着站起来,面色惨白。她是上神,在最狼狈的一刻,也要尽可能地在下人面前保持威仪。

九凤问旁边的侍女道:"洛和殿下可在?"

"殿下勤于修炼……"侍女言语连贯,但是隐有颤抖声。

九夙猛然看向侍女,对方被她看得心里有些发毛。

九夙按捺住心里的疑问,重回榻上坐下休息。

苍诀很快就到来,他看了一眼侍立在一旁忐忑不安的侍女,对着九夙淡淡道:"你昏睡了三天。"

"这么久。"

她昏睡了三天。也许是因为身上的疼痛作祟,也许是重回神界触动了当时的记忆,她又梦到了九九天雷时的情境。只是没有以前那么恨极,没有从前那样心如死灰,唯独对洛和和诛谧的思念如同潮水一般涌来。她非常想见到洛和,非常想让他在她旁边陪着,她惧怕失去他们。

九夙看了一眼侍女,苍诀知晓其意,叫侍女先行退下了。

九夙道:"洛和,在修炼吗?"

苍诀点头。

九夙了然于心般的说到:"你是将我在神界的事情隐瞒了吧。"

"我不希望影响他的修行。"

九夙冷冷道:"欲速则不达。"

"他必须足够强大。"苍诀同样冷淡地说。但是说这句话的时候,那副样子,俨然是将洛和当作是他一个人的孩子。

九夙心里一闷,试图让自己冷静。

在苍诀面前,她时常是尖锐的。在这种剑拔弩张的情况下,她必须使自己冷静。

过了几秒,九夙道:"我要见他。"

"好。"

洛和将至的时候,九夙从榻上起来,强撑着身子,施展了法术,掩饰了自己苍白的脸色,又在素白色的衣服外面披上了一件颜色鲜艳点的衣服,然后静立在那边等着洛和,仿佛她并没有元气大损,仿佛她并没有在青洞府门口被天帝咄咄相逼,脸上仍然带着一股淡淡的、雍容的笑。

苍诀默默地看着她做着这一切,然后打开门,洛和恰好到来。

也许是因为她太热切,以至于见到她盼了好久的儿子时却没有想象中的满足感,见过孩子后反而更加闷闷不乐了。不知道为什么,洛和对她的态度,亲切中带了股不自然,疏离与亲切似乎在矛盾中较量。

看着洛和急切奔去修炼的身影,九凤又是叹了一口气,她说,"我并不希望他沉溺于修炼,从而错过了很多的风景。"

"拥有强大力量的人,首先需要有足够的自保能力。"苍诀说,"你所希望的,同这个世界所需要的法则,并不同。事情总有差错,我不能保护他一辈子。"

第三十章

反入绝境

九凤看了他一眼，不再说什么，对于洛和的教育，他们始终产生着分歧。

力量再强大又如何？反而会成为别人觊觎的对象。能力越是强大，身上的责任就越重。她不希望她儿子沉溺于力量的追逐中。此时的他，更应该韬光养晦，给人假象。

再度产生分歧之下，二人不欢而散。旁人一走，九凤便坐在榻上，修身养性，闭目调息。体内的真气虽然微薄，但始终有种混乱不堪的感觉，仿佛只要一根弦断了，一切就会往着不可估计的地方走去。

神界不能长待。

她的力量不能控制，苍诀虽然答应保得她一时，并且一言九鼎，但人心还是难测。

她承诺他会还青苏的魂魄，这也就是变相地说了青苏灵魂的所在之处……

如趁她神智混乱之时，力量薄弱之日……行彰显正义之举，岂非一石二鸟之策？得民心，又得魂魄。

若她无声无息地消失在神界……

她认识苍诀一场，以两世看来，他对青苏确实情真意切，撇开那次天劫，并未对青苏算计过。"九凤"认识他到现在，苍诀在绝大多数的情况下是温和的……但是她不是青苏，她更不是苍诀不可或缺的一个人。

能站在他这个位置，能以己之力创神界的，绝不仅仅是力量强大这样简单。真正的上位者，当狠之处则狠，否则会沦落成鱼肉。

九凤睁眼，心怦然地跳动，觉得体内的力量又捉摸不透了。

她不愿意……再栽在苍诀手中一次，不论是以怎样的方式，即便只是一种可能性,并且这个可能性微乎其微。

九凤推开门,继续望着神界的苍穹,她在思考着这四海八荒,到底有哪个地方可供她栖息。

九凤潜行着到了隔绝神界与外界的九重屏障之前的时候,看到外面有人影晃动,俨然是天帝的爪牙。想必只要她一出了这神界,便会有许多的探子去回禀天帝。

她以往是不怕天帝阻截的,但是如今力量亏缺,她不想冒着风险与天帝一搏。与天帝这样的人拼个鱼死网破,她不屑。何况鹬蚌相争,尚且有渔翁得利,她与天帝之争,若是两败俱伤,得利者不知凡几。

九凤自忖如今的局势她尚且能够控制,且等待些时日,若这些人还未撤去,再寻他策。

若是这些人实在逼她太甚……千万年她虽非不太理事,但是并非一点儿资本也没有,青洞府虽是以她一人之力撑起来的,但是不代表她没有除了青洞府之外的势力。

九凤想到前些时候被她驱逐出去的绮歌。绮歌那般护主的人,伤心过后,或许能够慢慢思及她的用心吧。若她真有不测,她留在四海八荒的暗棋归属绮歌,也不算绮歌白跟她一场。

九凤回到她客居神界的寝殿的时候,看到服侍她的侍女面上一喜,仿佛松了一口气,急急忙忙地跑回来,道:"上神去哪儿了,怎得没有见着你?"

"与你何干?"九凤冷淡地道。神界的侍女可没有给她宾至如归的感觉,反而让她觉得她的一举一动都被人监视着一般。

"神帝说……事情没结束之前,请上神务必留在神界。"

九凤面色一冷。

"神帝这样交代的……"

上神的威压不是一般人可以承受得了,侍女果然慌张,反复强调着这句话。

九凤道:"你叫什么?"

"我……我叫宁乡。"

九凤点头。那侍女的表情又是一松,道:"神帝吩咐的,请上神能体谅。"

九凤看着侍女战战兢兢的模样,冷冷淡淡地说:"请神帝来一趟。"

侍女犹豫不决地看了几眼的九凤,奔出了殿外。

这侍女看上去倒不似先前的那些个机灵。也不知道苍诀用这样的一个小姑娘是什么用意。

但是过后没几天九凤就知道了。这宁乡虽然畏惧九凤,但是对苍诀的命令却是死守的,知难而上,死皮赖脸。自从那日九凤离开殿后,她存了一个心,锲而不舍地跟着九凤,生怕她哪一天消失了。

但是九凤一旦存了去意,一个宁乡,是拦不住她的。

这番宁乡让她失望了,神帝并不买她的面子,说是有事缠身,走开不得,并且带了一句话给九凤,说如今天界耳目众多,希望上神全力配合,勿要走入天帝的陷阱中。

九凤愤而不语。她也不想为难一个小小的侍女。她微笑着提醒:"神界必须立神界之威,任天界宵小在神界门口徘徊成何体统?"

几日的时间内,她当务之急就是将自己的精神调养好了,这样才能为着以后筹谋。这些天,她一边躲在神界里,任凭世界喧嚣谩骂,也不出门一步,另一边却常常望着神界的边缘走,打探一下神界和天界的耳目往往哪些的地方行去。

那日她叫宁乡给苍诀带去的话想必是起了作用,这些天神界门口的人数明显少了很多,只剩下一些不畏惧神界威严的人蹲守在门外。

十几天过去后,九凤将天界在神界门口的布防掌握了去。宁乡和其他在暗地里盯住她的人也被她借机甩了去,挥挥手,只留下一张纸,上面挥毫泼墨,写道:"吾去也。"

俗言道,最危险的地方就是最安全的地方。

九凤身有魔气,看样子魔砂和仙石只能治标不能治本,反而将她的实力削弱了不少。这些日子里就算是在神界那样精纯仙气的地方,她体内的魔气还是以不折不挠,缓慢而又坚韧的态度增长着。

故而她躲入了万妖谷。

万妖谷算是各界中妖力最磅礴的地方之一,自从妖帝隐没之后,就成为三不管的地带,后来的妖魔都无法驾驭这里,天兵天将也无法靠这里太近,就算将这里占领,也无法驻守太久,最后只能让妖魔再度将这里占据。故而此地只能任其发展,如今也算自成一体,一直是"正派人士"的隐患。所幸此地没有出大妖物,否则又要令三界人物大为头疼。

九凤刚刚踏入万妖谷,便有着尖嘴猴腮的妖物一直打量她,对同伴说,"她是仙人!仙人,赶快走出这万妖谷,否则爷爷我必然打得你满地找牙!"

九凤冷冷地看了这妖物一眼,这只妖物就抓着旁边的同类打个滚,躲到后面的树林中,仅仅露出两双黑溜溜的大眼睛。

如今是妖人称她为仙人。仙人称之为魔。

她这一次，算是非仙非魔之怪物了吧。

九凤继续往着万妖谷走。各种妖物或诡异或惊悚的声音此起彼伏，连旁边的树木都是树妖幻化而成，具有了妖性。

九凤一步一个脚印走着，心脏猛地重重一跳，随之而来的是耳畔淡入风中的声音，"九凤，若天地无法相容，那便反为妖魔。"

那便反为妖魔……

反为妖魔……

为妖魔……

那个温柔至极的声音……那个听上去就让人满心缱绻的声音……

九凤张大眼，往着四周看去，没有那人的影子。

她疾步奔跑，一个青色的影子从她面前晃过，停住在她的后面。青色的影子嘴角勾起那样讥诮的弧度，重复着，不断回放着那句话，"九凤……九凤……你早已不是从前那个你了。"

"九凤，成为魔吧。反出天界，反出神界！"

"九凤，看，他们把父神遗留的天地糟蹋成什么样子了，九凤，九凤……"

"现在天界根本没有办法容下你！他们将你视为眼中钉、肉中刺，你根本没有办法回去！""你身具魔骨，你本是妖魔，哪怕是落叶，也要归根。""迟早会有这么一天的……"

九凤边跑着边捂住耳朵，她的心魔在此刻跑出来，不断地在她的耳边怂恿，伴随着各种妖物的声音。

九凤跑的时候带动着疾风，动物们都死死地拉着树木，树妖们都忍不住用枝条撑在地面，俨然有要被狂风吹走之态。

这时那个温和到骨子里的声音再度响起，仿佛和某种记忆中的声音重合，"凤，为妖为魔，只不过是一念之差。一切唯心而已。"

她听到这个声音，疾走的步伐放慢，于是狂风小了，万物回归了原始。对面似乎有个清逸出尘的人朝着她伸出手，她眼眶一热，想要往前进的时候，额头突然灼热地发痛。

眼前的人消失无踪。风，彻底息了。

第三卷

神魔兩立

第三十一章

万妖之魔

却说那日绮歌被逐出青洞府之后百思不得其解,心中悔恨不已,只叹自己为何要在九夙面前展现恐惧,她怎能在九夙面前展露恐惧。当初若没有九夙相救,若不是九夙从会乱人心智的魔物中将她救下,她恐怕就会浑浑噩噩生不如死地度日,或者早就命丧于魔掌了。

绮歌停在无人的角落哭泣,悔恨的时候恰有一只青色的小纸鹤飞到她的前面,然后停下来,小小的翅膀在不停地抖落着,还揪着绮歌的衣襟。

绮歌眼睛睁得老大,看着这个小纸鹤,停止了哭泣。

这个小纸鹤化成灰她也认得,这是青洞府的传信纸鹤,虽然用得极少,但是她不会认错。

而且这纸鹤上的气息,纸鹤包含的神力,应当是九夙给她的。

君上,君上没有放弃她是吗?肯定是的,君上怎么会放弃她!

绮歌又觉得鼻子一酸,一颗豆大的泪水滚落到纸鹤的身上,她连忙用袖子将满脸的泪水都给拭去,温言道:"小纸鹤小纸鹤,君上说了什么?"

小纸鹤将那泪水扑腾尽,趴下身子,发出低低的哀鸣声。

"君上怎么了?君上是不是遇到什么危险了?"绮歌暗骂自己:糟糕,她怎么能离开青洞府就忘记关注那边的情况!她怎么能相信君上真的狠心将她赶出来?!

青洞府的外援少,稍微能够依靠的就是神界,当是能够依赖神界的前提是君上还是上神,而不是魔神!君上身上有魔性,尚且连她都生了畏惧之意,何况旁人!君上此时肯定有难!何况假仁假义的人多了去了,此刻一定落井下石!

君上将她逐出,肯定是想让她脱离危险,她不能够辜负君上之意。她一定要帮助君上！乐旋也不知道失踪到哪儿去了,她要证明,她也能够分担得起大任！

绮歌好不容易将她身为九夙侍女练就的镇定给召回来,狠狠地擦了两下眼泪,拼命地想着九夙曾经在四海八荒有无留下些什么暗棋……

其实君上当年不仅仅只救了她,那时魔物是将一整个仙村给席卷的,只是当初九夙见她是意识最为清醒的一个,故而着重培养她。那儿的人对君上是感恩戴德,对,她要去找那些人！

绮歌刚刚起身,那纸鹤像是听到什么动静似的,立马消失不见了。

绮歌愣了一下,继续往前走的时候,迷迷糊糊中一双精致考究的靴子映入眼帘,她抬起头的时候看到一个俊美邪佞的人。

那人冲着她笑了下。

这是……这是……

这是妖界现在的掌权人！是桀骜不驯的妖神止尚！

绮歌的心突突地跳着。

面前的人慢慢地朝着绮歌走近,满面闲适的笑容,像是一个很温柔的人。然后他伸出手,道:"想找九夙吗?"

绮歌点了点头。

止尚道:"我带你去。"

绮歌看着止尚,似在考量他说的话的可信度。以及她到底应该去九夙的旁边,还是现在外头周旋,看看是否能集结到于九夙有利的力量。

面前的人是妖神转世。但是面目和蔼可亲。

如今君上算是入了魔道……

绮歌见到九夙的时候九夙已在万妖谷一月余。

一个月,万妖臣服。天地变色。

绮歌在万千的妖魔恫吓声中走向了万妖谷的腹地之处。

她明明知道九夙已经堕入了魔道,但是见到九夙的时候一颗心还是揪疼起来。她向来高贵不可攀的君上怎能在这样肮脏的地方?怎会变成这样的模样?

紫色的宽松长袍委地,青丝如瀑,九夙转过身的时候,绮歌看到她的一双眸子已经彻底地沦为暗紫色,像是最幽邃深沉难测的夜空。以往九夙给人的感觉是冷漠,高贵,不可攀的,如今却是艳丽不可方物,艳丽中还带了一丝冷。尤其是额头上多了暗紫色的印记,眼角高挑,蔓延开了同色的花纹,整个人给人极强的冲击性。然而如今的九夙表情更加的冷淡了,容貌冷艳地不真实。

第三十一章　万妖之魔

"君……君上……"

九夙看了绮歌一眼。讶异她如此快就到这儿来了。

九夙往绮歌的背后看去，看到止尚的时候微愣。

止尚原先是慢悠悠地走着，此刻大步向前，懒散道："天界腌臜良多，神界刨根到底也是与天界一脉相承，你如今不妨与妖界携手，创下一番天地。反正你也不见容于天界与神界了。"

止尚这副傲慢挑衅的样子若是寻常人，九夙铁定是一直忽略或者不给他好脸色的。

但是止尚是子桑……九夙将要说的"你妖界如今一群乌合之众，有何资本？"给生生忍下，换上了一句："你要什么条件？"

"事成之后，我要神界的那个人任我处置。"止尚微眯着眼。

九夙冷艳的眸子稍转，几乎没有犹豫地说道："只要你有能力。"

九夙黯了黯眸色，稍许，神色恢复如常。

万妖谷，深入此处，便注定了万劫不复。

九夙那时清醒之后，了解所处之境，才发现她此刻已经入了万妖谷的腹地之处。

此处寸草不生，妖气至浓，万妖皆在。天色是昏暗发紫的，越往里走，就越是黑暗。

但是自从九夙到来之后，地上就长了紫色的、庞大的草木。这种草木长得茂盛繁密，像是陡然之间得到了丰沛的妖力灌注，几乎将万妖谷和外面隔断，自成一个天地。这里的妖魔都比以前充满了生命力，许多妖魔的身形还比以前大了一倍，有的还就此化形了。

她身上的魔性也与日俱增，仙力所剩无几。也许是因为先前用魔砂剔骨，故而如此身体承受不了万妖谷磅礴的妖力，她的身体也开始发生变化，最初的就是额头上的印记，最后发展成遍布周身的暗紫色藤蔓，藤蔓像是被雕刻出来的，触摸的时候还有痛感。

凭着她的理智，她本应该悬崖勒马，就此逃离……

但是她已如此……而更可怕的是，她根本就出不了万妖谷，或者说她和万妖谷几乎是融于一体。她所到之处，即为万妖谷的腹地，妖气从她的身上源源不断地散发着……

她只能破釜沉舟……

"九凤,从此刻起,你已为魔神。"隐隐约约,脑海中有这么一个声音在说。

她并不想与天界为敌,奈何天帝逼人太甚,她如今身份尴尬,在天界甚至连委曲求全、夹缝求生也做不到。与其整日躲避暗箭,不如直面明枪。

而今天界早已经乌烟瘴气,天帝成日想的不过是党同伐异。纵然她能单枪匹马将天帝给揪下凌霄宝殿,但天界的风气是不会改变的。

妖魔未必都作恶多端,但仙人未必都光明磊落。而到了万妖谷中,她也莫名有种归属感。与其坐以待毙,不如顺应宿命,反为妖魔。

如果她和苍诀兵戎相见,真到了你死我活的那一刻,她又侥幸更胜一筹,将苍诀交给止尚,或许是最好的选择。那样——她就不用狠下心肠了。

止尚懒懒地笑着,丝毫不畏惧九凤的威严,他走上台阶,与九凤并肩而立,近到可以看到她滑腻细白的脖颈上的暗紫色花藤。止尚道:"不知道我们什么时候攻打两界?"

"天界虽不足为患,但是如今妖魔实力还是不济,应当从长计议。"九凤稍离了一步。

"从长计议?"止尚似乎听到了什么很开心的事情,"九凤,你莫是到如今还狠不下心来对付他们?难道你要等到他们占了先机,将我们打了个落花流水,然后才想起来要反击?"

如今的止尚陌生地完全没有了当日子桑的样子。仿佛那个干净的少年彻底地消失,眼前只有一个妖神止尚。

九凤顿时有些沮丧。她木然地看着止尚,道:"我出不了万妖谷。"

止尚很是惊骇:"那么说,我们就是要训练那些妖兵魔将,然后让他们同天兵天将打一场喽?"

"妖神统治妖界也有些年了,训练军队这种事情就交由你吧。"九凤道:"万妖谷的妖魔虽然说能力不错,但是都是些用蛮力的,没有组织性,妖神要多多操劳了。"

九凤对止尚的突然出现存了点的疑问,对他的目的也存了些疑问。

自从苍诀设大礼,认洛和为子的那次宴会之后,止尚消失了很久。

这些日子里妖界风平浪静,没有闹腾出什么大风浪。

她想起那日苍诀消失了一会儿……按照子桑的性子,既然到了神界,和苍诀肯定会单独讲上一些话。既然是苍诀将子桑邀请来的,他们肯定达到了某些共识。而苍诀再次出现的时候,看她的眼神与先前有所变化……

子桑……仿佛变复杂了很多。

"自从君上你到了万妖谷之后,万妖谷的妖力就由你所供。你在万妖谷中的威望甚高,操兵训练这种事情,自然你来事倍功半。我就负责将妖界的那些小喽啰训练得带出去不那么丢脸吧。"

止尚叫九凤君上的时候,听到这声唤的妖魔一致地跪地,及至在场的妖魔都屈下膝盖的时候,有如同潮涌的山呼声传来:"君上——君上——"

他们视九凤为君,尊其为主,拥其为王。

能让强者尊为君的人,能给予他们无限生机与力量的人,是他们的君!是他们的王!是他们要竭诚的主!

动作虽然不协调,但是跪伏在地上的时候四野皆静。止尚的笑声似乎能够传遍整个万妖谷似的:"你看,他们这样便是赞成我的话了。将你侍女送到此处,我便回妖界整我妖风。"

绮歌在这副阵势下也险些下跪,只是骨子里还有仙人的坚持,在止尚笑的时候,她将下跪的欲望打断了。

第三十二章

再逐绮歌

　　自从九凤在万妖谷之后，以往迁出万妖谷的，还活着命的妖魔都闻名赶来，万妖谷俨然第二个妖界，或者说，整个妖界算是并入了万妖谷，于是止尚索性就让妖界合入万妖谷，妖界与万妖谷统称为万妖谷，他甘为臣子。众妖魔意欲称九凤为王，但是却被九凤拒绝了。大家一律尊称九凤一声"君上"。

　　天界之人听闻这个消息自然很是骇然，骇然的同时又免不了自大，总觉得邪不压正。

　　天帝倒有些后悔当初逼九凤太狠，竟让她和妖界同气相求了。不过心里也不算太担忧，毕竟九凤到了万妖谷，便证明了她是妖，他当初的判断是对的，于是许多神仙都赞叹天帝睿眼，识得九凤魔身。故而天帝的威望比起先前倒是上升了不少。九凤是魔神，那么那些有地位的老祖宗们，或多或少也会帮衬他一点。并且神帝庇护魔神，威望有所下降……若再是按兵不动的话，那实在是说不过去了。

　　绮歌来了万妖谷之后，身上因为有仙气，故而那些妖魔对于她的态度并不友好。有点见识的妖魔心想她的主子都由仙变成魔了，她怎么还兀自仙风道骨呢。

　　这些日子九凤也没有吩咐她什么事，让她在周身侍候的日子也少了不少，绮歌没有得到"器重"，九凤待她的态度不似以前那般亲近，心里十分难受，但是她想要成妖成魔一事也被九凤不冷不淡地阻止了。这导致她的一颗满怀着热情的心一次次地被浇了冷水，许多次都一个人郁闷地躲在角落。

　　及至一天，九凤突然出现在绮歌的面前，道万妖谷并非绮歌应该待的地方，让绮歌寻机会走出万妖谷的时候，绮歌的心情又跌落到谷底，发誓自己一心要变成妖魔，死守在九凤的身边。

第三十二章 再逐绮歌

九凤见四周一个杂人也没有,这才放心地解释原因:"我原本是想着让你帮忙我做一些事情的。原本以为那只纸鹤能告诉你。但是现在看来只能亲自告诉你。如今我出不了万妖谷,与天界之战也箭在弦上不得不发。但是在天地间我并不是没有牵挂的……倘若我有不测,我希望身边之人能够自保。"

绮歌没有想到九凤把这么重要的事情交给她,以往青洞府里面的大事都是交给乐旋的。她愣愣地看着九凤,道:"那乐旋呢?"

九凤叹一声,"不知所踪,恐是被人劫去。若你出了万妖谷,便存个心打听一下她吧。"

九凤对绮歌耳语了一番,将自己在天地间的暗棋尽数托了她去,并且让她小心行事,切勿张扬,就算妖界这边尘埃落定,也不要来找她。千万不要!

这已经是类似生离死别的话语了,绮歌又是哭个不停。九凤却厉声道:"不准哭。"绮歌这才停止了哭,然后死咬着嘴唇。眼睛红红的。

用人不疑,疑人不用。见到绮歌这副样子,九凤也险些红了眼眶。事情的发展已经不是她所预期的了。绮歌又这般快的到万妖谷。一切只能再作另外一番考量了。

绮歌见到九凤这副样子,心里大悲,道:"君上,君上虽然成魔,但是我却觉得君上比以前有人情味儿了……君上……"

"交给你了,不要让我失望。"九凤冷了心,扬声说了一通绮歌心在天界的话,要将她逐出。如此,绮歌刚刚如此之哭,也可以当作是因为九凤之骂所致。

众人都有所耳闻,这名仙娥当初是因为见到九凤妖魔的样子害怕,触怒了她,故而让九凤逐出青洞府。此番因为九凤在万妖谷得了势,又来归附,众人不由得嗤笑不已,所以绮歌再度被逐出,也可以说得通。

绮歌前脚刚走,止尚就出现在九凤的眼前,"怎么,她又惹了你,听说也是伺候你好些年的。"

九凤没有说话,看着绮歌去的方向,一脸厌恶无比。

九凤这般送绮歌走,是为了瞒止尚的。她不敢与苍诀交心,更加不敢与越来越陌生的子桑,或者说是一个只存了子桑的目的,然而能力和性格几乎已经是止尚的人交心。

若是止尚知道她暗地里还有势力,肯定会让九凤将这势力招出来,一起对付天界、神界。毕竟一个在青洞府掌了数十万年的权,并且拥有举足轻重地位的人所藏有的势力不会小到哪儿去,也许那力量还能够大过如今的妖界。

止尚来此的目的十分简单,他想和九凤一起将以前被封印的魔给召唤出来。

那些被封印起来的魔在他们那个时期都危害一方，并且放出来只会生灵涂炭。九凤虽然成了魔神，也可号令他们，但是她并不是一个良知泯灭，意欲毁天灭地的魔神。这种事情，她是怎么也不能够答应的。

止尚却借口天界的兵马蠢蠢欲动，立马就要攻打到万妖谷来，召集了这些魔，有了这些魔才能够让战役一举成功。如今的万妖谷，虽然看上去很是繁荣，但都是些没有上过战场的乌合之众，正遇到天兵天将那群阵势吓人的，指不定就尿了裤子。

九凤沉声道："我会亲自训练。"

止尚看着九凤沉沉的紫色瞳孔，以及眼角绵延的微挑的藤蔓，不由得一怔。她并不完全信他。止尚想一想，也释怀了。总有一天，他会让她完全信她的……

天界和万妖谷的战役很快就爆发了。料想天界如今也真不敢打入万妖谷，故而九凤没有派出多少的妖魔迎战。她原本不冀望能赢的，只是想首战试试水。难得的是，神界也不知道是隔岸观火还是另有所图，仍然按兵不动，就算天帝指责，也视若无睹。这让那群没有经验的妖魔居然也能够和天兵天将打了个平手。

九凤想到神界，自然也想到苍诀。也不知道自己当日突然离开神界，是不是打破了苍诀的计划。她如今身上可以"藏"有青苏的魂魄，就算当初苍诀是有心护着她，但如今她离开神界，最应该追过来的应当是苍诀，让万妖谷大败，他才更有拿到青苏魂魄的把握，何况面对天帝的指责，神仙们的微词，他无论如何也应当配合天界，尽快将她这个魔神拿下，然后封印起来，但是他按兵不动，也不知道是什么主意。

天帝得知天兵天将居然只能和万妖谷打成平手，心里愤恨之情在所难免，但是没过多久，天兵天将再度往着万妖谷进发，天帝这次来势汹汹，显然是有备而来。

这回万妖谷派出的妖魔不比以往少，反而数量上更胜一筹，行军大战方面也有了些长进，但是竟然败了个落花流水。逃回来的妖魔都全身溃烂不堪。

在议事厅里头的九凤面色沉沉，看着底下侥幸脱身，然而性命仍然堪忧的妖魔默然不语。

天帝如今竟做到这样残忍阴邪的地步了，这样的作风，竟然是出自正派人士之手？

止尚在那妖魔身上稍作试探，说来他其实一点儿也不紧张。这样惨不忍睹的画面他也见得多了。他说："如今天界口口声声说要来讨伐君上，却没有想到一大妖魔就藏在天帝的身边。"

九凤面色越发沉了沉。天帝如今歹毒到这样的程度显然是被身旁的姬陶给蛊惑,否则这样明显会被众人指责的残忍做法天帝也不敢明着来。如今洛和在神界,虽然说苍诀已经认定洛和是他的儿子了,并且神界不会畏惧天界,从而将洛和交出来笼络天界。他们根本没必要这样。但是难保不会让天帝趁了空子,拿洛和来威胁她。若真到那时……她将如何自处?

欲除天帝,首先必须除去天帝身边的姬陶。

而这姬陶,除去她的最好办法就是让天界那边的人发威。她总不信,天帝能够护住一个姬陶。

第三十三章
似是而非

天界使出的手段越来越残忍毒辣，交战数月来，万妖谷损失惨重。派出的妖魔以愈来愈惨烈的方式、愈来愈快的速度告别世间，有的七窍流血而死，有的全身流脓，脓水中还有着剧毒，碰到的妖魔会被感染，然后不治身亡。侥幸逃回来，来不及救治的妖魔也常常感染了战场上的魔障，没过几天就发疯，神志不清。

九凤从前向来认为妖魔的性命比较轻贱，以为他们是神仙身上剔除的糟粕，是天地间的糟粕，只是为了维护光与暗的平衡。即便妖魔有善有恶，她从骨子里还是认为妖魔居于最末等，还排在只拥有短暂生命的人类之后。

但是自从她沦为魔神，她的观点就有了较大的改进，妖魔的出身并非他们能够决定的，他们也是天地万物所化，何况万妖谷中的妖大多数并没有出万妖谷，只是纯粹捕食动物，采集果子为生，并没有危害人类的性命，他们何其无辜。

她有次还见过一个妖魔四肢几乎都断了，只剩下几根筋，勉勉强强地让他的四肢还挂在身体上。这妖魔还勉强爬行了几步，最后才咽气。

每次看到派出去的妖魔溃不成军，并且死得极其残酷，九凤也心生不忍，故而即便天帝声势浩大，她也不敢多派兵马出去，保存实力的同时，也不想让太多的妖魔死去。因为即便是对逃回来的妖魔，九凤和止尚两人也不可能耗费太多的精力来救治那些在战场上负伤的妖魔。

何况天界对万妖谷的攻势这么迅猛，便是为了要捉拿在万妖谷中的九凤，之后或许还会有一场硬战，故而九凤更不敢太消耗力量，即便在万妖谷中她的力量恢复得很快，甚至当初因孕育洛和和诛谧而损失的力量也有能够恢复的趋势。

这些日子里，止尚不止一次地提出要把被封印的妖魔放出来，被九凤拒绝了好多

第三十三章　似是而非

次。九凤有一次看到止尚私自试着将封印的妖魔放出来,被九凤厉声制止,"止尚,我觉得你展开神界与天界的战争绝不是为了让这个天下生灵涂炭。"

止尚嘴角勾起嘲讽的笑,也不知道是嘲笑她还是他自己,不过之后他倒是没有打私自放出妖魔的主意。

九凤在再次接到妖界与天界战役失败的时候给神界送去了一封信,信写得非常简短:欲要青苏魂,且送姬陶身。

九凤为了防止信在路途上被其他人给劫去,还特地在信上附上了她的妖力,以保证能送到苍诀的手中。

同时,她和止尚开始研究起针对天界歹毒攻势的解决之策。姬陶是将神魔之战时候妖界对天界的办法用在如今天界对付妖界的手段上,只是那时父神拥有无上神力可以轻易化解。

但是如今情势逆转,九凤的力量虽然恢复极多,但是她还不能够融会贯通,万妖谷的妖气给她带来庞大力量的同时,却让她的身上因为妖气太过于强大,力量开始溢出,她周围三米之内,也只有止尚才敢接近。并且,当年天界用来抵御妖界时候的神器仙器这些妖魔并不能够驾驭。在止尚身上,能够运用的也只有纯正的妖气,收效甚微。更糟糕的是,她不能够接近战场。瘴气她可以解决,但是千奇百怪的毒药她暂时还不能一一解决,只能依靠止尚。只可惜止尚对害人之术极为精通,对医治之术却是半吊子。虽然现在与天界为敌,但是她用不到以其人之道还治其人之身的方法,否则她与姬陶、天帝又有什么区别?

好歹隔了几天还能够有一个不错的消息,便是神界收到她的信,并且还派人来,听说来人有两个,其中一个还是形态狼狈的美艳妖娆女子。

没有想到居然是苍诀亲自前来。苍诀看上去与先前没有多大的不同,但是看向九凤的目光颇为不同,那种不同说不清道不明,像是有着千言万语,却又无法述说出来的感觉。九凤被看得有些恍惚。

苍诀旁边跟着姬陶,姬陶被绳子给绑缚着,看上去狼狈不堪,衣裳不整,头发也很乱。虽然姬陶的样子与以前似乎又有较大的不同,气息也有点微妙的变动,但是确定是姬陶无疑。

九凤没想到苍诀会这样爽快地将姬陶给送来,并且还是亲自送来,也委实也太容易了点……毕竟她送那封信的时候没抱多大的希望,她也不信苍诀会为了一丝的希望就这样义无反顾。毕竟,她也算是出尔反尔过了吧?

但是姬陶看向自己那样愤恨的眼神又不似有假。

苍诀的声音很是平淡,没有任何起伏波折,他说:"姬陶在此,青苏的魂魄,可速还否?"

知道姬陶不假,但是九夙对这一切还不太能够接受,她微微一笑:"容我观之。"

九夙从她的座位走下,她每步间都踏开了黑色的莲花。她环着姬陶走了一圈,一边脑海里在寻思着这里面的错漏之处。

然后她半蹲了下来,紫色的长裙逶迤在地,像是一朵盛情开放的花。她的指甲如今极长,指甲上也有着紫色的繁复的藤蔓。她勾起姬陶的下巴,看着姬陶的脸。

也不知道姬陶是故意刺激她的还是存了其他的心思,她的外貌乍看上去与自己还没有成魔前的样子越发相似了。如今看着姬陶被捆扎在地,狼狈而不甘的样子,九夙的眼前居然浮现出自己也遭此狼狈情景,九夙惊了一惊,连忙把这样的画面从脑海中剔除。

她觉得姬陶应该说些什么的,但是她什么也没说。就是那样不甘地瞅着她。

九夙微眯了眼。

姬陶艰难地动着唇:"你死期不远了。你哪能拿出青苏的魂魄?你便是——"

九夙看得懂她在说什么,但是姬陶变样的唇形别人就未必看得懂。但苍诀是一个何等智慧的人。以防万一,她更不容许有一点出纰漏的可能。

她下力捏了捏姬陶的下巴,姬陶吃痛,没有再说下去。

九夙道:"她不是姬陶。"

直觉告诉她,姬陶没有这么容易就范。九夙心存试探,却没想到她刚刚说完这句话,姬陶身体微微一抖。

"如何不是,我冲到天界的时候,她正巧和天帝在一起,也不知又密谋些什么。天帝见到我,见我动气,便主动把姬陶献了出来。"这番举动也真似天帝能够干出来的,目光鄙陋短浅,身边的人也不知道什么时候会被他出卖。

苍诀语调平平。怪异的是,她在里面听不出嘲讽之意?难不成苍诀知道了什么。

九夙又看了姬陶一眼。姬陶此刻神情愤恨,显然是怨恨天帝的模样。

"那么青苏之魂何在?"苍诀道:"莫非你根本就是诳我?"

九夙笑了一下,她竟是奇怪,如今自己完全成了魔后,苍诀这样的诘问她没有什么感觉。仿佛苍诀在她心里已然不是那个特殊的存在了。

她放开牵住姬陶下巴的手,又检查了下捆绑姬陶的绳子,然后起身,往前走了几步,从她的座位边拿过来了一个黑色的,看上去很古朴的盒子,她似是极为认真地看了下这个盒子,然后走到苍诀的面前,端着盒子,道:"青苏的魂魄便在这里面。"

苍诀不信,"你珍而重之的魂魄,如何就随地放着?"

九凤懒懒道:"原本是寄放在我身上的,但是你也知道,如今我身上尽是妖魔之气了,再纯正的仙魂再寄放在我身上也会被染黑。何况我离不开这儿,敢问万妖谷,又有谁能够在我的眼皮底下将这盒子取走?怕神帝在我的地盘也要掂量一二吧。"

九凤将盒子交给苍诀,另一边将姬陶拿住,在她的附近还布上了结界。

姬陶多诡,她要小心为上。

苍诀将盒子打开后,盒子里果然隐隐约约有个魂魄的形状,苍诀看了一眼,声音猛然冷了许多,道:"她不是青苏,你休要拿别人的魂魄糊弄我!"

九凤的脸色立马变了。她眼疾手快地直接将那盒子给掀翻,盒子里面的魂魄立马就跳跃而出,化成了两个小人,分别在姬陶和苍诀的身边跳动。

九凤冷冷地、笃定道:"你不是苍诀。"

第三十四章
姬陶之诡

眼前之人她辨不太清楚到底哪个才是真正的姬陶,她用她的妖力将万妖谷的这一间给封闭起来。她丝毫不压抑她的妖力,直接让她磅礴的妖力让姬陶如同一阵风一样被摔到角落。苍诀岿然不动,表情木然。只一瞬间,九凤便看到有红色的魂魄从苍诀的身上迅速地窜到姬陶的身上,而她先前下的结界,还有姬陶身上的绳子,不知道是被她磅礴的妖力给冲破,还是被姬陶自行解决,皆不见了。

如今九凤再看苍诀,却见他的容貌慢慢变了,最后哪有一丝苍诀的模样。她先前还以为让苍诀以姬陶换青苏的魂魄这件事情对自己有利,不敢用目光直视苍诀,故而让姬陶蒙混过关,如今看来……果然自己小心谨慎是对的。

"苍诀"失了控制他身体的魂魄,便躺倒在地。

姬陶的身体又恢复了生机,适才狼狈的样子已经不见,此刻不慌不乱道:"你是怎么知道他不是苍诀?"

九凤冷笑。并不回答她。

寻常人有三魂六魄,但九凤的魂魄与常人有些不同。青苏虽然说是形魂兼灭,但对于她来说,青苏散落的魂魄,回归了她的本体。在青苏之前,她也曾这样经历世间,易了容貌,失去记忆,失去神力。然后带着记忆、情感回归了本体。虽然魂魄分离,然而神识是唯一的,故而在青洞府的本体常是酣睡状态。只是从前的记忆并不深刻,从前的情感,从没有刻骨铭心,也许有过小恨小爱,然而当她恢复了九凤的身份之后,都觉得这些可以不用计较了。

九凤有结魂造魂的能力,即便她成了魔神,但是这种后天而来的能力并没有因为她成为魔神而作改变。她可以让自己的魂魄回归本体,也可以剥离出自己魂魄,但是

第三十四章 姬陶之诡

她的魂魄又何其重要,即便她有结魂的能力,但也不敢浪费自己的魂魄分毫,并且每剥离出自己的主魂魄,她力量总要减损一点,更不敢大意。并且灵魂若被有心人利用,怕是会成为伤害她的刃,因为她的警惕性会因为气息太过于相近,从而下降。

故而在心存疑问同时,不敢贸然地交出魂魄。虽然她信任苍诀,因为他的力量比她强大,也不会用这些阴损的招数吧。

这次放在盒子里的魂魄是她用天地的灵气所捏成的一个残魂,虽然不是她的魂魄,更不可能是已经和她主魂魄融为一体的青苏的魂魄,但是九凤在里头加入了青苏的气息,苍诀寻找了那么久青苏的气息,一丁点也不放过,意图找回青苏的灵魂,哪能够连这样有意混进去的气息也发现不了?

再细思之下,也觉得苍诀的行径怪异,或者说是神似一分,徒具模样,只是刻意模仿罢了。

如今再看姬陶飞离出来的魂魄,似乎与平常有异。即便此刻她已经布下天网,在她的地盘姬陶逃不出,但是姬陶三番两次地逃出生天,让她不由得怀疑姬陶是不是还有什么她不知道的手段,何况姬陶此刻丝毫也不慌张。

姬陶道:"成了魔神,你的警戒心倒是比从前有了不少的长进。看来你生来便是当妖魔的料。"

九凤冷笑道:"你也不赖,在如此情境下还能够从容不乱。以妖转仙身还能够在天界游刃有余,甚至在万妖谷也无所忌惮。"

"那是,高高在上的九凤上神都能够变成天界之人闻风丧胆的魔神,我又怎么能甘拜下风?"姬陶笑得妖娆多姿,仿佛这里是她的战场一样。

互不相让地损了几句,姬陶就已经沉不住气,步子开始挪动了起来,九凤截断她的退路,与她战了数个回合后,一把长剑自她的袖间伸出,直指姬陶,庞大的魔气震得姬陶的头发都扬起来。

九凤挥剑,姬陶头发断了好多根,却硬生生地躲过了这一剑,但还是被剑气震开了好多步,步伐紊乱。

九凤微讶,没想到如今姬陶的修为竟精进到这样的程度,已经能够招架她使出五分力的一剑。

看着姬陶躲过这剑,九凤将剑身用妖力截成两段,往姬陶的方向掷去,姬陶眼疾手快的捞起躺在地方的"苍诀",想要挡在前面,九凤怎么容她这么做,她瞬移到姬陶的旁边,姬陶直接将"苍诀"扔向九凤,九凤下意识地接住,然后让地底下生出藤蔓将姬陶给缠住。

九凤看了一眼怀里的男子,看清他如今的样貌后,倒是轻手轻脚地放在一边。然后又专心对付起姬陶。姬陶显然是被那剑气震伤到了,如今已经不如之前那样灵活了,九凤正要解决姬陶,却见姬陶脸上的慌乱不增反减,嘴角还勾起一丝笑,道:"算我这次又倒了一次霉,后会有期。"

九凤指如利刃,指尖光芒流过,落在姬陶的身上,姬陶发出一声痛苦的声音,然后化成了一丝白烟,消散在空气中了。

九凤并没有沾沾自喜,反而神情更是抑郁。她刚刚还是稍微有些讶异,如今却是震惊了。

姬陶虽然魂灭,然而却没有死绝,而是如同壁虎,自弃一尾,犹可续命。

分魂之术,这已经不是姬陶能拥有的力量了。

九凤将姬陶的这一个魂身解决,只是削减她小部分的力量,并不能够使她元气大伤,更何况是全歼她。

姬陶就这样从她的眼皮底下直接逃脱,仿佛入这万妖谷如无人之境,纯粹是来试探一下万妖谷,或者说是来试探九凤实力深浅的。

九凤的眼里迸发出了极为危险的光芒,即便知道追姬陶不得,那磅礴的妖力还是将洞口给炸了个石头乱飞。这让守在门外听到动静的妖魔冲了进来,满面警惕。九凤只命令他们退下。

如今的姬陶已然能够破解她设下的结界,已然可以挣脱她的力量。或者说,她们的力量源同一脉!又或者说,她的某些力量被姬陶得到了!

原来姬陶如此从容镇静,果然有缘故。

怪不得姬陶的形貌与她越来越相像,怪不得姬陶会将她给苍诀的信给阅了。或许先前姬陶的封印被破,也确实如苍诀所说的,并非苍诀所放,而是她自己破解的。

但是姬陶又是怎样得到这股力量的?

九凤闭了闭眼,让自己沉浸于思绪中。

当初她看到黑石的时候预测天下会有魔神出世,如今这魔神便是她,那黑石——或许就是她体内魔性深浅的凝结。

之前的黑石消失不见,应该是被姬陶给取走,然后提炼出里面的力量。这也就很好解释为何姬陶能够专破她的灵力了。姬陶被封印后如何取得黑石,又是何处知道黑石的?

姬陶本来就是被下诅咒的不死之身,如今又修炼了一个分魂之术,将自己的灵魂独立出来,即便力量不够强大,但只要真身不出动,别人就算知道能够破了她的不死

第三十四章 姬陶之诡

之身的法子，或者有将她封印的能力也无济于事，她依然可以逍遥于天地。

没想到如今她两世都三番两次地被姬陶算计，这次若不是她敏觉一点，后果恐怕就不堪设想。若青苏的魂魄被姬陶拿去，指不定会用来做多么险恶的事情。

九夙的眼睛里的紫色愈发深沉了些。

九夙想通了许多事情后，目光转向了被她放在一边的那个男的。此时他的容貌也已经完全恢复，赫然是斐扬。

如今乍看到斐扬出现，九夙想起他已经许久没有见到斐扬了，也不知道他近来怎么会落入姬陶的手中，并且也不知道姬陶带斐扬到万妖谷的用意是什么。

姬陶是知道她是青苏的，斐扬是青苏的师父这件事情她也是知道的。难道姬陶是想用斐扬乱她的心神？

九夙如今怀抱着斐扬，她看着斐扬，陷入了沉思。曾经的那个如同阳春白雪意气风发的斐扬师父此刻沉睡在她的怀里，倒是勾起了她不少的回忆。斐扬当年待她还算是不错，至少于她有那份心。

她本以为斐扬会有一番大作为的，如今这天下已然动乱，然而英雄在沉睡，利刃被埋没。

斐扬气息未断，但是十分紊乱。九夙不敢贸然地用妖力将他的沉睡解去，毕竟斐扬体内经脉不通，当年的伤势似乎没养好。只得让他自然醒来。

九夙再抬头的时候，看到那尘埃扬起的洞口中出现了一个人，那种睥睨一切的神态，无上的威严是姬陶制作的复制品无法比拟的。

九夙下意识地想要将斐扬放开，但是她这举动像是被捉奸时候的反应，反而将斐扬抱得更紧了，然后尽量坦然地看着苍诀。

第三十五章

尘埃未定

　　她看了苍诀一眼,又转头看怀里的斐扬,佯装自己在看着斐扬,实际上屏息听着苍诀那边的动静。

　　苍诀没动。也没出声。

　　时间仿佛停滞了一般,极为难熬。仿佛是被人打量,似乎目光都带了重量,绕得全身不适滋味起来。这一刻,她觉得她如今的妖魔模样十分丑恶。

　　她努力使自己的注意力转移开,她认真地看着斐扬的样子,但是他的样子始终是在她的脑海里。当她看着斐扬沉睡的样子,正欲伸手一触,想用触觉让自己将注意力转开的时候,苍诀终于沉声道:"是我多虑了。"

　　这才是苍诀的声音,乍听起来平淡没有什么起伏,但是却可以从旁听出其他的味道。

　　比如说,一丝心安,一丝自嘲,又有一丝复杂难明的感觉。

　　当九凤闻声抬头看苍诀的时候,才发现自己是多么期待听到苍诀的声音。也在下一秒发现,自己的举动太过唐突,似乎先前的举止都的确是掩饰似的。

　　这样简单的一句话,却胜似千言万语。

　　他多虑了,是代表他曾经为她而忧虑过。就算她变成了妖魔,他还是会虑她。不论此虑是真是假,总比拔刀相见好。而且,他的第一句话也不是追究过往的种种。她的嘴角微勾。

　　九凤认真地看他,不知道是因为光线的缘故,她看不清楚他的神色,觉得一片晦暗不明,但却觉得他不是那么难以捉摸的,不再像以前那样,深不可测到让人怀疑他是否真的在你面前。

第三十五章 尘埃未定

神与魔的距离，似乎也不是不可以消除的。

九凤的笑绵延到眼底，似乎很是喜悦，她说："如今我变得和以前不同了，看神帝的样子，与以前，也似乎有所差别。"

苍诀淡淡道："区别是在所难免的。如今你换了模样，连行止也与从前不同了，自然看在眼里的人与事物，也有所变化。只要不会因为变化而迷失本心就好。"

苍诀对她并没有先前的针锋相对，反而是温和的，劝诫她不要迷失本心，说他不会与她为敌。

只是姬陶的行事如何，如今怎样，又要怎样，她实在不适合与他商讨。她没有立场。姬陶想要毁天灭地，这是仙神之间的事情。而她是魔。故而她只随便提提，让苍诀知晓个大概，至于如何去做，她不能置喙："天界行事歹毒，背后应该有姬陶助力。我原想着或许你会瞧不过去，故而去信一封。但是没想到如今姬陶身上拥有我的神力，也不知道什么时候信被拦下了。"

九凤闭口不提信上的内容。那封信，亦是拿了青苏说事。

信在去往神界的路上被拦下，即是说明姬陶是很关心神界的动态。

苍诀道："我知道。"

如果不知晓一二，他也不会出现在此处了。九凤继续道："姬陶化成你的模样，不知道在算计些什么。奈何最后我还是没能拦住她，让她跑了。"

似乎对于姬陶能够脱身苍诀不算是很惊讶。他的目光终于停在九凤怀里的斐扬，道："他？"

九凤道："姬陶用来障眼的。"

苍诀不咸不淡地说："他是天帝的儿子，待在万妖谷也不是一个说法。如果不嫌弃的话，我带他回去吧。"

斐扬本来就因为战败而在天帝的眼里的地位一落千丈，如今还能够被姬陶肆意地带到万妖谷，并且留在万妖谷。已然是弃子。敢问这样的弃子回了天界还能够如意吗？

斐扬已经到了九凤这儿，九凤实在不忍心亲自送他入虎口。

九凤微微一笑。不置可否，跳开了话题。她终于将抱着的斐扬放在一边，道："虽然我离开了神界，但是你也算是帮了我一回。我不想食言，青苏的魂魄，就此交给你吧。她的魂魄，姬陶已经图谋，若在我手中失去，神帝恐怕会觉得我居心叵测，是反复之人。"

苍诀看着九夙,眼里有微微的不可置信,这种不可置信在九夙将青苏的魂魄分离出来的时候愈演愈烈,以至于他脸上呈现了与他不衬的讶异。

青苏的魂魄是青苏的影子,只是一个轮廓。看不清魂魄具体是什么模样。

魂魄是透明的,透过魂魄看九夙,竟有种让人心尖震颤的感觉。透过魂魄看苍诀,九夙的表情变得十分寂然,像是告别。这种感觉太过于微妙。

九夙闭眼,然后聚神,青色的人影变得非常小,浮在九夙的手上,像个安静的小孩一样呈现躺着的姿势。

九夙在苍诀面前摊手,将魂魄送到苍诀的面前。

正在这时候,一旁的斐扬突然张开了眼,嘴里喃喃道:"青苏……青苏……"然后颠颠簸簸地起来,往着九夙这边奋不顾身地扑去。

斐扬的眼睛没有什么神,但是所流露出来的全是悲伤,而铺天盖地的悲伤中又有着欣喜若狂,还有些难以言明的愧疚。

苍诀在斐扬朝这边过来的时候正极小心地接过青苏的魂魄,他极其细心,也很是郑重,眼里有缠绵之意,有着希望,不知是因何,却也有着淡淡的失望,目光有些苍凉。

斐扬只是短暂地看了一眼青苏的魂魄,然后不予理会地直接抱住九夙,他的力气不足,只能环抱住九夙的裙袂,嘴里不停喃喃地叫着青苏的名字。

九夙心里一咯噔,看样子斐扬神智没有恢复,而神志不清的时候有些直觉反而会是敏锐的。

而那一声声的青苏,定然被苍诀听到了。

苍诀将青苏的魂魄收起来,目光灼灼地看着九夙,让她简直无处遁形。

不过好在斐扬叫了那几声,又瘫倒在地了,像是又睡着了一般,几乎让人以为他是因为刚刚感受到了浓烈的青苏气息,这才突然"回光返照"的。

苍诀看了九夙许久。看着她的浓妆艳抹,看着她妖艳到骨子里去的颠覆众生的模样,看着她的足下生莲,看着她慢慢俯下身,非常缓慢地检查斐扬此刻的身体状况,看着她将落在斐扬额际的头发拨开……

九夙不想去解释这个。

她也不想直视斐扬的目光。

她更不想在这个时候向苍诀坦白。

她当时一直想着不让苍诀发现自己就是青苏。但是她始终忽略了:就算她直言自己是青苏,苍诀会信吗?口说无凭,倒像是自己编造一个谎言,故意让他上当了一样。

而且,在这样的时候承认,显然不是一个好时机。

她已经将青苏的魂魄交给了苍诀,又因为斐扬的"一时漏嘴",让苍诀知道她就是青苏,苍诀会怎样想。

何况前段时间苍诀对他的态度十分冷淡,想必有人在他的身边说了些什么。苍诀并不是那种偏听则信的人,但是被人一说,肯定会多怀疑一点,事情被考虑得复杂些……止尚对她是有恨的,如今能与她携手,其中必然有诈。这个人,或许是止尚,而止尚是第三个最了解青苏和苍诀过往的人,他也更容易直击要害之处。

说不定会是以为青苏的魂魄是被她给吞了,所以她能够将青苏的魂魄伪造出来,然后让自己身上充满了青苏的气息,毕竟她捏魂造魂的能力苍诀会知道一点。

就算苍诀也信了,他们……怎么回到最初。怎么可能心无芥蒂。

她变了,他也变了。

何况他们隔着神与魔的距离。

神魔相恋,历来得不到好下场。

九夙心里闷闷的。

她心里的一个原本以为不可动摇的决定慢慢动摇了,等到尘埃已定,她再同苍诀说清一切吧。他若信,那便再续前缘,若不信……那便顺其自然,重新开始。

毕竟,这茫茫的四海八荒,有谁,能够掀起她的心澜,能够让她那般期待。

"青苏……"

苍诀沉沉的声音响起,熟悉无比。九夙下意识地看向苍诀,他的眼底深处有着隐隐的期待。那种期待仿佛是刚刚被扑灭了希望后又升腾起来的。

这声青苏,像极了试探。

可是她并不能够冒险。

她立马移开视线,道:"青苏魂魄已予你,有什么不妥吗……"

第三十六章

再度生变

眨眼间，苍诀眼里已全是冷寂肃然。

万妖谷的气息有了微妙的转动，有股风声鹤唳，草木皆兵的意味。九凤收敛心神，听到周围细不可查的动静，生起了警戒之心。

静转为动只在一瞬之间，万妖谷骤然间躁动，传来妖魔喑哑难听的声音。洞口突然涌进了气流，长相奇特的妖魔们蜂拥而来，口里呐喊着奇怪的声音。

苍诀一动，已瞬移到五步开外。

妖魔出现在此，目标直接锁定了苍诀，有的挥舞着手中的狼牙棒，直接砸了过去，但是狼牙棒刚刚离了手，便反弹在这妖身上，这妖直接倒地。

这妖刚刚倒地，后面的妖魔没有任何的退却，甚至直接踏过这妖的身体，然后朝着苍诀的方向摇旗呐喊。

适才九凤设置下的天罗地网结界还未散去，此刻悄然地起了作用，那些妖魔瞬间被移动到四面八方。

这是被人算计了。当九凤发现自己的威压不能使这些妖魔退步的时候，她想到万妖谷有一个对苍诀有着深仇大恨的人。苍诀平时甚少离开神界，就算离开了也是悄无声息的，如今恰逢这样一个好机会，止尚占了天时地利，怎能放过。

妖魔们此刻的眼睛充血，神智皆失，与这结界中暗含的阵，合为一体。他们随着阵法而动，时隐时现。这阵法，几乎是被转为了死阵，这些妖魔，将生命与阵融为一体！

自这些妖魔出现开始，苍诀只看了九凤一眼，专心地护着青苏的魂魄。当九凤想要到苍诀的旁边，意图助他一臂之力的时候却被他避开。

第三十六章 再度生变

九凤当初为了困住姬陶,用了八成的力,此刻又有妖魔的精血相喂,阵法的威力甚于前。洞内瞬间飞剑如雨。洞内的温度骤然间变得奇高无比。每把剑都携带着仿佛从地狱幽冥而来的红莲业火,朝着同一个方向而去……

这些妖魔不足虑,但是自从止尚出现后,情形就越发地诡谲起来,止尚一边操纵着妖魔,一边却是悠闲着说:"九凤,要逼真,也不用如此。你曾经答应过我,不可将青苏之魂交给他。"

这话她分明没有说过。

九凤看向止尚的时候,止尚眼底含笑地看着九凤,竟让她移不开目光。

止尚眼底含的笑意没有半点的温度,却是冷到极致,恨到极致,怨到极致,却让人眩然,让她一句话也说不出来。

她在他的眼里看到了一片红,看到了一些零碎的场景。这些场景让她大脑一片空白:她看到自己魔性大发,咬着不知是仙人还是妖人的脖颈,然后随手将其丢开,嘴角还溢出许多鲜血,却笑得一派天真洒脱,身后是重叠如山的尸首。

她还看到自己躺在父神的怀里,双眼紧闭。从来纤尘不染的父神身上有着大片红色的血迹,面沉如水。底下有着匍匐的众神。

这些事仿佛真的发生过,她也干得出来!因为有种排山倒海的熟悉感,还有种不可控制的脱缰感。

她一直害怕一个结果,如果有一天,全世界真的与她为敌。或者她与世界为敌,没有理智,如同行尸走肉一般,只想着破坏,毁灭,那么谁会去终结她的生命?谁终结她的生命会让她感到心痛难忍?

……她不想要这个结果。

……不要。

九凤的眼睛慢慢变红,神情变得木然。

洞内的温度上升到仿佛熔浆爆发,几乎能够将人瞬间烧灼得骨肉无存,飞剑也越发地密集,招招凶险,要置人于死地。

无疑,九凤的神智渐失,让整个阵的凶险程度更上一层楼,止尚踏着优雅却坚定的脚步,慢条斯理地说:"苍诀,是时候我们决战一番了。"

九凤想要动,却发现自己动不了。

洞外传来几乎地动山摇的声音,如同远古的巨大吼叫,整个洞的顶端被一个巨兽给掀开,露出万妖谷上方盘根错节的枝蔓,枝蔓皆有四人合抱那么粗壮,它们往上疯长,在空中肆意舞动,发出呼呼的声音。

止尚居然将那些封印的妖魔给放出来了！
　　他甚至不怕引起世界暴乱。
　　苍诀的神色冷峻,有条不紊地闪避,攻击。然而此刻身处万妖谷,妖气磅礴,饶是苍诀有三头六臂,也会觉得吃力,更何况止尚下足了本钱,正当有个小得肉眼几乎看不见的妖想要从苍诀背后偷袭的时候,九夙终于忍不住了想要提醒,她发现自己发出的声音却是冰冷不带任何迟疑,干净利落的一个字:"杀!"
　　而随着这声足以让当场人都听到的这声"杀"出现之后,妖魔们更加亢奋了。原本只是设置在小范围的结界瞬间变成整个万妖谷范围内的了。
　　而这时苍诀又轻声地说了声:"果然是我多虑了。"
　　九夙瞬间如坠冰窖。同样的一句话,在不同的语境之下,造成的却是截然不同的效果。
　　燃着烈火的飞剑终于将枝蔓给点燃,整个万妖谷陷入了一片火海之中,到处充满着各种烧焦的气味,还有各种各样的尖叫声,惨不忍睹。仿佛万妖谷已经成了人间地狱。
　　此刻的战场已挪移到了万妖谷的枝蔓之上。苍诀解决了缠住他的妖魔,与止尚在上空争斗了起来。
　　止尚道:"苍诀,只要你把青苏的魂魄交出来,我可饶你一命。"
　　苍诀一言不发,冷冽的眼神和从容不迫的攻势宣布了他的回答。
　　有枝蔓烧起的火舌飞蹿得极高。止尚在这火焰中攻势越发地毒辣。他将火焰运用得极好,枝蔓给他带来源源不断的火焰。但即便如此,能力的悬殊差别当下立见。止尚有各种天时地利人和相助,还是打得吃力。
　　九夙终于破了自身的恐惧与厌弃给自己带来的魔障。她来不及扑灭万妖谷的大火,来不及让妖魔脱离苦难,也瞬移到了空之战场。
　　"止尚,住手!"九夙冷冷地说。
　　止尚哪里肯听九夙的话,他轻蔑一笑,道:"青苏之魂,我必夺回!"
　　这一分心,止尚的头发被烧掉了一大截,他语气不善:"你居然学会了控火。"
　　因有青苏之魂在身,苍诀丝毫不恋战,等到九夙上来与止尚缠斗起来后,便迅速闪退。
　　止尚想要追上去,却被九夙给拦在那里,九夙面色阴沉,道:"你的能力明明不如苍诀,借了万妖谷之利,方可与其抗衡一二,如今你若追他,离了万妖谷之势,你是去送死吗?"

第三十六章 再度生变

止尚道:"你有什么资格拦我?青苏之魂被你所夺,我已是不计较,如今你将青苏之魂交给苍诀,是可忍孰不可忍!青苏生前毁在苍诀之手,死后,我断不能让她再在苍诀那儿!"

止尚的眼睛微微发红,他掌生烈火,朝着九凤拍去。

曾几何时,青苏只身寻苍诀,被止尚拦下,如今却是止尚要找苍诀拿回青苏魂,新仇旧恨一起算,九凤拦在他的面前。

九凤原本对止尚念旧,总是认为他还是当年的子桑。如今她再看万妖谷火海一片,最后的念旧之情也消失了。

止尚对九凤再没有顾忌,下手极狠极辣,九凤也毫不留情。那一场战打得万妖谷元气大伤。万妖谷原本常年就是惨淡的天色变成了火焰一般的色泽,变得沉寂,如同死地。

其后的妖魔志记载:上神九凤堕为魔神,复辟万妖谷,其后魔性难以自抑,将万妖谷烧成火海,自此寸草不生,寸妖难近。

九凤和止尚的对战是如何结束的九凤记并不清楚。短时间内使用过甚的妖力让九凤到后来陷入了长长的昏迷。

在止尚逃匿后,九凤就体力不支,坠入火海。

在九凤四周的火瞬间熄灭,而远处的火焰蹿得更高了,形成了一个火焰的屏障,驻守着这火后荒芜。

大地充满了焦灼与死亡的味道。

妖魔们凄厉的尖叫声早已经随着他们的魂灵一样,消失在了火焰的尽头。

第三十七章

杀了我吧

当万妖谷付诸一炬，九凤昏迷时，失踪已久的乐旋突然出现在天界，天界众人原以为乐旋奉了九凤的命令，来天界挑衅，却见她当着天、神二届众仙神的面，神色木然地道出了上古时候的秘密，惊天骇地但却鲜为人知的一场天地浩劫。

与此同时，九凤也慢慢忆起了那些年发生的事情。她在梦中再度经历那些被强行剥去的记忆的事情。

那场浩劫是她一手酿成。

零碎的可怖的记忆终于在这场惨绝人寰的屠杀之后串联在了一起，慢慢地摧损着九凤的理智，令她在梦中都笑着流泪。

她是父神腰间所佩之玉，父神在世的时候她也曾经化形过的，是副极好的容貌，肌如白玉，颊生梨涡，一副天真烂漫的样子。可她初化形，便是化身成魔。偏偏这时，她因想给父神一个惊喜，离了远离尘嚣的父神，从而酿成天地间最大的一场浩劫，生灵涂炭，地狱无门，冤魂四野。

同样是魔，与如今不同的不仅是外表，更糟糕的是她理智全无，满脑子都是毁灭。她就像是一个得不到满足的孩子，露着天真的表情，但是却干着极其残忍的事情。她是残忍嗜血的女魔头，从天界杀到妖界，从妖界，杀到人间，她的身上有无数簇亟待浇灭的烈火，唯有生灵的血液，可以给她带来一丝清凉。

她的速度非常之快，并且长期跟随父神，修为不凡，能够伤她的并没有几个。即便负了伤，她却浑然无觉，一路向前，所向披靡。

父神赶到的时候，大祸已经酿成，申冤的怨灵们的声音几乎将所有清修的神魔给惊醒，整个天地如同阿鼻地狱。而天界，也是满目疮痍。她见到父神的时候却极为满足的露出甜甜的笑容,但是并没有停止杀戮。

迷了神智的她,甚至将父神当作最美味的食物。父神没有伤她,小心翼翼地要安抚她,但是她却狂性大发,令父神也负了伤。

最后还是父神将她制服。她躺在父神的怀里,衣裳上的血迹如同一朵朵盛开的花,让父神身上也染了血迹。

但是即便众神匍匐满地,一直要求父神将她处死的时候,父神却一手将她包庇,将她藏匿起来,强硬地否认她是他腰佩的青玉,并且对外谎称妖孽已经就地伏诛。

父神将她的记忆抽去。因为她造成的伤害实在太大,父神又花了大把的神力,才让天地恢复了到原来的模样。父神的神力并非取之不尽用之不竭的,何况先前因为她曾伤了他,也是元气大伤。

至此,在父神在世的时候,她再未化成人形。

事情被轻描淡写地揭过,她轻而易举地将那段事情给遗忘,只以为后来的神魔大战,是因为父神身陷姬陶和妖帝合下的陷阱,所以才失利的……

她原先以为父神之死她负有责任,只是因为姬陶以她为诱饵,将父神引入死境的,却没有想到,因为先前自己闯下的大祸,才让父神的元气大伤。否则以父神无天的神力,就算形势再恶劣,他也有办法扭转乾坤的。因为他是父神,他是创世之神……

父神之死,何尝不是自己一手酿成的,可是她……她却口口声声地说要去讨伐姬陶和妖帝,殊不知他们只是一个契机罢了。

就算事情发展到了这样的地步,父神却还是包容她,纵容她,将他剩余的神力浇灌到她的身上,让她改易了容貌,再度化形。

那是赋予她生命,给她再生的父神啊,她怎能伤害他,甚至害死他?

巨大的痛苦终于让九凤从昏迷中醒来,她像是游魂,在火焰与灰烬中,一边走着,一边却流着泪。她的眼前都是一片红色,她仿佛看到自己化身成了杀手,将剑一次又一次地刺入父神的胸膛,但是对方却是不改宠溺地笑。

这叫她情何以堪?

九凤痛苦地弯下腰,蜷缩起来,双手捂住眼睛,但是一闭上眼,便会看到无数的妖魔朝她索命。

她的这双手,到底沾染了多少的血腥?可是她偏偏还当了那么多年的被万人尊重的上神!

她为什么还活着?

父神都死了，她为什么还活着？

她害死了父神，她为什么还能活着？

强烈的负面情绪将她给包围，她全身都颤抖起来，指甲变长而锐利，她一次又一次地用指甲划过皮肤，流出鲜艳的血，仿佛疼痛，才能够使她变得清醒，可以使她脱离恐惧。

此刻在天界，乐旋对着众人说："父神当年嘱我，即便我身死，也断不可让九凤知道当年之事。"

这时候有人说："谁可以证明这件事情的真伪？或许你是在糊弄我们也说不定！天底下谁不知，你乐旋，是那孽障的心腹。"

他们连九凤的名字也不想称呼，直接称她为孽障。

听到乐旋陈述的事情，满座俱惊。他们万万没有想到父神会对九凤纵容至此，也万万没有想到，九凤的魔性曾经到那样的地步过。偏偏平常还一副高高在上的样子，简直想让他们将她一脚踩到尘埃下面去，或者……直接享用她的滋味。

乐旋没有回答。她除了照本宣科似地讲当年的事情之外，其他的提问一概不回答。

天帝道："这倒是，找几个远古众神一验真伪就知道了。若他们仍然是讳莫如深的样子，想必就是真的了。何况，如今万妖谷，居然也逃不过她的杀戮，想必妖魔们被那孽障给吞了补充妖力去了。"

有人提出质疑，"依你这么说，你说出这些事情，不是早该死了？"

这人的话音刚毕，乐旋已经吐出了一口血，险些就要如那黑衣人一样魂飞魄散的时候，苍诀及时出手救了她，让她昏迷不醒，不至于魂飞魄散。那些人想要让苍诀将乐旋唤醒，继续听她讲一些事情的时候，苍诀神色冷漠地将昏迷的乐旋交给下属，道："今日便到此为止。"

然后拂袖而去。

"九凤……九凤……"耳畔突然想来父神的声音。九凤一个激灵，抬起头来张目四望。但是所看到的只是幻影。

父神神色出奇地冷峻，他正在与另一个人交谈。那位上神很早就被创造出来，但是后来因不敌妖帝，被妖帝直接毁了元神，不过这是父神死后的事情了。

不论后来的狼狈，那位上神算是父神的心腹了。他灼灼的目光一直看着青玉，道："宠物也会伤人。"

"我自有分寸。"

"属下僭越了,我没有想到您投放了这么多的感情,如今这妖孽犯下那么大的罪恶,你却为了她花了那么大的气力动用了天地之死诫,并且还是天地在,死诫在?"他深吸了一口气,继续道,"您一贯是个理智的人。"

"这之后,她只是青玉。"父神道,神色清清冷冷,这已然是最大的让步,旋即以命令的口吻道,"以后这件事情,也请你遗忘。我不想心血毁于一旦。"

九凤仅仅知道死诫的名字而已,至于怎么动用,产生如何效果,在书籍里,却是被人刻意抹杀痕迹。

这时候她脑海里突然闪现出那个魂飞魄散的黑衣人。

也难怪,那场浩劫范围那么广,世人哪里都会轻易地相信这些事情呢?存活到现今的人说不多,其实也不少,怎么会一致地将这件事情隐藏,就算父神不在了,他们也不会将这件事情说出来,用来打击九凤?

眼前的两人慢慢地消失,九凤的眼里也留下了血泪。

乐旋算是父神留给她的人,乐旋一直不肯告诉她当年的事情,定是受到了父神的嘱托……父神不想让她知道当年的事情,是怕她自责啊!

父神待她,何其厚也?

她又岂能苟活。

她不想苟活!

万妖谷的烈焰燃烧不止,九凤在烈焰之中居然看到了苍诀。她原本以为那同样是幻影,但是当苍诀走近,目光与她对视的时候,她明白那不是幻影。面前是真真切切的人。

她慢悠悠、摇摇晃晃地起来,道:"你不是想找父神之死的元凶吗?"

苍诀的手慢慢收紧,握成拳。

在天界听到那些事情的苍诀立马离席来到了万妖谷。天帝自然不甘人后,随后也跟来,只不过他们的脚程远不如苍诀,天兵天将被熊熊的烈焰挡在外面,进不来,天帝之流又是贪生怕死之辈,不敢贸然进来,怕九凤已经魔性大发,一个不小心就让他们魂归西天了。

血泪在九凤的脸颊化成了泪痕,九凤身上血和尘土混在一起,仿佛是从地狱而来的魔。但是即便是这样狼狈不堪的时刻,荣光却盖过日月风华,或者说俨然如昏暗万妖谷的烈日,有着快要烧尽一般的壮烈美。

她仿佛又看到那把剑了。举起剑的人是她自己。

九凤道:"父神是我杀死的,所以,你杀了我吧。求你,杀了我吧。"

第三十八章

四面楚歌

　　一时风声鹤唳,火焰有愈来愈旺之势,充满了肃杀之意。

　　九凤静静地闭上眼。只可惜,她即便死,也不能见到父神。

　　她明明感受到了苍诀身上传来的浓浓杀意,死亡的战栗感。她甚至可以感受到有锋利的东西割过。但是过了许久,她还是安然无恙。

　　她睁开眼,苍诀近在咫尺。而她却只是断了三寸青丝。

　　苍诀道:"我不想乘人之危。你还是快把伤养好吧。"

　　九凤轻蔑笑道:"我帮不了你什么。青苏之魂已在你手中,至于其余的我无能为力。多我一个,少我一个,于事无济。"

　　她说这句话的时候总觉得苍诀要打断她似的,但是苍诀什么也没说,只是冷冷的皱着眉,似是非常不耐烦。九凤觉得这个表情很是熟悉,但是却想不清到底什么时候他曾露出这样的表情了。

　　"死在别人的手里不如死在你的手里。"

　　"为什么?"苍诀问,他的声音比以往更低沉,"你可以不用死。"

　　"我已是强弩之末。任人侮辱不如早日了绝。何况背负杀害父神之罪,我还能够苟活吗?你们不能原谅我,我更不能原谅自己。"

　　说这句话的时候,九凤感到莫大的痛苦与自疚。

　　"你就没有什么遗憾、没有什么牵挂?"

　　她有很多的牵挂,有很多的遗憾,但是这些牵挂,这些遗憾,似乎都并不能支撑她活下去,带着她的罪孽活下去。这时候她拒绝去细想她的牵挂,她的遗憾。

"有。"九凤疲惫道,"若不是你杀我,那就成我这辈子最后的憾事。杀了我,你可以收回父神之力,这也算是适得其所。"

九凤看苍诀在一旁一动不动,不由得道:"我可是魔呢。指不准什么时候就转性了,别让我后悔。"

苍诀还是没有动手,半晌他问:"父神对你来说,到底有多么重要。"

九凤又忍不住流泪了。沉默了一阵,才说,"很重要很重要。"

比生命更重要,但是她却把这比生命更重要的信仰一手毁灭,然而却愚蠢地将责任推给其他人。

苍诀望了望四周,苍诀将乐旋在天界的事情说了。

九凤知道乐旋无事,松了一口气。

她不想当年的事情再连累人。

她也不想离开万妖谷。

她累得不想动,只想安静地待在一个地方。

即便她知道外面虎视眈眈,天帝等待不了多久,各方势力等待不了多久就会破了这焰火,前来兴师问罪。

当苍诀离开后,她的世界又安静下来了,只剩下炽烈火焰燃烧的声音。

但是没过多久,这声音中夹杂了鸾鸟的清啸声,更有羽毛划过天际凛冽的声音。

她原本无心注意,但是那声音实在太大声,并且天上还飘下了青鸾的羽毛。

原本她应该喜悦的,但是却忧从中来。那是鸾鸟一族。她昔日有恩于此族,也救过鸾鸟一族的老祖宗,从此这一支誓死效忠于她。

它们如今会到这儿来,定然是绮歌找来了。只是——她如今不需要了,它们来,也不过是被连累。

位于万妖谷之外的天帝一行人,听苍诀道里面已经空无一人,已有了退却之意,但是看到几乎将整个天空覆盖的鸾鸟投入火海的时候,决定还是进去瞧上一瞧。

鸾鸟是凤凰的一族,生来不畏火,但是它们并非妖邪,有它们在前头,天帝觉得放心良多,并且一堆鸾鸟进去,也空了一个缺口,便放下手,请了人来行云布雨,将这妖邪之火压下去!

天帝刚刚破了那外头的大火,准备往前小心行进的时候,察觉到了有一丝缥缈微弱的仙气,没多时,便看到他的幼子躺在地上,气息奄奄。

天帝又放慢了脚步。

这时有人谄媚:"斐扬殿下以身犯险,精神着实让我等佩服。陛下您有个好儿子。"

天帝哼了一声:"犬子不自量力。"但脸上显然还是有些喜色的。

斐扬本是仙身,有仙气蔽体,才逃了这场大火。不过万妖谷妖气过甚,还是伤了元气。

天帝连忙命人将斐扬送回天界。

于是就有人跳出来说前方不安全云云。天帝从善如流地让其他人做先锋。

苍玦不紧不慢地走着。

乌压压的鸾鸟在万妖谷之内横冲直撞,最后停在九凤的周围,一只只怒目圆睁,对九凤怀有的不是尊敬,而是浓浓的敌意。随着鸾鸟的到来,还有一些飞禽走兽从鸾鸟的身上趴下来,皆是不怀好意地看着九凤。有些鸾鸟甚至拿它们巨大的喙对九凤做起了攻击的动作。

九凤微眯了眼,双手握成了拳。尖利的指甲刺进肉里,又流出了些血。

外界的人迟早会来的,若是姬陶前来,她定然是与他们拼上一拼,用尽最后一口力气也要将姬陶一起拖下去。但现在居然是曾经效忠她的鸾鸟?

鸾鸟们已经发动了攻击,九凤迈开沉重的步伐。如今她的身手异常滞重,又心存疑问,闪避不及的时候头发甚至被鸾鸟啄到,此刻异常凌乱。

这只是前奏。九凤只用了一成的神力与它们周旋。眼看她终于"不行"了,狼狈地跌在地上的时候,终于有人出来,那人直接抱住离她最近的一只鸾鸟,强行地挡住了鸾鸟的攻势,哭得稀里哗啦地挡在九凤前面,用纯粹物理性的防御为九凤抵挡攻击,尘土飞扬在她的脸上,满脸脏兮兮的样子。

"君上君上,我对不起您,我对不起您!"

绮歌的衣服被鸾鸟抓破,她挥退了无数鸾鸟之后,几乎是膝行到九凤前面,她的膝盖被磨出了血,混着石子。

"我不该将那些暗棋告诉止尚的!君上——"

九凤看着绮歌,突然没了语言。

一只鸾鸟飞扑过来,直接将绮歌给掀倒,绮歌立马爬起来,对着九凤磕头,磕得满头似血,她又想起什么,跌跌撞撞地站起来,往着鸾鸟群中跑去……

九凤喝住她,道:"你是故意想在我面前以死谢罪的吗!"

她算不算是四面楚歌。连相处最久的两个侍女也要背叛她。

"我……不是。君上,我对不起你。"

"那就给我站起来！"

此刻九凤气势凌然，冷眼看着止尚终于从那群鸾鸟中走出，也终于明白为什么那些鸾鸟甘心听令于他，不，或者说听令于另外一个人。

止尚和姬陶分别从两只鸾鸟身上下来。

此时此刻的姬陶虽然说是力量未恢复，但是她现在的样子俨然第二个九凤。更确切点说是以前的九凤：神色清冷，高高在上的模样。并且她身上带了些九凤的气息，在刻意的模仿之下，那些鸾鸟哪里辨得清真伪。更何况当年九凤所救的那只鸾鸟在千年前闭关修炼，如今还没有出来。

九凤不应该低估了对手。她更不应该对对手心慈手软。

如今虽悔之晚矣，但是亡羊补牢，谁知道为时晚不晚？

姬陶与止尚联手，恐怕不是一时半会的事情。当初姬陶能够破除封印，与她得到了黑石的力量有关系。这黑石，估计就是止尚找给她的。她当初还为此猜忌了苍诀。

如今止尚反水，是因为她九凤没有利用价值了。何况九凤并不信他，所以他找了一个比较好控制的，与他有着相同目的的姬陶。

姬陶道，"众鸾鸟们，此妖女意图假冒吾，吾命你们，将其杀死！"

鸾鸟们齐声叫，朝着九凤扑去。

姬陶以为九凤真撑不了多久，这才出来。九凤此刻也不留一手，轻轻松松地闪过姬陶，随手抓了一只鸾鸟，乘在鸾鸟上，更好地避开其他的鸾鸟。

她九凤要的，也不是杀红了眼，毫无理智的部下。

九凤轻蔑道："姬陶，你以为我死了，你的力量还会存在？当你不能依附我的力量，你认为你身旁的同伴不会暗地里捅你一刀？"

"我不会让你死的。"姬陶自信道，"我要尽夺你的魂魄，让你有另一种的活法。"

"呵……假的永远真不了。"九凤道，"你是不死之身，莫道真以为死不了？何况，你以为我会束手就擒吗？"

"那就看你能够撑多久。"

第三十九章

万物同悲

姬陶迅速地乘上鸾鸟,欲与九夙分个高低。

九夙不与她多说废话,专心致志地对付她来。

九夙知道自己撑不了多久,硬是憋着一口气猛力驾驭座下不怎么听使唤的鸾鸟,鸾鸟横冲直撞之下,愈发逼近姬陶,姬陶座下的鸾鸟受到惊吓,嘶叫一声,翻了个身,趁此机会,九夙以身为剑,弃下鸾鸟,将姬陶从鸾鸟身上掀了下去,姬陶忙着稳住身形,倒退了数步,以为可以松一口气了,却见九夙的速度快比闪电,气流掠过她,硬是让她一个趔趄,摔倒在地。

此时的九夙冷如鬼魅,头发全部都张扬起来,恍然是副遇神杀神,遇佛杀佛的模样。姬陶在她身上散发出来的气势之下,竟觉得手脚有些不听使唤。

九夙的指尖处在姬陶脑袋的位置,仿佛只要再下去一寸,就可以让姬陶头破血流,就可以将她的魂魄抽出。

姬陶心生惧意。她今天太过急切,为了夺取九夙的魂魄,特地用了真身,却没想到——她说:"九夙,你别忘了,我可是不死之身!"

她感受到那冰冷的指尖在她的天灵盖旁边,带着丝丝的凉意,也给她带来战栗感,好似随时随地就要刺入。

姬陶尖声叫:"九夙,你疯了!"

九夙道:"姬陶,你毁就毁在你贪心不足,太过自信!"

"不!"姬陶厉声叫。她压低声音,道:"九夙,你忘了神界还有你的儿子,你忘记了你的一双儿女吗?你以为你死了,他们没有你的庇护,还能过的好吗?"

姬陶看着九夙冷然的眼睛恢复了一分的清明,多了一份的黯淡的时候,以为有

第三十九章 万物同悲

戏,没想到这时九夙说:"我不再会将自己的能力夸大,他们有我和没有我,差别不大。"

"你疯了!你绝对疯了!"

"我是疯了。但绝对没有你疯。"九夙道,"你以为你对妖帝有情,但是妖帝已现身在人间,并且我也已见过他,然而你却仍然在这边汲汲营营,依我看,你爱的人并不是他,只是你自己!"

"不!我爱他!九夙你疯了,你不要乱讲!"

姬陶挣扎起来。趁着姬陶意乱的时候,九夙指尖变成半透明,刺入姬陶的天灵盖,慢慢消失。

姬陶的动作都停了下来,姬陶的表情瞬间变得痛苦,然后定格,慢慢地,她的样子恢复了,从九夙的那副模样,变成了红衣女子的模样,到最后,变成了一副老态龙钟的模样,脸上千沟万壑,爬满了皱纹。

姬陶身上发出紫色的光,有无数的魂魄此刻归回到了姬陶的身上。

"止尚,赶快救我!否则你会后悔的!啊……啊……"

与此同时,她身上的魂魄都化成了白光尽收入九夙的另一只手掌。

止尚原以为九夙受了重伤,以姬陶之力,完全可以游刃有余地将九夙给拿下,何况姬陶先前说得那么信心满满,没想到姬陶这副样子,却像是仙力被尽夺的模样。

止尚犹豫片刻,还是带着鸾鸟一齐过去,没想到鸾鸟还没靠近九夙,就已经驻足不前,似是非常畏惧。

止尚看到九夙嘴角也溢出一丝的血的时候还是义无反顾地过去。

此刻的九夙是非常可怕的,她的力量是惊人的。止尚根本没有办法靠近分毫。九夙一边制住姬陶,一边还能腾出手让止尚无法靠近。

当九夙终于将指尖收回来的时候,姬陶也可以动了。她看了看自己干枯的手指,然后手摸着自己的脸,表情非常惊恐,尖声大叫:"不——不——九夙,你这歹毒邪恶的女人!"

姬陶眼球突出,想要提力,却发现身上已经没有任何力量。

"不——不可能!啊啊——九夙你这疯子。"

"你这疯子,竟然要和我同归于尽!"

也不知道姬陶是对自己的力量失去感到绝望,还是因为被自己的样子给吓到,她反复不停地骂着九夙,最后凄厉地叫了一声,眼睛一翻,就这样悲惨地去了。

姬陶这一声叫的极凄厉,极大声,在路上的天帝他们也听到了,天帝心里一喜,加快了步伐。而苍诀却是面色一沉。越过众人,往着九凤方向而去,恰巧看到九凤立在那边,喷出了一大口鲜血,险些要栽倒。

绮歌连忙要过去扶她。

而止尚却是瞅准了这个机会,十根银针直直地飞过去,并发动最迅猛的攻击。

苍诀心脏一滞,什么也不想,衣袂飘动间,人已至九凤之前,直接将那些银针挡去。

止尚瞳孔微缩,道:"你这是什么意思?"

"我不会让你动她。"

止尚气得发抖:"她不是青苏,她是害了青苏的人啊!若不是她要夺去青苏之魂,青苏又怎么会弄得如此境地?"

止尚被弹出几步外。苍诀冷冷地说:"你只是打着青苏的旗号罢了。若不是看在青苏的面子上,我不会容你这样猖狂。"

九凤这时又不停地吐着血,她用手捂住嘴,但是最后连袖子都是一片惨红色。

眼看绮歌扶不住她的时候苍诀托了她一把。

九凤眼前发黑,感觉到苍诀在她旁边的时候,她道:"杀了我。"

苍诀狠狠地皱着眉,什么也没说,什么也没做。

九凤见他没动,好容易稳住身形,道:"这是你最后的机会。否则等我魂魄散了,你还要废更多的力气去寻父神之力。"

九凤声音非常轻,轻得让人抓不到。就如同她此刻的人。但是苍诀还是将她的话听得清清楚楚,仿佛那些背后的声音都消失了。

而这时,绮歌红了眼,她手持了一把剑,怒向止尚,道:"我要杀了你。"

几乎只是在一瞬之间,那把剑已经被弹了出去,止尚冷冷地说:"你自己受不了诱惑,怪得了谁?"

绮歌没了剑,赤手空拳地朝着止尚扑去,法术砸出各种颜色的光,绮歌一次又一次地被摔出去,再爬起来。

九凤没有阻止,她也无力去阻止,她连说话都觉得困难,每次要张开嘴,都是血流出来,总觉得全身的血液被她吐光了。

九凤已经心如止水了,就算此刻有着源源不断的力量从苍诀的手上传递过来,她还是觉得自己死气沉沉。

在决定要将姬陶彻底杀死的时候,她就已经不抱任何生的希望了。

——要破她的不死之身,那只有以魂灭魂。除非她想要前功尽弃,让姬陶的魂魄

第三十九章 万物同悲

从她的身体里逃出来，然后再度塑身成魔。

姬陶一直断定她不敢。

她从前也认为没有必要。

但是当一个人没有生的欲望的时候，那她就无所畏惧了。

九凤的目光越来越涣散。

她流出的血液甚至染上了苍诀的衣袍。她能够感受到苍诀的力量，但是此刻她的身体无法再接受力量，她只能感受到力量不断失去，得到，失去……

那简直是徒劳的。

九凤努力眨眼，努力使自己的视线清晰。但每次只是清明一秒，又是一片模糊。

止尚对绮歌的反复攻击已经觉得厌烦，他再度大掌一挥，直接让绮歌喷出一大口的血，她想要撑起身子，但是全身如同散架一般，折腾几次，却怎么也起不来。

绮歌说："……君上，绮歌对不起你，绮歌没用。君上不让我以死谢罪，那我就以身殉主。"

九凤心里叹息。几乎是一整个人撑在苍诀的身上。苍诀沉声道："撑下去。"

九凤摇头。身体已经慢慢变得透明。

姬陶的魂魄在九凤的身体里乱撞，寻找出口，仿佛随时要闯出来了一般。她所剩下的时间并不多。

先前苍诀曾经问过她，她真想回答他，其实此时此刻，她最大的遗憾是他没有认出她。

也不知道应了怎样的因果循环，她的两世，皆是死在他的面前。

洛和和诛谧在他的照顾下，应该能够好好的吧。只可惜她不能见证他们的成长。

想到此，她对他们的思念更甚，但她知道这是一个不能达成的愿望。

绮歌在地上爬着，终于爬到九凤的脚下，哭道："君上——"

天帝同着仙神们刚刚到来，看到苍诀救九凤的行为，不由道："苍诀，你应该杀了她！她可是魔，她可是害死父神的魔。"

天帝看着狼藉的现场，暗叹自己为何不早些来。

天帝知晓并不能将希望全部希望给寄托在他们身上，便令手下们过去，将九凤就地正法。

这时候那些鸾鸟朝着天兵天将攻击，不让他们靠近，弄得这边鸡飞狗跳的。

"站住。"苍诀道。那些惯来听从天帝指挥的天兵天将此刻被苍诀这两个字吓住，真站住不动了。

"给我上！"

天兵天将根本就不听天帝的命令。

眼看着九凤的身体越来越透明，苍诀道："九凤，撑下去。"

听到九凤两个字，九凤神智稍稍清醒，她说："我为什么要听你的。"

她撑不下去的。她力竭至此，早已回天乏力。便算是父神在此，怕也不敢全然保证她能够活下去。

"听我说，如果你度过这一劫，我答应你一件事。无论是什么事。"

九凤只能摇头。她就连要摇头的力气也没有了。

"我带你回神界。"苍诀不由分说地要抱起九凤。

这时九凤身上突然蹿出一股力量，也许是回光返照，她推开苍诀，然后站直，然后看看四周，即便她看到的已然是一片模糊的景色，模糊的人。

绮歌已经哭到声嘶力竭，整个人趴在地上。

天兵天将驻足不前。

天帝催促天兵天将，他也准备随时过来。

止尚静静地看着九凤，似在看好戏，又似在沉思。

鸾鸟们突然前胸着地，一动不动。

最后转向苍诀，苍诀离她最近，他的样貌是最清楚的。他皱眉，表情是她从未见过的严肃与深沉。他想要扶她，因为九凤的样子实在是太脆弱，仿佛大力一点就会碰碎，故而九凤一挥手，就挣脱了她的手。

九凤后退一步，身体更加透明，几乎是不认真分辨就看不出来的透明，此时此刻，她的容貌恢复成了最本源的模样，不是为魔时候的冷艳妖媚，也不是为上神时候的清冷孤绝，而是她初化成人形时候，纯真无邪的样子，就像是婴儿一般。她对着苍诀说："再见。"

只在一瞬之间，白光中九凤的身上发出来，耀目地让人睁不开眼，也似照了所有的罪恶。天帝遮住眼，强烈的光芒让他几乎要匍匐在地。整个万妖谷突然在一瞬之间火焰全熄，绿草长出来，藤蔓长出来，骤然是鸟语花香。

就在这时——

位于神界的洛和突然觉得想哭，好似一件最珍贵的东西失去了。

位于人间的诛谧，神情骤然变得茫然，一旁的狐狸焦躁不安地在她面前来回踱步。

第三十九章　万物同悲

位于神界的乐旋突然睁开眼，吐出了一口的黑血，冲出了她所在的宫阁，朝着洛和的宫殿跑去。她嘴里反复不停喃喃地念着"君上"，看到洛和，也是说君上。洛和说，你，你要带我去见我娘亲吗？乐旋不由分说地带着洛和，以她最快的速度朝着万妖谷飞去。

青鸾从尘封已久的山中出来，发出一声凄厉划破长空的叫声，扇动她巨大的翅膀朝着万妖谷而来。

白色的光芒包围着黑色的光芒，最后将黑色的光芒吞进，然后瞬间破碎，然后消散。

"君上——"绮歌凄声。

苍诀怔怔地看着那消散的白光，他再度觉得无力。

天帝松了一口气，心里十分得意。

止尚开始觉得难受。

乐旋赶到现场，恰好看到这一幕，痛得让她身上的催眠术解开，但是她并没有如绮歌一样哭得撕心裂肺，而是悲伤到没有任何表情地在九凤消失的那个那个地方跪了下来，朝着天地拜了三拜。她对绮歌说："不准哭。君上只是消失了。对的，她只是消失的。她没有死。"

说着说着，乐旋不由得也流下了泪。

绮歌俯在乐旋的身上，几乎要哭死过去。

洛和并没有看到白光散开，他甚至有些疑惑，疑惑中带着悲伤。他默默地走到苍诀的身边，苍诀突然将他抱起来，抱得很紧。

天空突然传来长啸。比那些鸾鸟在体型上大上一倍的一只青鸾低空飞着，对着止尚发起了攻击，或者对说这边所有停留下来的人发起攻击。青鸾是鸾中之王，鸾族的老祖宗，其余的鸾鸟对它的指令非常尊崇，它们一致对外，要将天帝一堆人逐出万妖谷。它们不想让这些居心叵测的人玷污这里。

鸾鸟们此时也知道它们不知不觉中助纣为虐，它们化悲伤为力量，比先前攻击九凤的时候更具有决心地攻击天帝一帮人，天帝很快就不堪忍受，带着众人，狼狈离去，天帝头上的冠冕甚至被啄歪了。

止尚避开鸾鸟的攻击，他已经确认了九凤的死亡，赶在天帝之前便离去。他要保存实力。

鸾鸟们并不攻击乐旋和绮歌，因为它们知道，她们同它们一样悲伤。而苍诀同洛和，它们并不敢打扰他们。

将天帝他们赶走之后，青鸾与众鸾鸟绕着万妖谷的上空飞着，发出凄厉的声音。一时间鸟兽同鸣，万物同悲，万妖谷的天际，下起了滂沱大雨。

苍诀身上的血迹同着九夙的离去也一起消失了，好似九夙根本没有存在过。关于她的一切，默默地消失了。

头发打湿了苍诀的衣袍，打湿了他的发，他却没有为自己施展开任何避雨的术法，千年万年，他淋了一次的雨。

半晌，他对洛和说："我们，回去吧。"

天地除了下雨的声音，鸾鸟的声音，再无其他旁杂的声音，一片沉寂。鸾鸟们绕着那儿盘旋不散，直到它们飞不动。

那只青鸾守在新生的万妖谷里，久久不肯离去。

自此，万妖谷里不再有妖，有一只青鸾守在那儿，不分昼夜，不知疲惫，攻击所有的入侵者。还有一个女子，貌美如仙，但却形容痴傻，一到下雨的天气，就不停地流泪。

然后，青洞府彻底地散了。

乐旋躲在当年九夙禁锢她的那间屋子，任由岁月流淌。她看着石墙上的字，看着编年纪事，想着非常遥远的时光。

她想起曾经，那个有着天人之颜的人对她说："以后，你要追随的人，叫九夙。"

从此，她知道她的主子叫九夙。是她一辈子要追随的人。不论生死。

她第一眼见到九夙，便认定了她，这是她要誓死效忠的主子。

她从不相信她会倒下。

即便她期待九夙回来，就好比九夙期待父神能够归来一样遥不可及。

但她就要在这儿，等待她回来。

等待着君上回来的那一刻，她再在石墙上添上那一行字：××纪元，上神九夙归。

第四卷

灯在魂予

第四十章

青魂何去

幽冥深处,深蓝河水流如绸。河边枯藤老树,不知道是谁遗留的一盏泛黄的灯,被阴冷的疾风吹上了树,最后卡在树杈,昏鸦被惊吓,齐齐飞走。

也不知道是过了多少年,一片漆黑中沉寂已久的半阕青玉慢慢地漂浮起来,青玉如同流动的碧水,似不竭的生命。

与此同时,一阵阴风袭来,幽冥深处,那盏灯突然亮了起来,昙花一现地将此处给照亮。灯慢慢地飘到地上。暗沉沉的,仿佛什么也没有发生。

那盏灯原先也不过是用纸简陋的糊着,灯上什么图案也没有。但如今看来,那盏灯里面并没有蜡烛。

不过是三千年的时光,四海八荒便一片歌舞升平,曾经万妖谷的衰败与兴盛,上神九凤化为魔神最后身死的轰轰烈烈好似早就被人遗忘。

于是有了闲暇的人们终于涉足了这幽冥深处。再接着就有着幽冥深处有着一盏如梦似幻如鬼火一样的灯的传说。人们开头总是被这幽冥深处突然有的繁华所震慑,接着发现这不过是幻觉一场。修为不济者却沉入这场幻觉,直到下一个十年的到来。修为深厚者醒来后发现身处的不过是前不着村后不着店的地方,而脚下躺着无数的闭着眼睛表情安详的人。

鬼灯的传说终于上达了天庭,在无数人的前仆后继后,终于有人不会被这幻觉所迷惑,并取得这盏鬼灯。

这盏灯并非人们所说的里面藏有一个会蛊惑人心的妖女,也非妖界的宝器,而是千百年前在神界突然焚烧殆尽的魂灯。而魂灯先前,一直是睡眠状态。

守着魂灯的人是一个垂垂老矣的人,他守着这盏灯无数年,一代又一代地传承。

魂灯可以照见心中最想见的人，也会照见心中的欲望。

前者有聚魂之效，后者则有取人性命于无形之效，凡人不可承受。

曾有人和他的祖上说让他守着魂灯，迟早一日会有有缘人来取灯，他们就一辈一辈地守了下去。听祖上说，这盏灯是父神遗留的神器。可备不时之需。可谁知道真假呢？

最后，取灯人是止尚。守灯人并没有子孙遗留在世。将灯交予这个见到魂灯并没有丧命的人的手中，便了了夙愿，长久地阖上了眼。

其实也并非所有人都将三千年的事情给遗忘，不过是粉饰太平占了多数，而休养生息过后有点兴盛的妖界的王，却是将那些事情记得很牢。

这三千年来，止尚总是很不安。为了消除这种不安，他只能让自己更加繁忙。妖女姬陶不死之身破了，魂魄散了，他朝着神帝复仇的道路被阻隔了，故而他比从前更加费力地去寻找方法，想要让青苏之魂唤醒。

因为只要他空闲下来，他脑海里就会浮现出九凤死时的样子，分分秒秒，这让他已经许久许久没有睡着过了。

每次寻到一种方法，或者一种东西，总是要亲自交到苍诀的手中。他并非是对苍诀放下成见，也并非在帮他，他只是在帮自己，在帮青苏。当然他也没少找神帝的茬，当没有任何线索的时候，他会比从前更努力地去修行，每逢百年，他总要对苍诀下战书，若他胜了，苍诀便无条件地将青苏之魂给他。

他风雨无阻地选在青苏魂魄散的同一日，即便有时候前一天他刚刚因为闯了险境从而受了重伤。

苍诀从来没有应战过，但止尚的各种偷袭没有一次胜利过。止尚在进步，但是苍诀的力量也越来越可怕。止尚每一次被摔在地的时候，总是觉得自己生死一线。

而魂灯，他并不想交出去。因为他在魂灯里，看到了最大的希望，但是事与愿违。止尚在寻找，苍诀也在寻找。止尚能听到鬼灯的传说，自然也瞒不过苍诀。

他拿着魂灯，抬起头的时候苍诀已经悄无声息地站在他面前。这些年来，苍诀越发冷漠了，除了对洛和尚且有点温度，对其他人几乎视若无睹。当年苍诀虽然没有动手收拾天界，但是如今天帝却是畏惧他的威严，每日过得战战兢兢，如履薄冰，生怕一梦醒来就被人推下王座。

当止尚拒绝将魂灯交出来，并诘责问苍诀的时候，他心里莫名地开始心虚。从前的苍诀总会回应他几句，如今的苍诀却是什么也没有说。他几乎没有任何察觉，魂灯就已经到了苍诀的手中。苍诀甚至没有多看他一眼，就飘然而去了。

第四十章 青魂何去

他不禁咬牙切齿。

但不可否认,他如今对苍诀深有畏惧。

曾有人说过,当幻象过后,魂灯里会呈现出你平生最想见到的人。

苍诀本是不信。因为从前魂灯在他的手中,只是一盏古旧的灯,但是如今……已经冷下来许久的心又起微澜。

九凤不知道死后的世界。

当她身处于一个漆黑的地方,并且耳旁传来父神的声音的时候,她真真切切地以为自己死了。虽然她当初将青苏之魂交给苍诀的时候也算是留了一条退路,至少有一天能够以青苏之魂重生,但是为了将姬陶给彻底地灭了,她放弃了这条路子。

但是她确确实实没有死。

她听完父神所说的话之后,又有种想哭,却哭不出来的感觉。

若一个人的死境,早已被人料到,并且为她安排好了退路,她又该怎样回报这个人?

父神在作这样的安排的时候,可曾想到有朝一日他会因她而亡?

其实他早料到了,否则又怎会说出让她不需要自责的话。

但九凤的愧疚并不会因为父神的三言两语就会消减。即便料到了结局,父神依旧事事为她着想。父神说,死即是另一种新生。当她再度睁开眼,就会有新的灵体孕育出来,她将再不具魔骨。从此可真正逍遥。

之后她就陷入了漫长的沉睡,然后又不具任何记忆地苏醒。

当她将眼睛再度睁开的时候,世间不知道过了多少年。

当她已然恢复记忆的时候,时间已飘过了三千余年。

三千年的时间说长也不长,对于与天地同寿的上神们来说,不过是白驹过隙。三千年时间说短也不短,至少这三千年里世殊时异,她从一个本该死绝了的魔神转为藏匿于魂灯内的不知名的存在,而她曾经一手创下的青洞府的超然神话,已经被人遗忘。

在她拥有记忆的第一个十年里,她一直在缅怀父神,陷入悔疚中不可自拔,但是她却无法自我了结。因为她只有意念。意念是不能够杀人的。但是后来她慢慢走出了这样的阴影,因为她这次的生命是父神给的。父神可以救她,定然不会被打败。因为他说过,死即是另一种新生。

在第二个十年里,她了解了她如今的处境。她知道自己所处的地方是魂灯。她的视野分为两块,她可以自由地转换。一块是漆黑不见五指的暗。另一块色彩明丽,虽称不上富丽堂皇,却是仙气缭绕的神界宫殿。一边是生冷无人气;另一边虽然有些人气,来的人却是寥寥无几。她的视野其实极广,魂灯上方浮着一块发着暗沉光芒的石头,观其形状,像是引魂石。引魂石之上有极其透明的魂魄模样,想必是当年她给苍诀的青苏之魂。她可以听到这个世界,她也可以看到这个世界,但是却无法与人交流。

在第三个十年里,她比以前更经常见到苍诀,有次她甚至直接对上苍诀的目光。他的眼神起先是很灼热,让她以为他已看到了自己,看到了魂灯里面隐藏的她,但是她很快就否定了这种想法,因为苍诀的眼神开始变得迷惘,又在一瞬间恢复清明,最后,他极快地离开。自从这次之后,苍诀虽然还是时常来,但却很少直视魂灯。

在第四个十年里,她隐隐约约知道原因。因为魂灯具有一定的迷惑人心的作用。苍诀想必是不想让魂灯掌控人心。值得欣喜的是,她看到了洛和。而越到后来,洛和几乎是天天都来,洛和比以前长大了很多,隐约已经是一个峻拔的少年了。在苍诀的许可下,洛和每天安安静静地坐在一旁,看着魂灯,一言不发。九凤还真怕洛和像了苍诀的性子。洛和慢慢地会对着魂灯说着许多他不对别人说的话,他会说自己阅过什么书,最近帮着苍诀处理了什么事情,或者自己最近修为的进益如何。他倒是很少提起苍诀,但是九凤从中得知,苍诀对他很严苛,有时候甚至不近人情。因为他在神界颁布的有些政策并不被那些老前辈们同意的时候,苍诀并没有出面。

在第五个十年里,洛和有一次喝得微醺,对着魂灯,自言自语道,娘亲,我都长大了,你怎么还不回来。娘亲,我不要什么青苏娘亲,我只要你。那时候九凤心里大恸,只想要冲破这魂灯,拥住洛和,告诉他,其实这些年来她都在他的身边,一直看着他的成长。在此之前,她从来不想面对这个世界。但是知道这个世界还有人如此记挂自己,如此需要自己,如此认定自己,仿佛其余的一切都可以视而不见。她的儿子,只认定她这个母亲。洛和在这一十年里,比从前成熟很多,他慢慢地会对她说起外面的风云变幻,而思考的事情的方法也比从前成熟了很多。

第四十一章

恼从中来

天帝在天界安分守己,立了斐扬为天界的太子。

听闻妖帝尚存人间,妖界人心大振,比从前恢复不少。不过妖族长老曾去人间请妖帝归来主持大局,妖帝始终拒绝。

当九凤听洛和说止尚这些年的奔波的时候,她却已经不会去为止尚而感动了。曾经的少年,早已经彻底和她陌路了。这个少年为之努力的,只有过去的青苏。或者他体内本就有着妖神的戾气。

但是当九凤听洛和无意间讲到他重回青洞府,讲到乐旋、绮歌的情况的时候,她第一次为自己的不负责任感到愧疚。

在第六个十年里,魂灯里又多了一个人,或者说是一缕魂魄。这缕魂魄还闭着眼的时候,九凤还心生诧异,但是当这缕魂魄睁开眼,动起来的时候,很多的疑问得到了解释。这人和青苏的样貌一般无二致。但九凤一眼就认出来这是真正的宝菡。当年宝菡在飞升上仙的天劫中殒命,这才能让她在青苏的那一世附身在她的身上,借尸还魂,替她尝尽世间百味。九凤原以为宝菡当年已经魂飞魄散,死了个透彻,没想到竟还留了一缕魂魄在青苏的体内,青苏之魂没有消散也是因为她。而现在,在魂灯之内,显露出了身形。

可能是因为青苏之魂的光芒比从前浓了,故而苍诀比从前更经常来到这儿。他总是长时间地注视魂灯,但是九凤从来也不能够再次直视他的目光。

在第七个十年里,宝菡确认了九凤的存在。在魂灯里面待了一段时间后,她也可以看到外面世界。宝菡每次看到有人来,总要在那边大声叫:"喂喂,你能不能看到我,你赶快来放我出去。否则姑奶奶我对你不客气。"九凤终于有一次受不了宝菡,忍不住出声。这一出声不要紧,宝菡的话匣子一下子打开了,朝着九凤倾吐着各种各样的事情,从小没爹疼,只有师父稍微会照顾她些,随着时日渐长,师父慢慢被其他女子给吸引了去。于是宝菡将那些女子的缺点又说了一遍,神情十分不甘。也许是因为太久没有和人交流过,九凤倒也忍了下来,有时候也插一两句话。宝菡将那些女子数落了一遍了又一遍,又将云霄阁的斑斑劣迹列了一次又一次,还模仿了云霄的吹胡子瞪眼,最后连自己都觉得无趣。忍不住低声道:"这样的日子到底还要过多久,我觉得我都快要忘记以前的事情了。"

九凤道:"云霄阁在几千年前就已经毁于一旦了。你说的那些女子,境况或许还不如你。"

"我知道……你我都在这里,但是世上还有在乎你的人。那些能够证明我曾经活在世上的东西,早已经都消失了吧。"

宝菡应该是变了很多。从前的她,应是很蛮横的,否则她不会说出这样情绪低落的话。

宝菡对九凤的突然沉默已经习以为常。以前的事情她记得很清楚,甚至连细枝末节都记得。青苏的事情她也明白,她当初对别人突然夺了自己的魂魄也异常惊慌,明明是自己的身体,她无法使用也就罢了,还要眼睁睁看着别人替她活着。她煎熬地看着平生最爱的师父对着青苏和颜悦色,看着云霄师尊慈眉善目,青苏一跃成为天帝之女,即便是私生女但是身份尊贵非凡。她嫉妒地看着青苏和苍诀在人世轮回七世,最终互生情谊,自此蜜里调油,暗叹自己和师父终究无缘无分。她羡慕地看着青苏被天帝和云霄算计,将苍诀诱入凤凰台,燃起滔天之火,险些令苍诀丧命后,苍诀仍然对其毫无芥蒂。她畅快地看着云霄阁因为一场天火被焚烧殆尽。她当日是恨夺她身体的青苏的,但是看到青苏承受天帝对她算计之痛,被苍诀撒手不管之痛,九九天雷撕裂之痛,心里并不畅快,反而有种世态炎凉、看破世事之感。想到她本该死了,然而却目睹了一场人世兴衰,也觉得是赚了。斐扬之后对她好,并非是机缘巧合,而是天帝暗自吩咐。而这平白多出来的父亲,除了让她爱慕的人变成她同父异母的哥哥之外还做了多少腌臜事情。而至于苍诀……她连想也不会去想。

在第八个十年里,因为在魂灯里面待得久了,故而九凤对魂灯有了操控能力。她懂得利用魂灯,制造幻象。最初也不过是给洛和制造一场她归来的梦。而后来,却因为宝菡,勾起了身为青苏时候的记忆,想将当年的事情了解个清楚。估计是因为魂灯在神界久了,又确实有些作用,苍诀对魂灯倒没有太多的戒心,故而九凤轻而易举地就让苍诀进入了幻境。

第四十一章 恼从中来

很久以后她才明白，其实那一天不是青苏的忌日，而是九凤的忌日。而一瞬间，苍诀在魂灯里面看到了九凤。

一场场的幻境如梦似幻，仿佛再度身临其境。其实青苏和苍诀之间倒也说不清是谁对谁错，一切只怨造化弄人。青苏恨其始乱终弃，不顾山盟海誓，要另娶他人。苍诀无法原谅青苏与天帝勾结，布下险招，他无法容忍青苏对她算计。

青苏当年以为她是帮了苍诀的，但是没想到却是将他推入死境，也怪苍诀隐藏得太好，让她以为他只是受了小伤，然后在天帝的巧言令色下，欢喜地成了天界公主，而这在苍诀看来，却是酬劳。而苍诀另娶，不过是谣传，或者说，他留着姬陶。苍诀知道青苏与天帝撕破脸，但他却是害怕这又是一场计谋。苍诀不是对当初险些丧命的事心存芥蒂，他也不是不想原谅。只是不想那么快原谅。

当九凤精神衰竭到了极致，幻象也消失得一干二净。

九凤强撑着精神，看着苍诀面色一派平静地看着魂灯。

像苍诀这样精神强大的人，不可能接二连三地陷入这么多场的幻象。

看着恍若无事的样子，定然是故意让九凤窥探的。

他是想让青苏明白……

九凤不禁腾起一阵又一阵的怒火，如今她算是知道苍诀对青苏的深情了。青苏和苍诀这两条线早已经纠结在一起，扯也扯不掉，分不清谁对谁错，谁该原谅谁。她确实不应该将青苏的情绪带给苍诀，这只是对喜欢的人的吹毛求疵。但是有一点绝对不容否认的是，苍诀对青苏那么钟情，更深层次地说，苍诀是对她钟情，即便青苏和九凤，在形态相貌上天差地别，但是至少骨子里的灵魂是一样的，九凤和苍诀接触得那么频繁，苍诀竟然认不出她！她都能将父神和他辨认得好好的！就连这幻象，她以为尽在掌握之中，但看起来，却是让苍诀牵着鼻子走！

恼怒之下，九凤精神恢复了不少。她下定决心，不论其他的，她迟早、至少要将这笔账还清楚！然后再对父神以死谢罪。

魂灯里面一时间陷入了低气压，连宝菡都不由得小心翼翼得问："喂……我说你……你到底是谁？你应该是妖魔吧！"

"你才是妖魔！"

"我不是。可是你看起来神通广大的啊！连苍诀都陷入你制造的幻象中了。"宝菡道，"我以为你是青苏，但看起来你不仅仅是青苏！"

"我是九凤。"九凤忍不住说。她竟然吃起了自己的醋。

九凤这名字如今可能还有些仙神不知道，但是放在宝菡那个时代，那可是如雷贯耳的,宝菡道:"我就奇怪了,明明是你的东西,是你喜欢的人,你为什么不抢回来。我修为那么低,我也能对觊觎斐扬的那些女子下狠手,你是谁?司劫之神九夙耶,一个雷劈一下,苍诀身边的女子都灰飞烟灭了,你连情敌也没有!那天天来的小娃子,时时喊着娘亲,天哪,那不会是你儿子吧,连儿子都有了,你们居然还落到这步田地,你怎么那么不思进取!若我是你,什么也不管,直接拉他入洞房了!你居然那么不思进取!"

"……"九夙突然不想理她。直接睡过去,养足精神。

第四十二章

灯人两隔

宝菡见九凤被她噎得没声音了,不由嘀咕道:"咦,莫非,我会错意了,青苏并非是九凤?"

待九凤醒来,重新梳理了一下她的两世,又回味起宝菡的话,有种茅塞顿开的感觉。她虽然从前有"待到尘埃落定,再考虑和苍诀摊牌"的事情,但毕竟这种想法不坚定。宝菡的这些话虽然听起来无根无据,但也有一些道理。她为什么不能够以九凤的身份去追苍诀,或者说为什么一定要纠结于青苏的过去。苍诀认不出她,她就不能装作自己也认不出苍诀?

九凤没醒来多久,便听到宝菡在一旁继续叽里呱啦,她从前只觉得宝菡应该是个恶性子的人,现在看来,却像是爱同人唠嗑的妇人。宝菡道:"其实,苍诀心有旧爱没关系,不过这旧爱既然不在这里,唔,应该不在这里吧。没有其他人的动静。你看,青苏她也因为天劫魂飞魄散了,她不可能同我一样半死不活的,肯定早死透了。仙人的寿命这么长,你又是上神,有那么多时间和苍诀磨,居然还有落败的道理?哎哟,这里到底是什么鬼地方,九凤大人,您赶快发发慈悲让我出去吧!就算我出去还是在云霄阁那个鬼地方,我也认了!"

九凤刚想叫宝菡闭嘴,却觉得魂灯上下开始摇晃起来。宝菡找不到支撑的地方,滚来滚去的。九凤陡然间觉得浑身一疼,连忙朝着外面看去。却看到洛和略带惊慌的样子,以及苍诀冷若冰霜的神情。此时天地是颠倒着的,稍微想想也知道,是魂灯掉在地上了。

苍诀周边的气压很低,看洛和的目光是从未有过的冷。这让九凤心里给苍诀算的账又多加了一笔。苍诀走过来,将魂灯拾起来,立正在远处。

苍诀拿着魂灯的时候，九凤总有种他抱着她的感觉。仿佛她能够听到他沉缓有力的心跳声。

待将魂灯放置好后，苍诀不咸不淡地对洛和说："你到炼魔之渊把那四只异兽给收来神界吧。"

虽然四海宾服，但是还有些少人涉及的地方并不服从神界的掌管。炼魔之渊算是其一，是一个十分凶险的地方。九凤当初都懒得费劲进去。这次苍诀怕是动真怒了。洛和虽不会有性命之忧，但是难免有一阵子的皮肉之苦。九凤在魂灯内默默地又给苍诀算了一笔账进去。

洛和知道苍诀对这盏灯的看重，知道这与他的青苏娘亲归来有关。他也将他九凤娘亲的归来寄托在魂灯上面。此时又是自责，又是惧怕苍诀的威严。只是那一瞬间情不由己，想要靠近魂灯，没想到竟将魂灯掀倒在地。他不会违背父亲的命令。他去炼魔可以，只愿魂灯不会因为这一次倾倒而产生什么变故。

这时候，原本里头漆黑一片的魂灯，因为刚刚落在地上，故而有一个角落突然泄入了光线。宝菡欣喜异常，急忙地往着光线处跑出，竟然被她挤了出来。

洛和看到魂灯里面突然窜出了一个半透明的人，不由得停住了脚步，看看魂灯，又看看苍诀。

宝菡没想到如此轻易地就可以脱离那个黑不拉几的地方，此刻旁边一片光明，心里一阵欢喜。但是她想到了魂灯里面的九凤，顿时眼泪涟涟地叫道："苍诀，我是青苏！我回来了。"

但是苍诀面上却没有喜色，对着宝菡保持刚刚的神情不变，道："你不是青苏。"

宝菡不慌不忙，她怔怔地看着苍诀，"苍诀，你还是不管我吗？就算我不惜丢了性命……"

苍诀仍然是那几个字："你不是青苏。你也不必学她的言行举止。"

"没劲。"宝菡拭去泪水，道。

苍诀不放过她："你是谁？"

"我是宝菡。"宝菡恢复了她原先锐利张狂的模样。

"你身上有九凤的气息！"洛和目光紧紧锁定宝菡。

宝菡被洛和看得有些心跳加快："我怎么可能有九凤的气息！她可是上神九凤啊。"

洛和不信她的托词，直接到魂灯前面，抱住魂灯，喊道："娘亲，你快出来。娘亲，我知道你肯定在里面！"

第四十二章 灯人两隔

此刻良机,九凤亦想出来,她甚想抱住洛和,然而无论她怎样努力,顶多使魂灯摇晃几下。而这阵摇晃,却让苍诀训洛和道:"成何体统!"

九凤突然觉得心有些凉。怪不得她一直看不到自己的形态,怪不得她刚刚觉得浑身一痛,原来是因为她的身体,就是魂灯。

真是天意弄人。当她想要面对这个世界的时候,她反倒是出不来了。

宝菡听到洛和的呼喊,嘀咕道:"洛和竟真是九凤的儿子……真是奇怪。这人咋对儿子也这么冷淡呢?"

宝菡一抬头,看到苍诀直射过来的目光,猛一激灵,哎哟,她怎么就将心里所想给说出来了!果然在魂灯里面她太随意了!这样她肯定会被逼问的!

但是不待她被"逼供"出什么,苍诀已经靠近魂灯。宝菡说不清苍诀此刻表情是什么,总觉得挺让人难受的。苍诀拿过魂灯,低喃着:"青苏……九凤……"

苍诀先是有些惊喜,紧接着是铺天盖地的悲凉。

魂灯看起来只是用纸糊的,竹子做的骨架,然而在手中却是沁凉沁凉地,像是上千年的冰玉。

这边苍诀觉得沁凉,而那边九凤却觉得不自在。

从前她不觉得什么,因为魂灯都是四平八稳地放在那边。这么多年来,都没有人动过。而现在,尤其是当她发现自己是魂灯后,这种触摸,就好比是苍诀抱着她似的。

隔得这么近,九凤自然听清楚苍诀念的那两个名字是什么了。他是终于发现了九凤和青苏本是一个人?九凤冷哼一声,反而不动弹了。如今,急的应该是苍诀吧。

"里面的人,是九凤?"

宝菡可不想被搅到上神间的恩怨情仇里面去,睁着眼说瞎话道:"不知道,我什么都不知道。里面乌黑一片的。"

苍诀冷淡地看她一眼。继续将目光投向魂灯,他抬起手,放在魂灯上。他手心生出光芒,笼罩着魂灯,有着源源不断的力量从他的掌心传来,整个魂灯里被照得一片亮堂。时已至此,苍诀的神力比以前磅礴了不知多少。想必当年她之死,所留下来的父神之力被他寻回了。九凤觉得从前布下幻境时候损失的精神力又充沛了很多,甚至比以前更旺盛。但是她还是不能出来,或者说她连试都未曾试过。

过了很久,苍诀收力,对着身后的宝菡,道:"你将所知道的说出来,我能达成你的一个愿望,否则,直接把你扔到炼魔之渊去。"

"我一直有个愿望,是称霸神界。"

"换个愿望,不要得寸进尺。否则仍然把你扔到炼魔之渊。"

"赐我点神力，让我成为上神。"

"洛和，将她带去。"

"唉——慢。"

宝菡并不怎么畏惧苍诀，可能是模模糊糊地见过苍诀温和的样子，但是她畏惧炼魔之渊。那听起来就不像是个好地方。于是宝菡将魂灯里面还存在一个只闻其声不见其人的自称上神九夙的人说出来。

苍诀听完，略略沉思了下，毫不留情道："带她去。"

"……"

宝菡决定抱定洛和这个大腿了。

洛和看了一眼魂灯，并不舍得离开。他明白苍诀的令出必行，多拖无益，但他实在是迈不开步伐。

这时苍诀的脸色稍霁，露出了洛和许久未曾见过的温和表情，道："等你回来后，必然让你见到一个完好如初的娘亲。"

等到人都走尽后，苍诀轻叹："九夙，要怎样你才会原谅我。"

九夙刚刚为着这句话陷入了沉思，心情陡然低落起来。但苍诀却已经开始"动手动脚"。他的手慢慢地抚遍魂灯，就好像极为细心地抚过九夙身体的每一寸。这厢九夙备受煎熬，那厢苍诀却浑然未觉，直叫九夙无可奈何，默默想着以后铁定要还回来，然后脑海里开始天马行空，结果却导致浑身发热，连同着魂灯也开始热乎起来。

九夙从没有如此期待苍诀离开过。

然而当苍诀离开时，她心里又空落落的。

第四十三章

魂灯有异

自从被人得知九凤和魂灯有所牵连，苍诀已然察觉出什么，这就注定九凤的太平日子过去了。九凤原本打算当个眼观鼻，鼻观心的魂灯继续观望，想看看苍诀会做到哪种程度，毕竟他可是欠她良多。她打算以后和苍诀好好计较计较，便不打算让他那么好过。然而事与愿违，原想折磨人的九凤，到后来却次次成为被摧残的人。

因为洛和被他派去了炼魔之渊，神界暂时的主事者不在了，于是政务又堆在苍诀的身上。但是自从苍诀发现了目标，便索性待在这儿不走了，神界有什么要事，也全是在这里与人相商的。他只是又辟了一间房，以免庞杂的人打扰到魂灯的清净。

故而苍诀一旦得了闲，便将神力灌注给魂灯，冀望九凤早日化形，一次少则百年修为，多则千年，有次甚至给了上万年的修为，神力皆是精纯，魂灯也眼见得一日又一日地变得通透润泽，原本的木架子也具有了青玉的形态，纸也隐隐有了清薄的玉的光泽。这令九凤心里也嘀咕，苍诀活的岁数也不过是那么几万岁，哪里经得起他这样不分昼夜地供给？就算他已经尽获了父神之力，但也不会在这么短的时间内融会贯通。当初她继承父神之血，也是花了上万年才能够运用自如的。

苍诀每每总会在给魂灯灌注完神力后，掌抚着魂灯感受魂灯的变化。九凤总想要躲开，但总是被吃干抹净，但又不敢闹出太大的动静，微微的摇晃并不能逃脱出苍诀的掌心的时候，九凤只能甘心认命。偏偏苍诀神色无比正常，眸子里面不带狡黠之意，倒有十分的认真，就好像魂灯只是一个宝贵的物事一样。他只是放在手里把玩，用以缅怀。倒显得九凤是自作多情了，心想着总有一日苍诀会因为发现灌注神力无济于事，将她全然看作只是稍微特别点的魂灯，与她九凤青苏没有半点关系，然后放他自由。

九凤一日又一日觉得她的神力已经恢复了许多,虽然对外界更加灵敏,会让九凤对苍诀的触碰觉得更加羞涩难忍,然而她整天的精力都很充沛,她化形之日立等可待。苍诀的触碰,似乎是想魂灯能够更好地与接受的神力融合。

苍诀的眼眸里印出魂灯的模样,略反光出青色,道:"九凤,一直等你归来。"

苍诀其实极少对着魂灯说话的,但是此时此刻他说这句话的时候,眼睛就好似是直视着她,像是透过魂灯,看到了她的眼睛一样。他神情看上去有些疲惫,可能是因为神力耗费过大。

不得不说,苍诀对她还是有着致命的吸引力的,就是这样一句低沉的话语,就在她的脑海里萦绕三日不绝,每次他抚着魂灯的时候,她就好像看到了那日,他说这句话的情景。好似即便曾经她再恨他,那也不过是回不去的曾经,不是到得了的未来。她恨他,但是爱超过了恨。以至于那些恨,都因为不够深,所以很容易被忘记。

但是当九凤想要尝试化形,并且与苍诀面对面交谈的时候,却传来了一个不怎么好的消息。炼魔之渊那四只异兽狂化,洛和受了伤。

一听到别人的汇报,苍诀表情一凝,九凤的心一沉,期待来禀告的下属多说一点消息。那四只异兽本来实力就不凡,狂化后实力大增,洛和受了伤,受的是重伤还是轻伤?有没有生命危险?现在脱离险境了没有?

但是下属只说了一句,苍诀就往外头奔去,一句话也没有多说。

这让九凤越想心里越沉,越想越是心惊胆战。异兽狂化了一只已经是了不得的战斗力了,何况还是四只!洛和身子骨并不好,怎能对抗得了四只狂化后的异兽?

九凤一边想着苍诀如此急切,那定然也是十分关心洛和的,一边又怨着苍诀,竟然将洛和派往险境,平常就算洛和流了半滴血,她也会心疼不已。

九凤此刻恨不得也随着苍诀一起去,甚至也希望苍诀将魂灯带去,至少可以在第一眼见到儿子。

但是人一旦急了,很多事情反而做不成。九凤想就此化形,然后赶到洛和的身边,但是浓厚的神力总是找不到一个可以发泄的出口,最后只能让魂灯飞起,一路上飞到炼魔之渊。魂灯速度之快,一路上如入无人之境,天兵天将们只看到一团青光在头顶飞过,以为是自己眼花。

凭着记忆闯入了炼魔之渊,侥幸魂灯已有了青玉的骨子,还算坚实,魂灯并没有因为急速的飞行而有所破损。硬是闯过了九重瘴气,直达炼魔之渊。

一到炼魔之渊,九凤便看到四只青面獠牙、长尾巴、浑身毛发竖起的兽,往着同一个地方攻击,扬起尘飞的泥土,九凤一时急红了眼,直接以魂灯之身想要阻止,冒着险

第四十三章 魂灯有异

些被兽脚踩到的危险,来到四只异兽中间,但是哪儿看到洛和的踪影。九凤心里又是一沉。

当异兽发现眼前突然多了一盏散发着仙气的灯后,一致将攻击目标转移,想要将魂灯踏碎。九凤刚刚避开那些异兽的攻击,便听到一个熟悉的坚毅的声音在背后响起来,"不,父帝你不要帮忙,我要自己对付他们。"

原来洛和是把异兽困于了幻象之中,最后让这四只兽自我残杀,他可以坐收渔翁之利。但是当九凤突然出现的时候,正好将幻象给照清,四只兽又转而攻击了九凤。

九凤一直觉得洛和性格更像她,但是这一眼看到洛和冷峻的神情,胸有成竹的自信的时候终于承认,洛和还是很像苍诀的。只是两世,她皆是被洛和视为至为重要的存在,故而才未曾发现。

洛和身上虽然沾染了些血,但看上去只是轻伤。

苍诀眼疾,立马就看到那一团尘土中突然飘进的青光。他此刻也顾不上让洛和历练,身子一掠,就将魂灯从那些异兽中间捞出来。苍诀的速度太快,以至于那些异兽在最初神情是迷惘的,不知道为什么它们要攻击的目标一个接着一个全不见了。

当苍诀再度在洛和的旁边站定的时候,异兽们皆昏迷倒地。

洛和的神情一片惊愕,他很少碰到父亲出手,他知道苍诀出手不凡,但是却没有想到快到如此境界,神力又强悍到这样的水平。惊愕之余,他又低头,深感自己还差太多。

九凤亦是惊骇。她全盛时期也需要耗费一定的时间才能将异兽给一并拿下,而苍诀竟然在日日灌输她那么多修为的情况下,还能够一瞬之间将异兽弄晕,让它们没有任何反抗之力? 这简直太可怕了!

苍诀并不想这样打击孩子的……对待洛和,也需要循序渐进。只是那一瞬间,看到魂灯在其中,实在是情不自禁了。他将魂灯上沾的尘土给吹去,依然是冷着脸,"能自己走回去不?"

洛和正处于低落的情绪中,他忍不住咳嗽一声,道:"能。"

这时候九凤才发现洛和的旁边还有个女子,看上去惊魂未定的。不是宝菡还是谁?

洛和同宝菡一起离去,隔得远了,九凤还能听到宝菡在旁边嘘寒问暖。以宝菡的性子,不会突然间对一个陌生的人好的,想必刚刚洛和也保护了宝菡。

洛和和宝菡没走多久,苍诀看了魂灯一眼,将魂灯变小,然后缠入袖中。他追上洛和,但是却在洛和看不见的地方跟着。苍诀是关心洛和的,只是这关心也藏得太深了吧,一直冷眼冷面的。九夙暗叹一声。又觉得这次一赶,几乎是原形毕露,苍诀对她什么也没说,不代表他什么也没去猜。本想着自己化形能够掌握先机,奈何却发生了这样的突发事件,算是要被苍诀逼出来化形,真是出师不利。

　　洛和前脚刚到神界,苍诀后脚就到了。洛和伤得不重,但也不轻。苍诀给了他好些假日,命他好好休养。并在暗地里将些灵丹妙药给了洛和的侍女。宝菡像个小媳妇一样地站在旁边给洛和端茶送水,几乎要将洛和身旁婢女的工作给抢了过去,但洛和也几乎是沉着脸的。

　　洛和这边的事情交代清楚之后,苍诀就带了魂灯回了先前九夙待的殿阁。

第四十四章

以爱为名

真到了非出来不可的时候那可是比想象中的更难熬。

苍诀每日仍然当作什么事情都没有发生过，魂灯并没有突然跑到炼魔之渊，但是每日每夜，只要苍诀在的时候，不论苍诀有没有在看魂灯，九凤都觉得他的目光如影随形，都在传达着同一个意思：一切他了然于心，她赶快出来。若不出来，后果自负。

明明是苍诀亏欠九凤更多，但是他的目光却显得那么理直气壮。

九凤也不想拖着。往炼魔之渊一跑，虽然她没有化形成功，但已经确定她现在有化形能力了，故而趁着这种冲动正旺，终于在有一天，她再度化成了人形。

那日其实也不过是寻常的一日，也没有什么云霞缭绕，什么凤唳九霄等等的祥瑞之兆，亦没有什么征兆显示有哪一位上神要降生，哪位上神复活。若一定要扯上一个的话，那就是神界的仙气在一瞬之间几乎消散，又在下一瞬，比以前更加缭绕。

只见魂灯上泛着的青色的玉泽越来越明显，到最后整个魂灯就像是用玉制成的。魂灯的光芒愈来愈盛，强烈到根本看不清魂灯是怎样变成一个人的。

而当光芒消失的时候，九凤已然是化形成功了。全身上下变得没有拘束，并收回了自己手足的控制权。浑身上下有着淋漓尽致的畅快新生之感，仿佛被洗礼过了一般，没有那令人憎恶讨厌的魔骨。

苍诀见到她的时候没有她想象中的激动，甚至还有些冷淡，甚至不忍目睹她似的，别开了脸。

这让九凤的心里一阵的疙瘩。但是这样的冷淡表现地又太明显，让她觉得不对劲。

九凤原先想了许多出了魂灯想对苍诀说的第一句话，但是事到临头，还没开口的时候就被意料之外的情况给打乱。

只听到殿外有一人的脚步声愈来愈近，苍诀整个人前移几步，几乎要将九夙整个人挡住。

九夙并不想靠苍诀那么近，下意识地想要移开几步，但是因为还没有适应新身体，刚刚踏出一步，就觉得脚步十分别扭，要摔倒在地。

电光石火间，苍诀当机立断将九夙抱在怀里，宽大的袖子一遮，直接将九夙整个身子挡住，只露出一头乌发。

而那脚步声已近，停驻在门口，还来不及说什么，就被苍诀阴森的语气打断："我说过此地任何人不得打搅。"

"可是——止尚大人已经冲进了神界……"下属回答道。

"下去！"

下属不敢违逆苍诀，看了门外一眼然后匆匆退下。

苍诀这时叹了一口气，不知道在想什么。

九夙嘴角扬起了一抹不知是嘲还是讽的笑，她抬头，那抹笑瞬间消失得一干二净，眼里露出迷惑之色，道："父神，你为什么要抱着我。"

听到"父神"二字，苍诀浑身一震。

九夙微微吊起来的心也安稳着地。一直等待苍诀反应的九夙，自然感到苍诀身体的僵硬。九夙满意地将头埋入苍诀的怀里，有什么比自己爱着的人彻底得忘了自己，并且还把自己当作其他人的替身来得更纠结的事情呢？如果苍诀真的有他表现出来的那么喜欢她的话……

九夙满意着，但是眼睛却微微黯淡。

从前苍诀还只是相貌上与父神有些相像，如今看着苍诀威仪，与父神倒有数分的相似。

心里微叹，若苍诀即是父神该多好？这样他们之间也不会横亘着父神之死带给九夙的愧疚，也不会有种亵渎之感……刚刚有这个想法，立马被九夙否决。这样的想法，实在太荒谬了。

九夙甫一低头，便被眼前的荒谬之景给吓到，因在黑暗中视物久了，故而将头埋在苍诀的怀里，仍然能够发现自己其实浑身是不着寸缕的。

她慢慢地，手握紧成拳，指尖刺在手心，带来轻微的痛处，来抑制住自己下一秒的失控举动——

她忘记了初次化形后浑身一丝不挂，即便她拥有过了一次生命，但是这个身体，却是新生的。

她把这件事情当作是理所应当的事情,就好似抱着她的真的是父神,而非苍诀。

即便当初被她遗忘的,真正意义上的第一次化形的时候,父神并不在身边,并不会将她身上给遮挡。那时候她毫无羞耻之心,只不过看到所有人都穿衣服,故而也一路上披荆斩棘地找到侍女,让她们拿出衣服替她穿。

她把苍诀当作父神,那即是一丝一毫的邪念也动不得,连双颊发烫的自然反应也不能有。所幸因为刚刚化形,身上还残留着青玉的冰冷,原本应布散在脸上的红霞也被青玉的色泽遮住。她此刻就像是一个玉人。

苍诀见到九凤这样反常的反应,多余的话一句没说,直接抱着她,足尖轻点,人已跃出许远,最后来到一个水汽氤氲的泉边,闭着眼放开手,将九凤交给侍女,让侍女们伺候她沐浴,穿衣。

苍诀再次睁开眼的目光却是压抑和复杂的。

泉水水汽氤氲中,好似人的面部表情也会变得模糊起来。侍女为着九凤沐浴,穿衣。

很快,九凤一身青玉色泽被泉水洗去,露出光洁白腻的肌肤。

那些侍女是生脸,她以前并没有见过。一个个皆是训练有素,一句多余的话也不讲,有条不紊地替九凤换上了一套衣服。

九凤换上了衣服,立在那边的时候给人的感觉又换了一个样子。

九凤想起,当初身为青苏的她,之所以会被苍诀吸引,那是一个她和苍诀都心知肚明的缘由:他长得与父神十分相似。

九凤出了殿门,发现苍诀已经在那儿等很久了。他迎着风,神情淡然,口气亦是淡淡:"九凤。或者也可以叫你青苏。"

九凤看到苍诀还是那副冷淡的样子的时候就来气。他怎么可以这样无动于衷?怎么可以轻描淡写地将她和青苏两者的关系说出来呢?她原以为他会满含着愧疚,至少他猜到九凤就是青苏的时候,表情是那样地让人觉得悲凉。

可他就是这样,波澜不惊。

九凤又适时地露出迷惘的神情,道:"父神,你说的,我怎么听不懂,谁是青苏?为什么也可以叫我青苏?"

苍诀的表情一下子肃然起来,认真地反驳:"我并非父神。九凤,你看清楚,你认清楚。"

九凤笑起来,笑起来的模样又同以前没什么两样,好像先前的话真的只是她故意那样说的,但是下一秒,她敛了笑,道:"父神,你变得好奇怪。这话,并不好笑。"

苍诀的表情变了,他突然抓过九凤的手臂,力度颇大,让九凤觉得有些疼,但是他很快就颓然地放开。

而这时,那闯入天界的止尚突然出现,一下子将这样微妙对峙的局面给转化了。

"九凤……你怎么活着!"那明明应该是深恶痛绝的话,但是从止尚的口里说出来,竟有些连他自己也不明白的喜悦,好像心里空落落的一块终于被填满。

今日是又一个百年,止尚再度向苍诀挑战的一日。

但是这次苍诀却主动应战了,甚至不到十招之内就毫不客气地将止尚打趴在那儿。止尚大口喘息,看了看苍诀,又看了看九凤,最后将目光停留在九凤的身上,仔细地打量了片刻,看向九凤的目光一下子变了。

"你是……魂灯……你是青苏?"止尚也不愧是妖神,很快地就恢复过来。他站起身,目光中已然有了惊痛,但是下一秒他却干了一件令九凤打心里面怒极反笑的事情。

止尚大步地走到九凤的身边,然后拉着她的手,道:"青苏,你跟我走!我一定要把你带走,我绝对不会让你留在苍诀的身边。"

九凤一动也不动。冷着眼看着止尚,道:"放开,我并不认识你,也不认识什么苍诀。"

止尚看向苍诀的眼神已然有了幸灾乐祸。他更加坚持地想要拉着九凤走:"青苏,你还这样执迷不悟吗?我不会让你再一次死在他手里。"

苍诀硬生生地将止尚握在九凤手臂上的手指一根根掰开,有种不容置疑的力量。他忽略后面一句话,道:"她并不认识你。"

"苍诀,你这个害死过她的人又有什么资格!"止尚狠狠地瞪了苍诀一眼。

九凤对止尚笑了一下,但是那笑在止尚之后的回味中显得残酷无比,九凤一字一句地吐出:"我是九凤。"

仍然是四个字,却带着斩钉截铁的痛快感。

"我不信。"止尚道。

"我长着九凤的样子,说着九凤会说的话,你怎么就不信。"九凤道。

说起害过九凤的人,算计九凤的人中,何尝没有止尚,但止尚却犹自未觉,仍然想要拖拽着九凤,带着她离开。

"你见到我的第一眼你就确认了。"九凤毫无迟疑地说。

九凤对子桑的情分,早就随着子桑变得越来越陌生而彻底地断了。九凤感谢子桑对她的深情不改,但是她绝对不感激子桑为她做的一切。因为那些只是以爱为名的自私自利。

她不会跟着止尚走。

她哪会跟着止尚走。

现在的止尚,正义凛然地让她想要发笑。

第四十五章

嫉妒成狂

"我不管你是青苏还是九凤。你都要离开他。我不想让你再被他害了。青苏,你那所谓的爱,会害了你。青苏,跟我走,我会给你一切,我会让你平安无虞,我会让你——"

"我不认识你,你拿什么来让我相信你?"九凤轻轻一笑,打断止尚的话,"他是谁?他可是父神啊,怎么会伤害我。冲着这一点,你就不该待在这儿。"

"九凤,你不要被他骗了!九凤,你别忘了……"

"你知道吗?这世上所有人都可能骗我,只有父神一个人不会骗我。"九凤说道。余光中看到苍诀,他神情隐有痛色。九凤觉得在止尚身上的怒火在看到苍诀这样的表情后稍有平息。

但是下一秒,九凤对止尚发动了攻击,止尚身上立马出现了一条还滚着血珠的血痕,止尚"嘶"地抽气。

九凤冷然道:"这一下,是教训你出言不逊。"

接着又是一条血痕,直接加在刚刚的那条血痕之上。九凤道:"这一下,是让你记住教训。"

止尚断然不会想到见到青苏终于复活了却对他如此的惩罚。他想要反抗九凤,想要直接将九凤给绑走,但是此时此刻,他却无法对九凤下手。

他此刻终于沉默下来。好似终于想到当初将九凤逼上绝境中,也有他浓墨重彩的一笔。他脸上终于出现了愧色,"那时我并不知道……"

片刻后他又挣扎:"你不是青苏!你绝对不是青苏!你不可能是青苏!"

"将我认成是青苏的人是你,又否认我是青苏的人还是你,你还真是……阴晴不定,变幻莫测。你说,我到底是不是青苏,连父神,都想叫我青苏。"

九凤一面数落着止尚,勾起他心中的愧疚,另外一边,却分毫也不想弄出明显的破绽。

"你不是青苏,你怎么能是青苏,你不能是青苏。"

从不可能是青苏,到不能是青苏……止尚方寸已经大乱。他并不想相信自己也曾经那样害过青苏,也做过她生命里的反派角色,就好比九凤从来都不想相信自己害过父神。但事实就是事实,是摆在那边不可以更改,成定局的事实。

一时间有种同病相怜之感。九凤不欲多说,请苍诀将止尚给送出神界。

苍诀望向止尚的目光也不由得带了几分悲悯。但是他还是果决地请止尚出去。

止尚被"请"出去的时候,还冥顽不化道:"青苏,你肯定被苍诀迷惑了……青苏!苍诀你放开我!我和你拼了!"

九凤背过身。连搭理也没有搭理他。

当止尚的声音彻底消失不见后,九凤长长地吐了一口浊气。

这件事情暂时告一段落后,九凤集中精力对付苍诀。以苍诀的精明,定能够发现其实她还是记得他的。

九凤眯了眯眼。她这次再不会让自己同苍诀的针锋相对,再度落于下风。

何必何必。但是她就是咽不下一口气。她不能够把什么事都当作没有发生。

苍诀回来的时候九凤已经在殿内,她此刻正在悠闲品茗。神界的千万年灵气孕育出来的露水,较青洞府的,别具一番风味。

苍诀站定在九凤前面,道:"洛和期待你归来很久了。要不要叫他来见见你?"

母子天性。九凤听到这句话的时候想法确实有松动,但是她还是忍住。她慢悠悠地放下茶杯,道:"洛和是谁?我不认识。"

苍诀不禁重新打量了一下九凤。

九凤忍住心中的不舍坦然地望着他,仿佛她真的不认识洛和。

"那是你的儿子。"

九凤笑出来:"父神说笑了,我不记得我有生过孩子。"

她又拿起茶杯,低头饮了起来。

苍诀的声音陡然间带着压抑的怒火,他低声道:"九凤,你可曾想过,你口口声声地叫着我父神。到底因何认定我是父神。"

"父神,你的样子,你的气韵是不会改变的。何况父神还对我这么和颜悦色。"九凤低着头,看着茶杯上浮动的茶叶,道,"而且,父神是此间最强大的人。"

苍诀冷笑一声。他将茶杯移到一边。

九凤抬头看他，目光里也带了丝毫不畏惧的冷意。

"九凤，我并不是一个善于容忍的人。"苍诀说完这句话，那些被压抑的怒火陡然间消失了，或者说化为他实际上的举动。他直接将九凤从座椅上拉起来，双手牢牢地抱住她，然后低头，含住她的唇瓣，道："你错了，我不是父神，父神会对你这样？"

"会，他会。"

苍诀的力度加大，那压抑的怒火又回来了，一直烧进她的口中。

压抑了数千年的缠绵思念终于化成了一个吻。趁着九凤张口说出那几个字，苍诀势若破竹般地闯入九凤嘴里。九凤的一只手已经撑到了座椅上。

"放手……"九凤道。她努力撑起身子无望，直接狠狠地咬了下去。

苍诀丝毫不理会口里的咸腥，依旧不放开，低沉道，"但是你不会这样对他。你不会在这样的时候，反抗他。"

九凤一怒。趁着苍诀说话的时候，九凤拾回一点理智，一把推开苍诀。然后直接甩了苍诀一巴掌。

苍诀连避都没有闪避，硬生生地接下这一巴掌，眼睛黑沉沉地看着九凤。很早以前，他就想这么对她。

即便她下了重手，但是苍诀脸上并没有五指的痕迹，只是一边脸，稍微带了点红色。

九凤略带喘息，她的脸上仍然浮着红晕，但那是被气出来的，九凤指着门外，冷冷地看着苍诀，道："给我出去！"

苍诀依言走了出去。然后殿门关闭，发出沉沉的声音。

九凤颓然滑落到地上，一只手撑着冰冷的地板。

她一直低估了自己的记性。在魂灯里，她真想过稍微报复一下苍诀，前尘往事就此揭过。但是现在，越是这样缠绵，越是享受过了原本应当是欢愉的时刻，那些记忆就越是清晰。

她不会毫无芥蒂。

她原先甚至自私地将要以死谢罪的念头给淡下去了，但是他们之间不只是父神之死让她的内心不得安稳。往事亦是横亘在他们中间。很多事情，她若不说出来，便像是埋了一棵根茎枯萎的植物，若不及早抽出，只会让他们在体内等待腐朽，最后长满蛀虫。

好好冷静了一番，她推开门。苍诀静立在门口，听到殿门开启的声音，转身。苍诀无声地望着九夙,眼眸乌黑,又恢复了深沉不见底的模样,而不是适才,充满着欲望和愤怒。

她终于不打算继续装下去了,开门见山道:"苍诀,我们之间是该算清楚了。"

当九夙说完这句话,苍诀一整个人看上去沉寂了许多。

这次九夙却仿佛琢磨到了苍诀的一点心思,他竟是带了点失望。

九夙静静地问:"苍诀,当你知道九夙是青苏的时候,你是什么感觉?"

苍诀沉默着没有回答。

"苍诀,你当初明明可以让我不想起那些事情,最后羞愧地想要以死谢罪,以堂堂司劫天神之尊,沦落成令人唾骂的魔神而死。"九夙嘲笑道,"你不会不知道,用魔砂剔骨,是可以消除一定的魔性,但是会让人心智变得脆弱,甚至会让心魔反客为主。"

"苍诀,你就是自私。"

九夙看着他,那目光,却好似穿透了他,看到另外一个让她悲伤欲绝的人。

她又何尝不自私。她一直尝试着忘记父神之死这个现实。她到现在还想拖着苍诀同她一起沦落,她贪图着和他在一起的平静时光。她在苍诀没有过出格的举动之前,甚至想着,若能一直将苍诀当作父神多好。她骂苍诀,何尝不想把自己也骂醒了。

九夙的嘴角一直咧开到一定的弧度,但是那样的弧度,任何人看了,都不会以为是她是笑着的。

"苍诀,你就是自私。"九夙又念了一遍,道,"你就是一定要把我往坏的地方想。你当初肯定有个想法,是我将'青苏'的魂魄夺取,增强己身修为。或者是,我和青苏以天雷作交易,结果却翻脸不认人,直接让青苏死于天劫之下吧。当你又怀疑我与父神之死有所牵扯的时候,你会不露声色地给我下套,或者干脆作壁上观,看着我变成魔神,想从中窥出父神之死的蛛丝马迹。可惜你最后心智不坚定,没有在最后杀了我,平白让你迟了几千年才会得到父神遗留在我身上的力量。"

"我……"苍诀动动唇,觉得异常干涩。

"你不必说。你想说并不全然像我想象的那样。但是只要被我说中了一点半点,作为青苏的九夙,就已经死了。苍诀,我不想恨你的。但是我做不到,我还是做不到。"

苍诀原本冷静自持的表情终于有纹丝的松动,九夙终于可以窥见里面的悲恸与悔疚,但她就是下意识地无动于衷。

她做不到不恨他,也做不到不爱他。

那一刻,九凤的面色突然间变得灰白,身子微微一摇,"我是想把你当成父神。但是我无法。我一直清楚知道你不是父神。"

她无法全然地将苍诀当作父神,因为她对苍诀还有欲念。这也是她无法原谅自己的自私之处。

好似天地一瞬之间都沉寂了下来。飘泊在神界的云彩也静止不动。

九凤毕竟是刚刚化形,又是得益于大量神力的灌注才得以化形,故而根基不牢,化形的时间并不能够很久。此刻看来是撑不了多久又要变成魂灯了。

这件事情苍诀是知道的,但是现如今,他冷眼看着九凤身体不支,淡淡地说:"我明白了。"

第四十六章

养她如父

"你明白？你到底明白什么？"

九凤睨视着他，但是目光又有些飘忽不定："苍诀，如今你也算知道了父神之死与我的关联。连我都恨不得自己死去，你不想亲手杀我，但是为什么最后又想救我？我更搞不懂，如今你又如此纵我。难道只要一个青苏的身份，就可以轻飘飘地将一切抵过去了吗？"

"生死有命。"苍诀回答。

"好一句生死有命。苍诀，在你眼里，九凤的命并不重吧！父神在你眼里算什么呢？你眼里是只有青苏吗？你眼里只有与青苏的那段过往，以至于可以达到忽略生人，只在乎死者？你说你也寻找父神痕迹找了那么多年，但是却甚少来直截了当地问我这个当世最了解父神的人。你寻找了那么多年，但是为什么连父神的半分痕迹也没？"

九凤身体里有一只兽在叫嚣着，但是这只兽并非她的魔性所引起的。

她听见自己口不择言地自圆其说："苍诀，其实你不爱九凤。你一点也不爱，你爱的只是和青苏在一起的那段时光，因为她好歹愉悦了你。你以为你爱她，其实你只是因为她不告而别，她在你面前死去，所以你不甘。你爱的只是自己！你寻找父神，不是为了父神归来，而是想要他的力量归来，想要自己更强大！"

"你竟然这样想我。"苍诀轻声道。他看她的眼神突然间深沉了许多。他非常清晰地又带了种劈金碎玉的力度，道："九凤，我问你，你到底爱的是父神还是我？"

但是，等了半响，他听见她轻飘飘地，果决地说："是父神。"

"果然……"

苍诀听到后,目光非常复杂地看了九凤一眼,但是除此断续二字,却没再说什么。他毅然决然得转身,头也不回地离开。好似他浑然不在乎任何事了。

当苍诀的背影彻底地消失在云海里的时候,九凤身上发出青色的光芒,然后慢慢地又变成了魂灯。

父神,养她如父。

她怎么会对父神有那样的想法,那样的冀望。

父神是那样一个,连想一想,也觉得亵渎了他的人。

但是当她误导苍诀成功,让他以为她喜欢的人是父神,只是在他身上找父神的影子,她却觉得心里闷闷地,比什么也没说出来,什么也没坦白的时候,来得更难受。

她不想再去想什么,直接让自己在魂灯里面再度沉睡。

这次醒来,并非沧海桑田,只不过是一两日的光景。她再度化为人形的时候,并没有看到苍诀,倒是看到了洛和。

喜悦之情溢于言表。

母子相见,险些泪花溢出来。

九凤归来的消息被有意封锁,并没有几个人知道。这几日神界里面一直传闻说出现了一个身份地位极高的女子,洛和的心里就存了个令他欣喜若狂的念头,直到父帝让他来魂灯常在的宫殿,他的一颗心才落了下来。

洛和从来都相信九凤与魂灯有关联。当他在炼魔之渊看到魂灯的时候,相信变成了坚信,觉得一切的努力,都要得到回报了。

九凤紧紧地拥住洛和,母子来了一个久违的拥抱。如今吾家有儿初长成,洛和长得都比她高了,抱起来的手感也与从前不同。以前还有些肉乎乎的,现在却是硬邦邦的。但毕竟是母子,抱起来一点儿也不感到别扭。她一时间有些热泪盈眶,她不知道错过了多少见证儿子长大的宝贵年华。

洛和的旁边站着宝菡,似乎自从宝菡出了魂灯,便与洛和形影不离。九凤看宝菡的同时,宝菡也在看九凤。宝菡在魂灯里就对九凤的面貌存有很大的好奇心,如今这么一尊金光闪闪的神在这边,她要多看几眼。不过这上神还是太冷淡,如今看她的时候,竟好似将在魂灯里面她们好歹处过那么多年的情谊给忘干净了。不过宝菡还是懂得审时度势的,出了魂灯后,她可得罪不起这尊神了。

母子要聊一些话,宝菡识时务,就立马退下了。

第四十六章 养她如父

九凤道:"这么些年,我一直看着你的。"

"我知道,我一直能感受到娘亲就在我身边。"

九凤道:"其实你父帝对你,虽然严苛了点,但也都是为了你好。"

"我知道。"

九凤和洛和又聊了好一会。迟疑了许久,最后还是问:"你父帝呢?"

"他告诉我娘亲醒了后就走了,父帝难道不是去找娘亲了吗?"洛和微讶。

"没来找我。"

九凤并不再问苍诀了。

洛和自然也知道九凤和苍诀两人之间的关系向来不是很好。他想起前两天,妖神止尚曾来了神界,并且被父帝赶了出去。他历来不喜欢止尚,止尚当年曾经对他说,他的生母并不是九凤。而九凤是害了他生母的人。他当初竟对九凤有了一点点的生疏。这些生疏一直因为他的私心存在心里,面对魂灯的时候,他也不想说出口。

他现在悄悄地将这件事情说了。但是九凤只是抚摸着洛和的头,道:"洛和长大了。"

洛和离开,同着宝菡一起回去的时候,宝菡感叹了一句,"九凤上神的风仪,似乎与想象中的不大一样,也与画卷中的不大一样。"

洛和看了宝菡一眼,宝菡立马噤声。

宝菡打心里还是有些害怕洛和的,尤其是当他沉默下来的时候。

当宝菡决心当作自己没说过这话的时候,洛和却开口,道:"娘亲曾经沦落为魔神。"

宝菡一愣,没反应过来:"啊……"

洛和沉默不语,却加快了脚步往前走。宝菡连忙跟上,心里暗道,母子俩果然一个德行,对人都是爱理不理的。

洛和回想起娘亲的样子,觉得娘亲的容貌与前头有些不大一样,但看上去更美了,像一块通透不含任何杂质的美玉。他没有见过母亲身为魔神时候的样子,但是不论母亲的容貌变成怎样,她还是他的母亲,她总是他的母亲,不论是否真的是她生下了他。

当洛和走后,九凤一个人静静地站在那儿,脑海里努力地挥散去苍诀离开时的背影。哪想到等了苍诀有些天了,九凤还是没有见到苍诀一面。苍诀日理万机,时常在神界里面不见踪影,她以前也体会过的,如今却为什么心心念念地一直想见他一面,哪怕是再不愉快的一面?

九凤同洛和作了一个告别,踏出了神界。然后回到了原先的青洞府,她站在青洞府的那个石室的前面,却没有勇气推开门。她此刻并不想给乐旋希望,因为她不知道自己什么时候会再度离开。之后她又去了万妖谷附近,她听见一只青鸾的叫声,她亦没有勇气再踏进去一步。她想起自己听说过的,绮歌因为当年的事情,如今形容痴傻,不肯相信现实。

她不敢面对她那些忠心的属下。

此刻,她无比希望自己活下来,不是为了儿女情长,而是她想要给这些人一个真真切切的希望,给他们一个交代。

最后,她义无反顾地踏上了神绝峰。

神绝峰里面有着父神之境。她像上次一样利用术法将云雾给驱散,然后再度跌入了父神之境。

自从身为魔神的她死后,她一早并非是出现在魂灯里,而是在父神之境中,只是那父神之境不知道何时同着魂灯连通了。

她想重游故地,找到蛛丝马迹。

而当她进入到父神之境的时候,她让自己化成了一盏灯。魂灯在父神之境中大放光芒,几乎将整个父神之境给照亮。

第四十七章

父神归来

父神之境，当黑夜换为白昼，所踏之处，似是虚空，足下是星辰浩淼，缓步而走，可瞰尽三千大千世界。

曾经一片漆黑，竟不曾发觉父神之境是如此钟灵毓秀，沿着父神之境走着，看着三千大千世界，竟觉得有一阵清灵之气自肺腑传来，整个人就像是被洗涤过了一般。

九凤化成魂灯，在父神之境飘着。发现魂灯每一动，三千大千世界的景象便有微妙的变动。当九凤往前方走的时候，叶子开始枯黄，然后凋零。当九凤往着背后走的时候，叶子缩进枝杈中。

九凤转了个头，小心翼翼得探索，最后终于沿着一条路径，调了个头，然后往前飘去。

眼前的景色变成灰蒙蒙地，耳畔有着哀鸣之乐，渐渐似有了杀声四起。

九凤加快了速度。杀声消失了，父神之境的颜色慢慢变亮，像是穿破了黑暗。然后雾气开始变得深浓，耳畔传来上古时候的乐章。九凤一直往前走着，直至洪荒尽头，云雾散尽，光线骤亮。

然后魂灯停在原地。

魂灯发出青色的幽光，幽光一明一暗，像是心脏正在激烈地跳动。

她看到了父神。

她终于……看到了父神。

一个与天地同高的父神。

他脸上带着微笑而怜悯的表情，眉间总有散不尽的忧愁与悲凉。

九凤不敢进。也不敢退。

她就那样一直看着静止的父神。

但是当她再往前走近一步的时候,父神眉宇间的那些忧愁和悲凉倏忽消失,原本只是画中人一般的父神,竟有所觉,像是在看着她,然后露出内敛的微笑。

但是这样的转变只在一瞬,与此同时,整个父神之境开始摇晃起来,父神消失不见,旁边的山川迅速演变,沧海桑田,只在瞬时,一切皆化为汪洋,之后摇晃变成碎片,连足下的星辰也消失不见。像是一幅画被揉碎了一般。

之后,魂灯照不亮父神之境。

魂灯熄灭。

九夙顿时心如死水。

当她再度幻化成人的时候,却发现自己已经出了父神之境,在神绝峰上。而神绝峰尘土飞扬,山岳摇晃,开始慢慢下陷。尘土沙砾将她整个人包围。

她终于相信这只是幻梦一场,父神再也回不来。

但是当神绝峰只是一片平地,当尘土沙砾落在土地上,九夙抬头的时候,却怔怔地站在原地。

父神静静地站在那儿,嘴角噙着一丝宠溺的笑,眼底包容万物。一时间天地皆为他的陪衬。

她不会认错。

即便那副容貌,与苍诀几乎一模一样。

那是父神——

这样独一无二的气度,这样仅会对她才会有的笑容,不是父神之境里面明明近在咫尺却是触摸不到的影子。

她等了千百万年,终于见到了,她的父神。

"父神。"她从来没有当着父神的面这样叫过他。

父神微微颔首。

千言万语汇集在脑海里,九夙并不知从哪儿说起。出口时,凝成了那句:"欢迎您归来!"

父神朝着她缓步走来,他越是走近,嘴角的笑越淡,最后消失不见。他淡淡应道:"嗯。吾归来之事,莫使任何人知晓。"

"喏!"九夙低头。

九夙见到父神的这一刻百感交集。

第一次化形的见到父神的时候,她基本上没有什么意识。第二次化形的时候恰

第四十七章 父神归来

是父神归去这时。在这一刻，隔了那么多万年的时光，她不知道该怎样与父神相处。故而她退到父神的身后，有点手足无措。

她在外人面前可以十分强硬，在凡人面前高高在上，而在父神面前，她始终是个孩子。

父神看她的目光，也只当她是个孩子。

这个人见证了她的成长。父神养她如父，养她如师。

尽管有段时间她甚至也怀疑自己对父神的执念是因为对父神生出了不该有的感情，但是在见到父神的这一刻，她心里清楚，她对父神有着很多的感情，但却没有爱情。

"父神，我等你……等了好久。"九凤声音一滞，眼眶已然红起来了。

父神暗叹一声，眼神已经飘远，他道："苦了你了。"

如今此处早已是废墟一片，俨然不是父神该待的地方。

九凤想到自己的青洞府已经不见，神界又非她居所，相当于无家可归，不由一阵歉疚，父神归来，她却没有一个能够招待他的地方。

看着父神朝着天界的方向走着，九凤不由道："天宫早已乌烟瘴气……"

父神驻足，道："我知你生性怠懒，但绝不会懒到让人三番两次欺压。"

九凤低头无言。

"以后，我怎么放心，把天下交给你。"父神沉声道。

九凤的手攥紧，又无力放开。

父神道："我所希望看到的九凤，绝不是一个软弱可欺之辈，亦非一个因为悔咎寻死觅活的人，而是尽管看上去散漫无章法，却有着自己的骨气，能做到问心无愧，不拖泥带水，朝着前方看，而不是朝着过去看。九凤，我对你很失望。"

天下于父神而言，尽在鼓掌间。而在他回来的这一刻，那些他不存在的时光里这个世界有什么变迁，发生了什么，都在他脑海里烙下了印。

这句话已算是重话。虽然父神的口气很淡，并没有苛责，但是这样的失望却是渗入了骨子里。

九凤从没有想过，父神归来的时候，会对她说这样重的话。就算以前她毁天灭地，父神也无这样责怪她。

"如今你也无须自责。不要以为姑息养奸就是仁慈，也不要全然相信你眼睛所看到，你主观臆测的。生死本来就有天命，谁都有不能逃脱的天命。当年我殒命于神魔大战，本就是不能逃脱的劫难。与你无关。我给你生命，让你从玉石变成人，并非让你自我唾弃,被人三言两语挑拨,弄出自残行为。"

父神看着九凤,难得语重心长。从前父神极少对她说这些话,如今说来,倒有种将她的努力全盘否定的意思。即便因为父神的责骂,当年父神之死在九凤心中的芥蒂慢慢消失了。

不知道是因为父神对她说的话太多,还是因为终于等到了父神归来让她觉得不踏实,总之,她心里始终有着不踏实感。

父神折了一个方向,并不去天界,却是往神界走去。

而九凤,如同以前一样,化成了青玉佩在父神的腰侧,不过如今只有一半阙玉了。

父神在神界的时候极为自然,他顶着苍诀的样子,众人皆以为他是神帝。

神魔大战后,神祇凋零,所剩的大多数都是集中在神界。当父神走到那个与九凤交好的一位长辈的住处的时候,便让九凤暂且离开。

父神这是对她失望了吗?

九凤神色黯了黯。

父神与那位长辈交谈了三日。

这三日,九凤在外头等着。

看着神界的流云,看着神界的景观,从前的时候她还有着愤懑之意,如今愤懑却平息了,看着神界的一草一木,一云一景,总是有着被压抑的思念慢慢浮上来……

从前九凤会看着苍诀的样子想着父神,但是如今看着父神,却让她想起苍诀。

父神归来,九凤心里的枷锁终于放下。只是……父神回来了,那肖似父神的人去哪儿了?

待到父神从里面出来,九凤终于问:"父神,苍诀呢……"

父神看了她一眼,那一眼连她甚至不能够理解。他道:"他走了。"

听到这句话,九凤猛然睁大眼,看着父神。

"他去哪儿了?"

父神眼里的悲悯好似不再是那么捉摸不透,只是他并没有看九凤,也没有回答九凤。

浓浓的不安化为现实。九凤甚至有些不敢往下面问。

她想起苍诀最后说的那两个果然。一时间有种极不好的猜想。

她声音已经带了几分颤抖:"父神,苍诀……他同你,是什么关系,为什么你们长得这么像?为什么你们的气息这么相近?"

"他承载了我当初散失在天地间的精魂。"父神道。

第四十七章 父神归来

苍诀同父神是截然不同的灵魂……

他承载了父神的精魂,而如今父神回来,用的是他的身体……

"然后……您回来了,他消失了,是吗?"九夙不自觉地说出对父神甚至可以说是有些不敬重的话。

父神什么也没有说。

但是他的无言,还有他的表情已经说明了一切。

第四十八章

此君何在

九凤想哭。但是却哭不出来。

她想过报复苍诀,想过对苍诀视而不见,想过自己一死了之,但是从来就想不到有朝一日苍诀会消失,会不存在于这个世界上。她更无法接受。

好像当扯上了生死,爱中的恨、怨便可以被自动过滤掉。

九凤突然觉得心里空荡荡地,缺掉了一大块。缺掉的地方大得连父神归来这件事情也不能将这儿填满。神界的风,呼啦啦地从那儿穿过,痛彻心扉。

"他自己选择的。"父神道。

这句话无疑是雪上加霜。九凤哀里生出了几分的怒。又是怒,又是哀痛。

苍诀竟然这样……这样容易放弃!甚至连个像样的告别也没有!他是想让她对他有愧于心吗?

这样的局面,是她一手导致的……她在他们之间选择了父神,那么他就甘心退出吗?

但是她又不能够怪苍诀……她比谁都希望父神的归来。

这样两难的局面,父神和苍诀……两者只能存其一吗?

"父神,您能有办法的。"

"我虽然创造了世界,但是并非无所不能。"父神摇头。

"真的,没有办法吗?"

"若是所有的事情都能够有一个解决办法,当年你的魔性,绝不仅仅是只能被抑制那么简单了。九凤,我对你说过的。世间外物皆有私心。只是少部分的人表现得不明显,让人以为是无欲无求的。我也不否认我自己存在私心。"

而这一刻，九凤真真切切地感受到自己的私心了。

父神于她，是恩情，是亲情。

苍诀于她，是纠缠不清的爱恨之情。

此刻，父神的眼里是彻头彻尾的冷漠，好似万物在他眼里没有生命，没有自主意识。那些温和，好似不过是敷在他脸上的一层又一层的面具。

"父神，所有一切都是您的一个局是吗？苍诀的存在，是为了您有朝一日能够归来？所以，您当年让我不要自责？"

也许是因为最后的歉疚，九凤心里的天平竟慢慢地偏向了苍诀。

但是她不能够要求父神牺牲自己，让苍诀回来。

所以她只能够负气般的这样说。

她不想将父神猜想地这么恶劣。

即便父神冷漠的性子是一如既往，不过是因为同她朝夕相处，故而她常常把这点冷漠给忽略。

父神眼里的冷漠纹丝不动，他避开了这个问题，道："九凤，当你已经不能再是单纯的青玉，就注定你不可能永远站在我后面，也不能够把人考虑得太简单。你是主宰一方的上神。我赋予你无上的神力，并非让你用这神力来寻我，或者对我以死谢罪。如今你另赋新生，身上魔骨已消失。九凤，我千辛万苦创下的世界，你更应该助我维持，而不是亲手把我的心血毁于一旦。如今，我交代你的第一件事情，便是把青洞府重新建立起来。"

"是！"

"那就，去吧！"

九凤被父神的这一番训斥，其他的心思收了起来。立志要振作，故而应声后，就离开。

她走的时候，并没有注意到父神的目光一直看着她，不曾移开，而眼里的冷漠，消失得一干二净。

不过是数日的光景，青洞府这三个字，再度被各界的人频繁提及。

而九凤归来的消息，同样引起了轩然大波。

青洞府以一种强势的姿态重新出现在人们的眼帘，如今却不是避世，而是耀世。而此刻，人们才真正意识到，当年消失的青洞府到底有多强大。而青洞府凌越于众界的原因不仅仅是因为九凤一个人力量的强大，它背后的力量，也是极为强大。只不过背后的力量被隐藏太久，故而被人遗忘。

而此时,没有人敢公开质疑九凤的身份。

神界对青洞府,是全力支持。

而远古众神,声称九凤归来,是父神的旨意。

不到一年的时间,青洞府已经再度成为强大的存在。九凤的经历,更是被渲染得神乎其神。

当石室里面终于透进来了一缕光线的时候,乐旋用手捂住了眼睛。她将遮住光线的手拿开的时候,看到了九凤逆着光站在她的前面。

乐旋道:"君上,君上,这仍然是个梦吗?"

"我归来了。"

那堵石墙上终于记下了那一行的字,新纪元元月元日,上神九凤归。

与此同时,鸾族臣服于青洞府。玉石一族归于青洞府。万妖谷列入青洞府版图。

而这期间,九凤每每到神界想要去找父神的时候,总被父神以青洞府还不够强大为由而拒见。九凤心里有着不祥的预感。当青洞府终于稳立一足之地,各界的势力重新洗盘,以青洞府为首位的时候,再度去找父神的时候,却被告知,父神已经离去。

这次父神再度离去,九凤的悲伤之感淡了不少。也许是因为父神归来本来就具备十分的不真实感。一切就好比梦一场,九凤很快就接受,冷静地问着父神留下来的交代。

父神与这位长辈长谈了那么久,九凤知道他们谈话绝对不简单。

长辈说:"当你足够强大,能够改天换日的时候,父神自然会回来。在这之前,他希望你所作所为不要让他回来的时候感到失望。"

当父神再度决定离开,并且从始至终一直想要把她推开,她就知道父神这次是真的抛下她了。

长辈无悲无喜地看着九凤,道:"如今你的身体重塑,身上魔性根除,故而百无禁忌。这也算是父神完成了他的一大目标。"

九凤默然。从长辈的絮絮叨叨中九凤得知,父神一开始就知道九凤身带魔骨,甚至是因为九凤带了魔骨才将她带在身边。他想要试着将九凤的魔性根除,以此作为实验,期待有一天能够将这个世界的黑暗力量彻底根除。只是他试了许多的方法,只能抑制九凤身上的魔性,而不能彻底根除,并且一旦九凤身上的魔性暴涨到一定的程度,便会爆发。

所以长辈说,父神并不如九凤认为的那么好,他也有私心,他也有不纯的目的。

一般人这样说父神九凤早就发怒,但对这位长辈,她却怒不起来。当九凤看着他的时候,好像父神和他的样子就重合了。好像这些话根本就是父神要对她表达的。

第四十八章 此君何在

父神不仅是想要抛弃她,更想要斩断他对她的羁绊。

父神本来只是想将她当作试验的工具,只是,很多事情的起始的目的或许是不单纯的,但是事情的发展并不是人们所能控制的。

人非草木,孰能无情。相伴那么多年,她的心本是玉石,也对父神有了那样的深厚感情。

所以父神再怎么告诉她,他对她是一视同仁的。没有特殊的感情,九凤从来不信。

长辈说的,好像父神所做的一切只是为了让九凤为他死心卖命,所以所说的一切都是为了逼她振奋起来,来捍卫他所一手创造的世间。但是实际上呢?其实父神是想减少她的愧疚感吧,是想让她一个人在世间能活得坚强。

"那苍诀去哪儿了?父神走了,苍诀应该回来了……我想去找父神回来,我要去找苍诀回来……"

长辈摇头,"一切听天由命。"

九凤从长辈的住处走出的时候,还觉得微微恍惚。

父神是想让她接下去做什么呢?

九凤大脑一片空白。

她毫无目的地走着。

然后猛然发现自己原来走到了父神之像的前面。此时此刻的父神之像倒不像从前那样没有任何的生命感,看上去反而像是一个活生生的温煦的父神。

她看着父神之像的时候,甚至觉得父神之像嘴角还勾起一抹宠溺的笑容。

但是眨眼间,又是一副睥睨万物,无动于衷的模样。

九凤呆呆地站了很久,然后靠在父神之像的脚边,发着呆。

她好像错了太久了。

人家都是说,上神的寿命与天地同寿。但是她生命中最重要的,神力皆是佼佼者的两个人,却那么早就消失在她的生命里,这叫她漫长的岁月里,要怎样怀念?

她好像谁都没辜负,但实际上,她辜负谁,都很深。

在很漫长的一段岁月里,接近了两千年的韶光,这两个人再也没有出现在她的生命中。

父神走了,苍诀没有回来。

苍诀没有回来,父神还是没有出现。

或者,这两个人她都找不到了。

第四十九章

九重天上

九凤也终于知道了等待是什么滋味。好似爱恨在时光中,都变成了想念。曾经的伤害随着岁月而减淡,以至于她就记得苍诀的好,世上唯有苍诀,可以走入她的心,然后陪她一起耗着漫长的岁月。

她从前以为等不来父神,那么她一个人,可以忍受一辈子的孤独和寂寥,而如今这种寂寥却令她觉得万分难过,尤其是想念的种子密布在生活的方方面面。她每每睹物便思人,见到洛和的时候,望着那越来越相似的眉眼与性情,心里更是怅然若失。即便是她睡着的时候,也会有着源源不断的梦,即便梦中从未出现苍诀,但是梦醒的时候,那种怅然若失感更甚。

一旦九凤手中无事可忙,苍诀的影子总会跳出来,看到美景遇上良辰的时候,总是想要苍诀在身边。她不止一次想着,当初她若没有误导苍诀,说她喜欢的是父神,没有斩钉截铁地告诉苍诀她爱的是父神,而不是她,那么苍诀是不是就不会离开?

只是没有可是,生活还是要继续往前。

九凤归来的第两千年,她单枪匹马冲上了九重天,终于把天帝拽下了那个位置。

当天帝神色慌张,几乎屁滚尿流地从天帝宝座上滚下求饶的时候,九凤神色淡淡。

当她睥睨着空着的王座的时候,她想,她不会一而再,再而三的原谅一个人,但是苍诀是例外。倘若苍诀归来,她将不计前尘往事。她原谅他了。

只是,他还记得回来吗?

见到九凤神色怅然,并没有下一步的动作。天帝以为一切还有转机,丝毫不顾及他作为帝王的尊严,几乎要磕头求饶,让九凤饶了他一命了。

九凤这才想起原来脚旁还有一人,看到天帝如今的形状,心里更是厌恶,道:"原先鉴于你还算是主宰过一方的帝王,故而还打算给你留一点的颜面,如今看来,这颜面你自己也不稀罕。"

天帝一仰,头发散乱地扑倒在一旁。

因九凤的速度太快,一个人入天境如入无人之地。此时天兵天将才赶到,将此处给包围。他们看看九凤,又看看天帝,竟不敢往前。

自从九凤归来,天帝一直处于惶恐不安的状态,随着青洞府的声名鹊起,他更是忐忑不安,总是梦到他四面楚歌的这一刻,但是真正面临的时候,那种惧怕却是无法言喻的。尤其是当他看到九凤目空一切的眼神的时候,更是绝望。

他一直以为他手中有着天兵天将这个王牌,有着天帝的号召力,但是看着九凤的眼神,觉得这些在她的眼里根本就是不值得一提。更何况他的天兵天将根本就没有作任何的反抗就缴械投降。

他们甚至不敢对九凤拿起武器。

他终于等到九凤开口,宣判了他的死刑,但是听到后面,却越听越不对……她,竟然将自己的生死决定权交给宝菡?宝菡是谁?宝菡不就是青苏吗?青苏……青苏,宝菡……那不是他的私生女吗?血可以浓于亲的!

九凤冷眼看着天帝劫后余生般的表情,嘴角勾起一笑。

当天帝还以为他的境况没有想象中的那么惨的时候,却有人带来了宝菡的话,她甚至连来也不来,直接是让九凤不必顾虑到她,只要留天帝一条性命就好。

天帝一时有种众叛亲离、万念俱灰的感觉。

九凤将天帝一身仙骨剔去,将他弄得鲜血淋漓,然后扔入凡间千世轮回,让他每一世,皆持有他最辉煌的记忆,去经历人世间的心酸无奈。天帝原先是凡人羽化后登仙的,如今让他回归本源,也算一次回归了吧。

当九凤处置了天帝之后,并没有宣布天庭的归属。她直接出了天宫的门,留下一群有着愕然和茫然表情的天兵天将。

望着天界的朗朗晴空,九凤对着流云自言自语,"苍诀,你曾说……如果我度过那一劫,你会答应我一切事,无论是什么事。"

九凤眯起眼,神情渐渐变得严肃认真:"那么,我要你,永远不要离开。"

回应她的不过云朵的涌动。

涌动中的云中慢慢出现了神力充沛的人……

莫不是——

九凤心头一紧,死死地盯着远处的那一个点,那个点慢慢变大,变成了一个长身玉立的一个人。

不是他……

九凤一颗心慢慢又冷却下去。还余了适才的怦然感。

那是一个熟悉而又陌生的人。

是妖帝……

而非苍诀……

那个人影走得很急,不过一会儿就来到九凤旁边。

妖帝如今也不是狐狸模样,而是化为人形,有着绝对精致的皮囊。他在那儿懒洋洋地一立,道:"到底还是来迟一步。不过我把妖界送给你们胡闹,这天宫,就给我用来娶媳妇吧。"

如此傲慢托大的话语,却被他说得理所当然,好似天下尽握他手中。即便给人感觉慵懒,但妖帝绝非是让人感觉的那样好打发。

九凤虽想要顺应自然,让天界有能者居之,但也绝对不会让妖界的人坐上那个位置的。九凤不肯退让。

妖帝脸上出现一抹冷色,道:"真是麻烦。"

正当剑拔弩张之时,耳畔传来一声娇喝,一个女子气喘吁吁赶来,有些微的气急败坏道:"长夜,你给我回去!"

她好容易赶到前面来,拦在九凤和妖帝中间,道:"你不给我回去,小心我把你的狐狸毛拔光!我才不稀罕天界呐!"

妖帝的狐狸般艳丽的眼睛往诛谧处一看,又看了一眼九凤。冷色一瞬间消失无尽。他表情颇有些无奈,道:"原来……是岳母大人。"

诛谧"恶狠狠"地瞪了妖帝一眼,俏丽尽显,然后拽着他的袖子,不确定地看了九凤一眼。

然后下一瞬间整个人炸毛一般地对妖帝道,"长夜,你这只坏狐狸,你知道我娘是谁,居然不告诉我!"

"……这重要吗?"妖帝道。

诛谧直接忽略她。再看向九凤的时候,显然前倨后恭,立马变得温顺无比,她忐忑地叫了声:"娘?"

适才的惆怅惘怅仿佛消失,九凤脸上的表情一下子柔和,她点头。

诛谧扑入九凤的怀里。如今诛谧虽然比以前看上去长大了许多,但是身量还是未足的样子,比洛和好抱很多。果然女儿是母亲的贴心棉袄。

母女两人抱在一起,妖帝是一脸果然是如此的无奈嫌弃表情。

诛谧将头埋入九凤的怀里,使命地蹭着。

诛谧道:"原来这就是娘的感觉。"

妖帝看到如今这样的情形,也知道天界不能指望。他瞟了瞟天界巍峨的宫殿,最后还是叹息一声,随着诛谧去了青洞府。

母女相认后,九凤原本被填满的心又慢慢空下来。一双儿女皆承欢膝下,只是一家还是不能团圆。

洛和见到诛谧自然是很高兴。

只是每每洛和想要抱抱妹妹,总会收到一股凉飕飕的目光。

他看着年龄算是比自己的父母还要大的妹夫,再看看还是孩童容貌的诛谧,有种……很奇妙的感觉。这种感觉可以用六个字来形容:老狐狸吃嫩草。

作为年龄比自己岳母还要大的女婿老祖宗,妖帝终于严肃了一回,提供了一个有用的信息:"若父神彻底消失不见,那么这个世界也会不复存在。"

他难得回想起了神魔大战的时期,语气间难得带了怅惘,"父神是个值得佩服的对手。若他真正以死拼搏,我如今也不会站在这里了。"

这句话虽然没有给九凤实质性的,但是也算是给了九凤一点的希望。

第五十章

归兮谅兮（结局）

诛谧和妖帝在青洞府不过待了一些时日，便告辞离去了。

诛谧在人间待了那么些年，并不习惯青洞府清清冷冷的日子，她更喜欢凡间的人声鼎沸。于是她常住在凡间，隔三岔五地回青洞府一趟。

妖帝自然跟着诛谧。他一直想要求娶诛谧，但是如今诛谧却给了他一个拒绝的理由，高堂不在，成什么亲。这话恼得让妖帝也帮助九凤寻找起了苍诀来。只是妖帝也是三天打鱼两天晒网的，找了没几天，就改成琢磨如何先让他和诛谧生米煮成熟饭。如今他算是九凤的准女婿，故而神界、青洞府、天界他毫无顾忌地行走着，找着如何让诛谧快速长成的方法。

自从九凤那天上了九重天，将天帝送进轮回后，天界便一直无主，乱成一团，但也因为妖帝自己得不到，别人也别想要的想法，也禁止妖界的那些下属们觊觎天界。自从他出现在了九重天，妖帝的威望与日俱增，比起止尚，多了十倍不止。

九凤再次见到苍诀的地方是曾经她同苍诀一起去过的地方。

依然是壁立千仞无依倚，那副荒芜的模样，不过连枯草也没有了，只有岩石，泥土。九凤当初来到这个地方的时候就看到一个身影飞快掠过，躲了起来。

一瞬之间，任何生灵的气息都被掩藏。寸草不生。

不同于从前虚无缥缈的气息，九凤这次是真真切切地感受到了苍诀的存在了，即便只是一瞬之间。

如今九凤的神力今非昔比，即便塑了一个新的躯体，但是过往的神力皆已回来。精纯的仙气让她的修炼如鱼得水。九凤与这背后的力量抗衡着，不过多时，就看到前方出现了一个背对着自己的人，穿着白衣，身形极其单薄，好似只要一阵风，就会把他吹走似的。

九夙心里一阵凉。

……苍诀这些年,竟然都是在这荒芜的地方吗?

……苍诀,竟如此的单薄。

"苍诀,你以为离开就是成全吗?"九夙恨恨道,"你这算什么成全?你要成全也成全个彻底。但是你连父神也没留下来,自己又折腾成这样一副虚弱的模样。"

"你和父神在一起,过得更好。让他回来,至少能让你心结解开。只是可惜,我还是不能让父神长待在这个世界上。若等个数千年,再试一次,也许是可以。"

苍诀的声音也难得带了虚弱,听着让九夙觉得异常心酸。几乎要将她的眼泪逼出。

他的这副样子,终于让九夙生起了恨铁不成钢的无奈感,她道:"苍诀,我恨你!"

苍诀似是而非地笑了笑,"那应当的。"

"我恨不得杀了你。"九夙继续说。

"以你的实力,绰绰有余。"

"可是我现在最想做的就是把你绑回青洞府。"九夙一哽咽,走上前,拉住苍诀的手,想要让他转过来。

"苍诀,我怎么说什么你都信呢……我不要父神,我只要你。"

苍诀终于将头转过来,脸色也是十分苍白,眼神也不如以前那般深沉不见底,情感暴露无遗:"九夙,当你想起以前的那些事,你会恨我。"

"那些事,算什么?!"

对比起生死,那些事,真的算什么!

"你可以原谅,青苏那世,九九天雷的痛苦,可以原谅那世我最后没有信你?"

"我会。"

"你可以原谅,九夙那世,我并没有认出你,并且还对你猜忌、怀疑,没有对你毫无保留地施以援手,让你陷入四面楚歌,最终与姬陶同归于尽吗?"苍诀的眸光黯淡,似想到了那时候的痛苦,天地同悲。

这次九夙顿了顿,最后还是道:"我会。"

"可是九夙,我还有很多的事情瞒着你,或许会一直瞒着你,你还会,原谅我吗?"

"只要我问,你就必须诚实。"九夙看着他,认真道,"一切……就让它们过去好不好。我全都原谅。"

"为什么?"

"洛和和诛谧需要父亲。"九凤顿了顿,道,"我需要你。我要你回来,一直不要走。"

即便九凤这么说,苍诀的目光还是那么暗沉,无波澜。只是他的语气变得严肃,"九凤,你要知道,若要我留下。父神便永远不会再归来。你以后想起父神不会因此而怪罪我?你会为了我的留下,而放弃父神吗?"

"我会啊……"九凤看着苍诀苍白的脸,听着他愈来愈虚弱的声音,忍不住眼眶含泪,道:"苍诀,我……因为我爱你。"

苍诀的身形微微摇晃,九凤扑上前,抱着苍诀,又重复了一遍。

她是自私的,自私的……

在父神和苍诀中间,她选择了苍诀。或者说,她选择了自己的未来……

"九凤,你确定?一旦我回来,也许真到你嫌弃我的时候,我将会不甘心离开。我不想我们之间成为怨偶。"苍诀的口气已然是那样平静无波的,好似这样的表白,在他面前太过于苍白无力。

"……我想了几千年,我确定。"

大颗的泪珠滚落,九凤抱着苍诀,紧紧抓着他的衣襟不肯松手。苍诀如今给她的感觉,好像随时随刻就会消失了一样。

"苍诀,你说过的,你会答应我一切事,无论是什么事。那要你不离开好不好。"

"你还记得。"

"所以苍诀,我命令你,留下来。然后同我一起守住青洞府,守住神界。"

九凤强硬地说道,就算眼里流着泪,但是她还是挺直腰杆。

苍诀无力地闭上眼的时候,想着他是值得的。

见到苍诀闭上眼,然后倒在她怀里的时候,九凤的心猛地一缩。

曾经沦落为魔的上神九凤风光归来,父神归来又离去,天帝大乱,妖帝重现江湖之后,神界的主人也归来。

好似天下的格局被大乱,但是计较起来,并没有太多的变化。

那日九凤将苍诀带回,苍诀体力异常虚弱。苍诀闭上眼的时候,九凤甚至怕他再也不会睁开眼看她。不过也幸好只是昏迷而已,只是昏迷了一个月而已。

即便这一个月的时间九凤度日如年。生怕这点的等待,也沦落为空,拥有巨大的欢喜后又是莫大的悲伤。

苍诀回去昏迷的一个月时间里,意识比其他任何的时候都清醒。

他脑海里将苍诀的这一世的记忆滚过,记得最深的人是她,而记得最深的事情都与她有着关联。

他永远记得两次九凤在他的怀里面没有了生命的气息，也记得九凤一脸平静地叫他杀了她。这些事情每当他想起来，都会觉得心脏抽搐。

他当初并非没有怀疑九凤和青苏两者间的关系的，只是关心则乱。九凤看上去那样一个凌厉凛然的人，同着青苏，乍看上去，一点儿也不相似。他不是没有猜想过青苏能够死而复生，但这只是梦。当他想要将这两者联系在一块儿的时候，九凤却毅然决然地交出了青苏之魂。他有着失望，他有时候甚至觉得自己背叛了青苏，爱上了九凤。尤其是当他看到魂灯的时候，看到青苏的影像，最后转成了九凤。

苍诀会在九凤没有注意到他的时候偷偷地睁开眼，看着她蹙起来的眉。望着她的背影。

作为苍诀，他对青苏隐瞒了一些事情，隐瞒了天帝的龌龊，让她以为天帝对他不曾有伤害。

他对九凤仍然隐瞒了一些事，这些事情或许有生之年都会缄默。

就好比他现在故意在九凤面前虚弱，博取同情。

他对九凤最大的隐瞒便是父神那件事情上。

当父神决定消失，那就代表着他放弃九凤了。

苍诀是父神散落在人世间的精魄所化没错，但是却不仅仅界定于此。

随着父神力量的全部回归，他也拥有了父神的记忆。他能感受到父神的痛苦，亦有着自己的挣扎。

也确实如他所讲的那样，只要父神一日没回来过，九凤心里就一直有芥蒂，有着解不开的心结。而这样的心结却大过她对他的恨，对前尘往事的难以释怀。

他若想和九凤长久地在一起，那么心结就必须解开。

拥有父神记忆的时候，苍诀先是羡慕父神，同时他又对父神感到同情，父神太压抑，他不能有显而易见的欲望。即便他拥有改天换日的能力，但是能力愈强，他就愈须清心寡欲。一旦纵容自己的欲望，那么这个世界将会陷入自相残杀，欲望横流之中，然后走向毁灭。但是他有个无法克服的欲望。那个愿望是彻底拥有九凤，并且那时候的九凤是懵懂无知的，根本不知晓情爱为何物。父神的心思，无人能懂。

父神最后会死，并非是因为九凤魔化，然后让父神元气大伤——这仅仅是其中一个可以忽略的原因。真正的致命的原因是因为父神爱上了九凤，他孤寂一生，却爱上了一直陪伴他，不离不弃的佩玉。他会越来越无法克制自己透过佩玉，看到九凤的灵魂，从中获得慰藉。这是这样致命的欲望，让他慢慢变得只有两个选择。第一个选择,是退出这个世界;第二个选择,便是同着这个世界一起毁灭。父神命丧神魔之战,那不过是形势所迫。他将自己的魂魄散尽,亟待脱离父神这个身份的显赫与束缚。只是也不知道是成功和失败,他的魂魄又衍生了苍诀,但到底是两个不同的人,苍诀拥有父神的记忆,但对这份记忆却没有归属感。

但是这样的缘由不能说。说了九夙也不会信。九夙对父神的依赖感太强,信仰太高。这样的理由,只会让她更恨自己的存在。

父神的力量中一直潜藏着一种压抑着的挂念,而这种挂念,也许是父神自我的意识。他也知道,父神是一直存在于他的体内的。他们是以两个不同的意识形态而存在。

所以他决定搏一搏,彻底将这种挂念激发出来。前方或许是万丈悬崖,他将彻底消失。让自己完全成为父神……或许会是海阔天空,从此芥蒂尽除。

他亦觉得庆幸,父神最后还是选择了世界,而放弃了九夙……或者,他不忍心九夙同着世界一起毁灭。

这样的机会他亦不会放弃。

当父神再度离去,没过几年,他便醒来了,但是他压抑着自己的思念,迟迟不想去见九夙。第一是他的身体太过虚弱,第二……九夙对他的恨,哪里是一日两日能够消除的,他想用时间,来抹平伤害。他想让九夙因为他的"牺牲",而对他有所想念。

他赌九夙还是在乎他的,他想用这点在乎,挽救他们因为伤害而濒临危机的情感。

他赌赢了。

幸好她还在乎他。

他甘心在她的面前示弱,亦甘心将整个天下拱手相让——那些与她相比,不过是尘芥。

当九夙望着苍诀的熟悉的睡容,望着他苍白如纸的唇色的时候,手抚摸在他的唇上,勾勒着他嘴唇的轮廓的时候,不由自主地在他的唇上印上一吻。

"苍诀,请你醒来。不要让我空欢喜一场。"

在她抬起头的时候,已然触到了苍诀漆黑如点墨的眼眸。

四目相对,九夙什么也没说,狠狠地在苍诀的脸颊咬了一下。

苍诀微笑了。

伤害是不能消失的,但是他还有着漫长的余生,能够陪着她耗。

他会竭尽他毕生所能,为她撑开一片天空。

第五十章 归兮谅兮（结局）

九夙看着苍诀的笑，一愣，这样笑容……好似他们从未远离过。

九夙一时感慨。她居高临下地看着苍诀。

"苍诀，不准离开。"

"好。"

"苍诀，你若离开，我便毁了你的神界。"

"好。"

"苍诀，你从了我吧。"

"……好。"

苍诀一如既往地微笑，然后揽过九夙。

顿时一个又长又深的吻。

九夙还来不及想到为什么一个大病初愈的人的气力如此之大的时候已经来不及了。

现世安好。

他们还有无穷无尽的生命。他们还有一双子女。

谁也不能阻止他们，除了他们自己。

图书在版编目(CIP)数据

青夙决/之臻著. —上海：上海社会科学院出版社，2017
ISBN 978 - 7 - 5520 - 2206 - 3

Ⅰ.①青… Ⅱ.①之… Ⅲ.①长篇小说-中国-当代
Ⅳ.①I247.5

中国版本图书馆 CIP 数据核字(2017)第 315115 号

青夙决

著　　者：	之　臻
责任编辑：	冯亚男
封面设计：	周清华
出版发行：	上海社会科学院出版社
	上海顺昌路 622 号　邮编 200025
	电话总机 021 - 63315900　销售热线 021 - 53063735
	http://www.sassp.org.cn　E-mail:sassp@sass.org.cn
照　　版：	南京前锦排版服务有限公司
印　　刷：	上海天地海设计印刷有限公司
开　　本：	710×1010 毫米　1/16 开
印　　张：	15
字　　数：	264 千字
版　　次：	2018 年 3 月第 1 版　2018 年 3 月第 1 次印刷

ISBN 978 - 7 - 5520 - 2206 - 3/I・272　　　定价：39.80 元

版权所有　翻印必究